Unisex

Kira Licht

Unisex

*33 Geschichten über lange Partynächte,
folgenschwere Flurbegegnungen
und herzzerreißende Campusdramen*

Schwarzkopf & Schwarzkopf

»Hört zu Kinder. Es gibt für alles
den richtigen Ort und den richtigen Zeitpunkt,
und man nennt das dann Studium.«
CHEFKOCH, »SOUTH PARK«

»Unsere Jugend ist heruntergekommen
und zuchtlos. Die Jungen hören nicht mehr
auf ihre Eltern. Das Ende der Welt ist nahe.«
KEILSCHRIFT AUS UR, CA. 2000 VOR CHRISTUS

1. GESCHICHTE
Bibliotheksdienste
SEITE 9

2. GESCHICHTE
Heuschnupfen mit Folgen
SEITE 19

3. GESCHICHTE
Fiek disch!
SEITE 27

4. GESCHICHTE
Hannes, Buzzer und ich
SEITE 33

5. GESCHICHTE
Geile Sterne
SEITE 43

6. GESCHICHTE
Daria
SEITE 51

7. GESCHICHTE
Im Wandschrank
SEITE 61

8. GESCHICHTE
Bananenfisch
SEITE 75

9. GESCHICHTE
Zwei Brüder
SEITE 87

10. GESCHICHTE
Wie viele Männer sind okay?
SEITE 99

11. GESCHICHTE
Fantasie und Realität
SEITE 105

12. GESCHICHTE
Grabungspraktikum
SEITE 115

13. GESCHICHTE
Fräulein Nimmersatt
SEITE 125

14. GESCHICHTE
In der Höhle des Bären
SEITE 131

15. GESCHICHTE
Wenn die Chemie stimmt
SEITE 139

16. GESCHICHTE
Runen und Elfen
SEITE 153

17. GESCHICHTE
Perversen-Abend
SEITE 165

18. GESCHICHTE
Hammergeil
SEITE 173

19. GESCHICHTE
Der Umzug
SEITE 179

20. GESCHICHTE
Night-Fever
SEITE 187

21. GESCHICHTE
Erfrischungstuch
SEITE 193

22. GESCHICHTE
Reibeisen
SEITE 205

23. GESCHICHTE
Bettina
SEITE 209

24. GESCHICHTE
Damenwahl
SEITE 217

25. GESCHICHTE
Nachhilfe
SEITE 223

26. GESCHICHTE
Safer Sex
SEITE 229

27. GESCHICHTE
Der Geschmack von Sandburgen
SEITE 235

28. GESCHICHTE
Die Gene sind schuld
SEITE 239

29. GESCHICHTE
Gehen oder bleiben?
SEITE 243

30. GESCHICHTE
Die Zahnspange
SEITE 249

31. GESCHICHTE
Mein Freund ist ein Gänseblümchen
SEITE 253

32. GESCHICHTE
Boring Rockstar
SEITE 259

33. GESCHICHTE
Ein unmoralischer Vorschlag
SEITE 265

1. GESCHICHTE

Bibliotheksdienste

*Philipp (23), Geschichtsstudent, Bochum,
über
Jelena (20), Geschichtsstudentin, Bochum*

Normalerweise ist die Geschichtsbibliothek ein ruhiger Ort. Studenten suchen nach Literatur für ihre Seminararbeiten, Doktoranden wälzen alte Bücher und die Luft ist immer ein klein wenig staubig. Mein Aushilfsjob in der Information war also nicht sonderlich aufreibend. Hin und wieder war mal ein Buch unauffindbar und ein gestresster Student stand kurz vor einem Nervenzusammenbruch, aber ansonsten passierte rein gar nichts. Ich hatte darauf zu achten, dass niemand seine Tasche mit hineinnahm, dass in der Bibliothek nicht gegessen, getrunken oder telefoniert wurde. Meine Chefin, Frau Heinrich, war Bibliothekarin aus Leidenschaft. Keine Signatur war ihr unbekannt und meist wusste sie sogar die Nummer des Regals, in dem ein Werk zu finden war. Sie war ein mütterlicher, korpulenter Typ und eine Seele von Mensch. Sie behandelte alle Bibliotheksnutzer, als wären sie noch im Kindergarten, und zwar vom Erstsemester bis hin zum gestandenen Prof.

Ich war gerade dabei Signaturschildchen zu erneuern, als ein Schatten auf meinen Arbeitsplatz fiel.

»Ich brauche etwas über die Französische Revolution«, sagte eine weibliche Stimme mit russischem Akzent.

»Ich bin mir sicher, hier werden Sie fündig«, erwiderte ich ruhig. Als Antwort klatschte eine gigantische Ledertasche auf meinen Schreibtisch.

»Die Französische Revolution«, sagte mein Gegenüber erneut, als wäre ich ein Computer mit Spracherkennung und an meinem Bauch würde gleich eine Klappe aufgehen, aus der sie entsprechende Literatur einfach entnehmen könnte. Nicht nur, dass das Mitsichtragen von Taschen streng verboten war, man konnte ihr Verhalten fast als körperliche Attacke bezeichnen. Dementsprechend empört schnaufte ich.

»Du arbeitest doch hier«, sagte diese unverschämte Person nun in anklagendem Tonfall.

»Also, bitte!«, motzte ich und sah endlich zu ihr hoch, woraufhin es mir prompt die Sprache verschlug. Sie war einfach unglaublich schön, sie war exotisch schön, sie war unwirklich schön. Und für jemanden wie mich sowieso viel zu schön. Ihr Haar war lang, dunkelrot und es wand sich um ihren Kopf wie flüssiges Magma. Das Gesicht apart mit hohen Wangenknochen, der Mund sinnlich und die Augen mandelförmig und katzenhaft. Ich ignorierte, dass sie bereits genervt mit dem Fuß auf den Boden tippte, und starrte sie weiter fasziniert an. Sie hatte mit mir gesprochen, Wahnsinn!

»Hallo?«, fragte sie ungeduldig und wedelte mit der Hand vor meinem Gesicht herum. Ich sprang hektisch auf. Ihr Diener, Lady, wollte ich sagen und salutieren. Oder: Ihr gehorsamer Soldat, Madame, was immer Sie verfügen! Ich konnte mich soeben noch bremsen, indem ich mir schmerzhaft auf die Unterlippe biss.

»Ja, bitte?«, fragte ich schließlich.

»Ich sage das jetzt nicht noch mal«, erwiderte sie pampig.

»Äh ja. Französische Revolution, da haben wir jede Menge da«, stotterte ich.

»Wo?«

»Na hier, das ist eine ... Bibliothek?«, erwiderte ich unsicher.

»Tss«, machte sie und warf sich arrogant die langen Haare über die Schulter. In diesem Moment erschien Frau Heinrich.

»Gibt es Probleme?«, fragte sie und blickte irritiert auf die Tasche auf meinem Platz.

»Oh nein, nein!«, wehrte ich ab.

»Doch«, sagte die Schöne. »Ich brauche etwas über die Französische Revolution, aber er versteht mich nicht.«

Frau Heinrich sah in das Gesicht der rothaarigen Göttin, um zu prüfen, ob es sich hierbei um einen Scherz handelte. Dann sah sie zu mir.

»Sie haben doch sicher erklärt, dass wir Computer-Terminals haben, wo sich die Nutzer ihre Literatur selbst heraussuchen, oder?«

»Öhm«, stotterte ich und wurde rot.

»Bei diesen Computern bekomme ich dreihundert Ergebnisse, damit komme ich nicht zurecht«, sagte die Rothaarige.

»Nun«, erwiderte Frau Heinrich, »es ist unter anderem erklärtes Studienziel, dass angehende Akademiker die Literaturrecherche in Bibliotheken erlernen. Das Personal an der Information ist nicht für die individuelle Betreuung einzelner Studenten da. Ich fürchte, Sie werden die dreihundert Ergebnisse selbst auswerten müssen. Aber vielleicht möchten Sie sich für eine Einführung in die Katalogrecherche anmelden?«

»Tss«, machte die Rothaarige erneut, dann riss sie ihre Tasche von meinem Platz, Signaturschildchen flogen durcheinander, und weg war sie.

»Sie können den Mund wieder zumachen«, sagte Frau Heinrich, dann verschwand sie in ihrem Büro.

Zwei Stunden später war die Rothaarige plötzlich wieder da.

»Ist die alte Hexe weg?«, fragte sie zur Begrüßung.

»Die wer? Ach so, Frau Heinrich. Sie macht Mittagspause. Aber eigentlich ist sie ein netter Mensch.«

»Hexe«, sagte die Rothaarige und wieder flog ihre Tasche auf meinen Tisch.

»Du musst sie einschließen«, sagte ich vorsichtig.

»Die Hexe? Okay, sag mir, wo.«

»Um Himmels willen, nein ...«, erwiderte ich. »Deine Tasche. Du darfst nur Papier und Schreibzeug mitnehmen.« Ich reichte ihr einen Spindschlüssel. Sie zuckte mit den Schultern und griff nach ihrer Tasche. Zwei Minuten später war sie wieder da, nur mit einem Ringbuch und einem Kuli.

»Du musst mir helfen«, sagte sie.

»Ich kann hier eigentlich nicht weg ...«, sagte ich, doch in meinem Kopf ratterten gleichzeitig die Zahnräder: Wenn ich ihr zehn Minuten half, würde das bestimmt niemandem auffallen. Zur Mittagszeit war sowieso kaum etwas los. Und Frau Heinrich hatte noch eine gute halbe Stunde Pause.

»Na gut«, sagte ich schließlich. Vielleicht könnte ich bei ihr punkten, weil ich wusste, wo Bücher zu dem Thema standen, und weil ich ihr so selbstlos half. Sie lief vor, als wüsste sie, wo es langging. Ich sah auf ihren Hintern, der in der engen Jeans hervorragend zur Geltung kam. Das lange glänzende Haar reichte ihr fast bis zur Taille. Wahnsinn!

»Hier geht's lang!«, flüsterte ich und bog in einen Gang ab.

»Schau hier, französische Geschichte ... und hier ...«, ich deutete auf zwei Regalreihen, »alles zur Französischen Revolution.«

»So viel?«, fragte sie, als wäre es meine Schuld.

»Bist du ein Ersti?«

Sie nickte.

»Da ist es immer etwas verwirrend, aber man bekommt schnell Übung. Je mehr Themen man bearbeiten muss, desto routinierter wird man im Umgang mit Bergen von Literatur.«

»Na, toll«, sagte sie.

»Wie heißt du?«, fragte ich mutig, sah dabei allerdings zur Sicherheit auf den Boden.

»Jelena.«

»Freut mich, ich bin Philipp.«

»Das ist zu viel«, sagte Jelena als Antwort.

»Die Bücher? Nein, das schaffst du schon!« Ich sah sie ermutigend an. Jelena kniff die Katzenaugen zusammen und schüttelte den Kopf. Okay, was sollte ich tun? Ich musste dringend zurück zur Information, gleichzeitig wollte ich Jelena helfen, einfach, um weiter in ihrer Nähe zu sein.

»Vorschlag«, sagte ich dann. »Komm morgen um zwölf Uhr wieder. Da hat Frau Heinrich Mittagspause und es ist wenig los. Dann helfe ich dir.«

»Das wäre nett«, sagte Jelena und lächelte ein ganz kleines bisschen.

Den Rest des Tages schwebte ich auf Wolken und zählte die Minuten, bis ich sie wiedersehen würde.

Am nächsten Morgen war ich extra früh aufgestanden und hatte mein T-Shirt gebügelt, um Jelena zu gefallen. Als es dann endlich zwölf Uhr war, hatte ich vor lauter Nervosität schweißnasse Hände. Jelena war pünktlich und sah noch besser aus als am Tag zuvor. Dieses Mal trug sie ein Sommerkleid, das ihre betörende Figur betonte. Ich zeigte ihr ein paar Bücher, Grundlagen-Monografien, von denen ich wusste, dass sie gut und verständlich geschrieben waren.

»Ich mag das Thema gar nicht«, sagte Jelena, »ich wollte ein ganz anderes, aber jemand hat es mir weggeschnappt. Französische Revolution, das ist doch was für Babys!«

Als ich ihr erklärte, dass sie die Bücher leider nicht ausleihen konnte, höchstens übers Wochenende, sank ihre Laune schon wieder merklich.

»Ich soll die ganze Zeit in diesem muffigen Raum hocken? Das ist ja Quälerei!«

»Nein, das ist Uni«, erwiderte ich und grinste. Jelena grinste unerwartet zurück, entblößte makellose Zähne und präsentierte herzerweichende Grübchen und ich musste mich daran erinnern weiterzuatmen.

»Da habe ich keine Zeit für heute«, sagte sie dann entschlossen und wollte sich umdrehen und gehen.

»Warte!«, flüsterte ich wie ein Ertrinkender. Sie drehte sich zurück, ihr Haar flog über ihre Schulter und sie sah mich fragend an.

»Ich könnte ein paar Sachen für dich heraussuchen bis morgen. Dann musst du hier nicht so lange herumsitzen.«

»Wirklich?«, fragte Jelena. Ich nickte wie wild.

»Für einen Bücherwurm bist du ganz niedlich«, sagte sie mit ihrem Akzent und strich einmal kurz über meinen Arm.

»Ich bin kein … !«, wollte ich noch erwidern, da war sie schon wieder verschwunden.

Am nächsten Mittag war ich noch besser vorbereitet. Ich hatte nicht nur mein Hemd gebügelt, ich war sogar beim Friseur gewesen und hatte in diversen Büchern kleine Post-its an die wichtigsten Textstellen geklebt.

»Vielen Dank«, sagte Jelena. Ich lächelte verzückt zurück.

»Ich suche noch ein bestimmtes Buch«, sagte sie und hielt mir einen Zettel unter die Nase. »Kannst du mir sagen, wo das steht, mein Professor hat es mir empfohlen.«

»Oh, ja klar …«, sagte ich und ging voraus. Am richtigen Regal angelangt, reichte ich ihr das Werk und Jelena begann sofort, darin zu blättern. Ein Lichtstrahl fiel durch ein milchiges Fenster, brach sich auf der glatten Oberfläche ihrer Haare und zerbarst in einer schillernden Woge aus verschiedenen Rottönen.

»Dein Haar ist der Wahnsinn«, sagte ich gedankenversunken. »Wenn Licht darauf fällt, glänzt es in allen Schattierungen … von Bernstein bis Granat.«

»Das war aber sehr poetisch«, sagte Jelena und lächelte.

»Ich lese viel …«, stotterte ich.

»Ich weiß, Bücherwurm«, erwiderte sie. Sie betrachtete mich eine Weile interessiert, fast als sähe sie mich zum ersten Mal. Dann klappte sie das Buch entschlossen wieder zu.

»Hast du es schon mal in der Bibliothek gemacht?«

»Was gemacht?«

»Na hier, zwischen all den Büchern? Es gemacht!?«

»Es?«, stotterte ich schwer von Begriff.

»Sex!«, flüsterte sie amüsiert und in ihren Raubtieraugen blitzte es.

»Das ist ein öffentlicher Raum!«, flüsterte ich zurück.

»Das macht es ja so interessant.«

»Ach so.«

»Also noch nicht?«

»Natürlich nicht. Du?«

»Nein. Aber ich wette, wenn ich dich jetzt küsse, würdest du hier mit mir schlafen.« Mir schoss daraufhin das Blut nicht nur ins Gesicht, sondern auch in ganz andere Regionen.

»Aber wenn uns jemand sieht … und Frau Heinrich …«

»Wir wollen doch keinen neuen Rekord aufstellen, ein Quickie, mehr nicht!«

Ich schluckte hart. Sie redete über Sex wie andere Leute über aktuelle Nachrichten: interessiert, aber nicht sonderlich beeindruckt. Ich sah sie an, dachte an den Körper unter ihrem geblümten Kleid und betrachtete den Mund, der in diesem Moment zu einem leicht spöttischen Lächeln verzogen war. Sie hatte recht, wir waren praktisch allein. Draußen war es sommerlich schön, es war Mittagszeit und Frau Heinrich würde so bald nicht zurück sein. Natürlich wollte ich Sex. Am liebsten jeden Tag. Und noch mehr wollte ich Sex mit Jelena. Was also sollte ich tun? Ja sagen und es riskieren, erwischt zu werden, oder Nein sagen und mich für den Rest meines Lebens ärgern?

»Wir könnten es versuchen«, flüsterte ich, als ich mich entschieden hatte. Jelena legte das Buch zur Seite und dann lagen ihre Lippen schon auf meinen. Sie küsste mich grob, ihre Hände griffen in meine frisch frisierten Haare und sie presste ihren Körper fest an meinen. Augenblicklich bekam ich eine gewaltige Erektion. Nun gab es kein Zurück mehr, Lust brodelte in mir hoch. Jelena schob ihre Zunge in meinen Mund.

»Ich wusste, du würdest es machen«, sagte sie triumphierend zwischen zwei Küssen. »Ich habe sogar extra ein Kondom in meinem Schreibmäppchen dabei!«

»Warum ich?«, flüsterte ich.

»Weil du ein süßer Bücherwurm bist«, raunte Jelena und riss mir den Reißverschluss meiner Hose auf. Sie befreite meinen Schwanz aus seinem beengten Zustand, zog das Kondom aus ihrem Mäppchen und kurz darauf hatte sie es mir übergestreift.

»Soll ich dir etwas sagen«, wisperte sie, während sie an meinem Ohr leckte. Ich nickte. Sie griff nach meinem Schwanz und rieb vorsichtig daran. »Ich habe kein Höschen an ... schon den ganzen Tag nicht ... ich bin morgens aufgestanden und habe mir gesagt: Jelena, heute vernaschst du den süßen Bücherwurm ... und dann habe ich in der Vorlesung gesessen und unter dem Kleid meine Nacktheit gespürt und dann hab ich daran gedacht, wie es sein würde mit dir, und dann ...«

»Aufhören bitte«, keuchte ich. Die Bewegung ihrer Hand in Verbindung mit diesen Worten und ihren Lippen an meinem Ohr ließ mich meine Erregung kaum noch im Zaum halten. Fast wäre ich schon gekommen.

»Ah ...«, schnurrte sie. »Das macht dich an, wenn ich dir so schmutzige Sachen erzähle.«

»Durchaus ...«

»Mich macht es auch an!« Mit diesen Worten steckte sie meinen Penis in sich rein. Ich verlor das Gleichgewicht und konnte mich soeben noch an dem Bücherregal festhalten, an das Jelena sich angelehnt hatte.

»Und jetzt fick mich«, sagte sie. »Kurz, aber heftig, so mag ich es am liebsten.« Das ließ ich mir nicht zweimal sagen. Jelena hielt sich an mir fest und die Bücher im Regal wackelten bedrohlich, als ich Tempo aufnahm. Sie schob mir ihr Becken entgegen, verstärkte den Druck und krallte sich an mir fest. Ihre Fingernägel bohrten sich durch den Stoff meines Hemdes in meine Haut.

»Schneller«, flüsterte sie atemlos. »Mach schneller ...« Ich vergrub mein Gesicht in ihren Haaren, während ich unseren Rhythmus beschleunigte.

»Weiter, weiter, weiter«, trieb sie mich an. Ich tat, was ich konnte, aber wenn es so weiterging, konnte ich nicht mehr allzu lange. Genau genommen höchstens zwei Minuten. Höchstens.

»Oh ja«, gurrte Jelena mit ihrer rauchigen Stimme. »Deswegen hatte ich heute kein Höschen an.«

Genau an diesem Punkt konnte ich nicht mehr. Schneller als erwartet.

»Oh nein«, murmelte ich und dann war es zu spät.

»Was war das?«, knurrte Jelena in mein Ohr.

»Entschuldige ...«

»Runter!«, zischte sie, stieß mich von sich und drückte mich an den Schultern nach unten. Ich taumelte auf die Knie, da hob sie ihren Rock und presste meinen Kopf an sich.

»Lecken und fingern«, befahl sie, dann suchte sie erneut nach Halt am Bücherregal. Ich war total benommen und fing brav an, sie zu lecken.

»Finger«, zischte Jelena. »Zwei Stück.«

Ich tat wie mir geheißen, befeuchtete Zeige- und Mittelfinger und schob sie dann in sie hinein. Jelena gab schon wieder ein Knurren von sich, dann begann sie, ihr Becken zu bewegen. Ich leckte wie ein Wilder, während ich mit offener Hose vor ihr kniete. Schließlich war auch sie so weit. Sie zitterte, stöhnte leise und ihre Muskeln kontrahierten sich.

»Gut, gut, es reicht«, sagte sie und schob meine Hand weg. Ich stand mit weichen Knien auf. Jelena richtete ihr Kleid und strich sich die Haare hinters Ohr.

»Gut«, sagte sie erneut. »Jetzt werde ich ein bisschen lernen.« Sie nahm das Buch aus dem Regal, packte ihr Mäppchen darauf und zwinkerte mir zu. Ich grinste wie auf Droge.

»Man sieht sich, Bücherwurm!«

»Ich bin kein ...«, wollte ich erwidern, da rief jemand von der Information her laut »Hallo?«. Jelena drehte sich lächelnd um und ging. Ich riss mir das Gummi herunter, knüllte es in eine meiner Taschen und zerrte den klemmenden Reißverschluss nach oben.

»Bin gleich da!«, rief ich und stürzte davon.

Die Seminararbeit über die Französische Revolution war ein voller Erfolg. Jelena bekam eine Eins minus und ich fünf weitere Quickies in der Bibliothek. Dieses Semester muss sie über den Dreißigjährigen Krieg schreiben. Mit der Literatursuche am Computer kommt sie zum Glück immer noch nicht zurecht.

2. GESCHICHTE

Heuschnupfen mit Folgen

Dennis (21), Biologiestudent, Köln,
über
Marietta (24), Biologiestudentin, Köln

Auf Marietta war ich schon seit dem ersten Semester scharf. Sie war klein und hatte eine sinnliche Figur, bei der man sehr gut erkennen konnte, wo vorne und hinten war. Ihr glänzendes dunkelbraunes Haar reichte bis knapp auf die Schultern und ihre Augen hatten die Farbe von dunklem Bernstein. Sie lachte viel und laut, und ihr typisch italienisches Temperament heizte meine Fantasie ziemlich an.

Heute wollten wir uns dem Verdauungsapparat der Muroidea widmen. Ich hatte bei der als Beispiel dienenden Murinae auf eine niedliche Maus gehofft, wurde jedoch derb enttäuscht: Eine ziemlich verbeult aussehende Ratte lag vor uns. Das Fell war feucht, die leblosen Knopfaugen schon leicht trüb und der Geruch war ebenfalls gewöhnungsbedürftig. Ich tippte sie mit einer Sonde an, Hendrik neben mir rümpfte ebenfalls angewidert die Nase.

»Fangen Sie ruhig an, wenn Sie so weit sind«, sagte unser Kursleiter in die Runde.

Marietta zwei Reihen vor mir griff nach einem Skalpell und schnitt ihr Vieh von oben bis unten auf. Meine Bewunderung für sie stieg ins Unermessliche.

Am nächsten Tag stand das »Pflanzenmorphologische Praktikum« auf dem Stundenplan. Ich hatte mich überhaupt nicht vorbereitet. Hendrik schleppte einen Strauß grünes Zeugs an und zückte sein Bestimmungsbuch.

»Machst du vielleicht mal mit?«, fragte er gerade etwas genervt, als es in meiner Nase zu kribbeln begann. Das zaghafte Prickeln steigerte sich rasant und unvorhersehbar heftig in ein ohrenbetäubendes Niesen. Tränen schossen in meine Augen und natürlich hatte ich kein Taschentuch dabei.

»Ach du Schande«, hörte ich Hendrik murmeln. Unsere resolute Kursleiterin Frau Bärbel Rittmann ignorierte erfolgreich meine akustische Untermalung ihres Vortrags. Von irgendwoher bekam ich ein Taschentuch gereicht und wischte mir gleich das komplette Gesicht damit ab. Bevor ich wieder etwas sehen konnte, zerriss ein erneutes Niesen mir fast das Gehirn, und ich ächzte deutlich hörbar. Frau Rittmann unterbrach ihren Redeschwall nur, um mich böse anzugucken, dann redete sie hochmotiviert weiter. Zwei Minuten später schwollen meine Augen so stark an, dass ich kaum etwas sehen konnte. Ich kratzte an ihnen herum, machte es damit allerdings nur schlimmer, denn nun juckten sie auch noch wie wahnsinnig.

»Du siehst aus wie ein Zombie«, sagte Hendrik, dachte allerdings nicht daran, das elende Grünzeug nur einen Millimeter von mir abzurücken. Ich schnaufte, dann verdunkelte ein bedrohlicher Schatten meinen Arbeitstisch. Frau Rittmann hatte sich vor mir aufgebaut.

Ich nieste ihr ungewollt vor die Füße, bevor sie den Mund aufmachen konnte.

»Sind Sie allergisch gegen Gräser?«, fragte sie völlig ruhig und unter Missachtung meines momentanen Zustandes, den ich nicht als »fest«, sondern als »flüssig« bezeichnet hätte.

»Weiß nicht«, krächzte ich. Meine Augen juckten, mein Hals kratzte und aus meiner Nase tropfte es.

»Sieht so aus«, urteilte Frau Rittmann ungerührt.

»Muss ich das denn jetzt alles alleine bestimmen?«, fragte Hendrik.

»Tja, also Sie könnten ...«, begann Frau Rittmann.

»Entschuldigung!«, keuchte ich dazwischen. »Ich sehe gleich nichts mehr!« Dann nieste ich so heftig, dass ich mich fast verschluckt hätte. Kleine Tropfen sprenkelten meinen Arbeitsplatz.

»Kann mal jemand helfen?«, bellte Frau Rittmann in die Runde.

»Er braucht ein Antihistaminikum«, hörte ich eine Stimme. In dem verschwommenen Aquarellbild, das meine Augen an mein Gehirn weiterreichten, erkannte ich Mariettas dunkle Mähne. »Ich bringe ihn zur Krankenschwester!« Sie griff nach meinem Arm und als ich stand, hakte sie sich bei mir unter.

»Denken Sie bitte daran, dass Sie nachher Ihren Platz saubermachen«, sagte Frau Rittmann.

»Klar doch«, krächzte ich und wünschte mir eine Schüssel für meine tropfende Nase. Meine Güte, war das peinlich. Ausgerechnet Marietta! Wie stand ich nun vor ihr da?

Ich spürte ihren drallen Körper an meiner Seite und setzte Himmel und Hölle in Bewegung, nicht auch noch eine Erektion zu bekommen. Dann würde ich mich freiwillig in der nächsten Kloschüssel ertränken.

»Kein Angst!«, sagte Marietta in diesem Moment. »Ich bin gelernte Krankenschwester, so eine Allergie bekommt man gut in den Griff.« In diesem Moment war alles zu spät. Ich dachte an Marietta in einem heißen Krankenschwestern-Outfit und mein Schwanz begann, so heftig zu pochen, dass ich mir sicher war, sie würde es sehen. Etwas o-beinig watschelte ich halbblind neben ihr her. Alle Leute wichen uns höflich aus, weil sie wohl dachten, ich wäre ein klein wenig behindert.

Die Uni-Krankenschwester war eine tiefenentspannte Mittfünfzigerin, die mir ein Antiallergikum heraussuchte, während sich zwischen ihr und Marietta sofort ein fachliches Geplänkel entwickelte. Nachdem ich die Tablette bekommen hatte, wurde ich entlassen. Ich blieb noch eine Weile im Vorraum sitzen, bis die Tablette zu wirken begann, und Marietta organisierte Tücher für meine Nase und ein Kühlkissen für meine Augen. Immer, wenn sie mich berührte, schossen Blitze in meinen Körper.

»Vielen Dank!«, sagte ich. Marietta setzte sich neben mich und legte fürsorglich eine Hand auf mein Knie.

»Keine Ursache«, sagte sie. Ich lächelte zurück und versuchte, den Gedanken an ihre Hand auf meinem Knie zu ignorieren. Bitte nicht schon wieder einen Ständer!

»Also, theoretisch«, begann Marietta, »dauert das Praktikum noch gut dreieinhalb Stunden. Da die Rittmann bestimmt nicht weiß, dass die Tablette nur circa zwanzig Minuten braucht, um zu wirken, könnten wir einfach erst gegen Ende wieder hin und unsere Taschen holen.«

»Gute Idee!«, meinte ich und putzte mir die Nase. »Aber wo willst du denn so mit mir hin?«

»Das wirkt doch gleich und dann ist alles wieder gut.«

»Ja, aber ...«

»Was aber?«

»Ähm«

»Glaubst du, ich hätte nicht gesehen, dass du schon zwei Mal 'ne Erektion wegen mir hattest?«

»Bitte?«, hauchte ich verblüfft.

»Ja, man hat es ganz deutlich gesehen. Aber ist nicht schlimm, du bist doch ganz süß!«, lachte sie. »Also wenn du gerade nicht aussiehst wie ein Zombie!«

»Sehr witzig«, murmelte ich, gleichzeitig jedoch klopfte mein Herz wie wild. Sie fand mich auch gut! Marietta strich spielerisch über mein Knie.

»Mach das nicht«, bat ich. In diesem Moment flog die Tür des Behandlungszimmers auf und die Krankenschwester erschien.

»Ich gehe mal eben etwas essen«, sagte sie, während sie die Tür hinter sich abschloss. »Sie können ja so lange hier im Vorraum sitzen bleiben, bis es dem jungen Mann wieder besser geht!«

»Vielen Dank!«, sagte Marietta. Die Schwester nickte uns noch mal zu, dann verschwand sie. Marietta hatte ihre Hand nicht weggenommen.

»Deine Hand ...«, flüsterte ich. Mariettas Finger glitten höher, den Stoff meiner Bermudas entlang, hinauf bis zu den aufgesetzten Taschen. Es ging mir minütlich besser. Ich sah nicht mehr wie durch ein Aquarium und hatte verdächtig lange nicht mehr geniest. Marietta strich mit den Fingern wieder hinunter bis zu meinem Knie und in meinem Schwanz begann es zu pochen.

»Was meinst du, wie lange sie essen ist?«

»Keine Ahnung«, stotterte ich.

»Es könnte jemand krank sein und hierherkommen ...«

»Ja?« Worauf wollte sie hinaus? Marietta kicherte leise und dann legte sie ihre Hand auf meinen Schritt. Ich schnappte überrascht nach Luft und sie kicherte erneut.

»Hey, du siehst ja plötzlich aus wie ein Mensch!«, lachte sie und beobachtete meine Mimik sehr genau.

»Ja? Der Niesreiz ist zum Glück auch total weg!«, formulierte ich mühsam. Was bitte machte ihre Hand auf meinem Schwanz? Und dann diese Andeutungen. Ich putzte mir noch ein letztes Mal die Nase, dann sah ich neugierig zu ihr hinüber. Sie war so hübsch! Und ihr Lächeln brachte mich um den Verstand ... na ja, nicht nur ihr Lächeln. Marietta beugte sich zu mir herüber und leckte meinen Hals entlang. Ich stöhnte leise, was sie als Aufforderung nahm, sich rittlings auf meinen Schoß zu setzen. Ich war so perplex, dass ich sie nicht anfasste, bis sie meine Hände auf ihren Busen platzierte. Ihr Körper drückte gegen meinen Schwanz und eine halbe Sekunde später hatte ich ihre Zunge im Mund. Ich stellte mir wieder vor, wie sie wohl in

Schwesterntracht aussehen würde. Also nicht in diesem formlosen Kaftan und der schlabbrigen Hose aus gestärkter Baumwolle mit Komfort-Gummibund, sondern in einem niedlichen Pin-up-Kleidchen und vielleicht sogar mit Strapsen. Ich stöhnte bei dem Gedanken daran, während Marietta an meiner Hose nestelte.

»Hast du ein Gummi?«, fragte sie atemlos in mein Ohr.

»Ich weiß nicht ...« Hatte ich Gummis? Hatte ich überhaupt irgendetwas? Konnte ich überhaupt denken? Fahrig griff ich nach meinem Portemonnaie, den Blick fest auf Mariettas Dekolleté gerichtet.

»Ja, hier«, sagte ich. Zum Glück hatte ich mal irgendwo eins geschenkt bekommen. Wollte sie es wirklich hier machen? In einem öffentlichen Raum?

»Das ist so scharf«, wisperte Marietta und machte meine Hose auf. Sie schaffte es, meinen Schwanz hervorzuholen, und dann zog sie sich ihr Höschen herunter. Nur noch im Rock setzte sie sich auf mich.

»Was ist, wenn jemand kommt?«, keuchte ich.

»Das macht es doch so scharf!«, kicherte Marietta und küsste mich. Ich umfasste ihre Hüften und hielt sie fest, während sie eindeutig den Ton angab. Ich dachte daran, wie öffentlich wir es taten und was wohl die ehrenwerte Schwester dazu sagen würde, wenn sie uns so sähe. Irgendwie war es geil, aber irgendwie machte es mir auch ein bisschen Angst. Marietta schien das nicht zu kümmern: Sie riss sich ihr Top hoch, ich schaute auf ihren wackelnden Busen und dann war es mir auch egal. Sie ritt mich hart und fordernd, und verdammt, es war doch ziemlich scharf. Als sie kam, schrie sie so laut, dass ich glaubte, man hörte es bis zu unserem Kursraum. Ich kam so heftig, dass ich mich total leergevögelt fühlte. Marietta küsste mich und stieg von mir herunter. Keine fünf Minuten später war die Schwester wieder da. Sie warf uns einen komischen Blick zu, weil wir wohl so verschwitzt aussahen, sagte aber nichts. Marietta und ich machten uns grinsend davon.

Marietta und ich dateten eine Weile und waren dann ein paar Monate richtig zusammen. Dann lernte sie einen feurigen Italiener kennen und machte mit mir Schluss. Immer wenn ich sie auf den Gängen der Uni treffe, lächelt sie mich an, aber es tut leider immer noch ziemlich weh.

3. GESCHICHTE

Fiek disch!

*Maya (21), Komparatistikstudentin, Mainz,
über
Emilian (24), Kulturanthropologiestudent, Bordeaux*

Die Wohnheim-Party war eine absolute Zumutung. Nicht, dass ich Großartiges erwartet hatte, aber das hier? Grausam! Ich war kurz davor, mich freiwillig auf mein Zimmer zu verziehen, und das sollte an einem Freitagabend schon was heißen. Der komische DJ spielte anscheinend nur das, was ihm gefiel, denn die Musikauswahl war sehr eigenwillig, und auf der improvisierten Tanzfläche tanzten lediglich die Lichtkegel einiger bunter Scheinwerfer. Die Location bestand aus zwei Gemeinschaftsräumen, die einander gegenüber lagen: Musik und Tanz in dem einen, Alkohol und Konversation in dem anderen.

Das Einzige, was mich nicht gehen, sondern bleiben ließ, war er. Keine Ahnung, was dieser Typ hier verloren hatte. In seinen Designerklamotten wirkte er so deplatziert wie ein Fisch im Terrarium. Und mit Desigernklamotten meine ich nicht Anzug und Lackschuhe, sondern teure Jeans mit Rissen und Flecken und ein stylishes T-Shirt, das aussah wie ein besserer Putzlappen. Sein Gesicht war so schön wie gemeißelt, er war ungefähr 1,85 Meter groß, athletisch mit schmalen Hüften und langen Beinen. Seine Haut war zart gebräunt und schimmerte leicht goldig.

Seit mein bester Freund Jonas und ich hier angekommen waren, lehnte der Typ wie für ein Foto posierend an der Wand. Immer an der gleichen Stelle, immer in der gleichen Haltung: Hände tief in den Taschen vergraben, Beine locker gekreuzt. Mit arrogantem Blick sah er durch seine Kommilitonen hindurch und fixierte einen nur ihm bekannten Punkt in der Unendlichkeit.

»Der ist bestimmt Model«, sagte ich zu Jonas.

»Keine Ahnung«, brummte mein Begleiter, der schon seit einer Stunde gehen wollte.

»Ich finde ihn gut.«

»Mir ist er zu androgyn.«

»Er ist gar nicht androgyn, was meinst du, was der für 'nen Body unter dem Shirt hat?«

»Trotzdem.« Jonas hatte keine Lust mehr und ließ es mich sehr deutlich spüren.

»Also du stehst neuerdings auf Kerle mit Glatze und Lederweste, ja?«, ärgerte ich ihn deshalb.

» Jetzt mach mal 'nen Punkt, Herzchen.«

»Ja, nicht?«

»Du spinnst doch.«

»Und du willst bloß nach Hause.«

Jonas drehte sich genervt zu mir. »Dann sag du mir mal ganz ehrlich, dass diese Party irgendetwas anderes ist als öde.«

Ich antwortete nicht, stattdessen schaute ich wieder zu dem Schönling.

»Meinst du, er hat eine Freundin?«

»Herrgott, du bist ja so was von untervögelt«, stöhnte Jonas.

»Meinst du, er hat eine?«, bohrte ich weiter.

»Natürlich hat er eine! Sie ist wahrscheinlich auch Model, einen Kopf größer als du und zehn Kilo leichter. Ein ätherisches Wesen, das zwischen Paris und New York pendelt und Karl den Großen duzen darf!«

Ich schnaufte empört. »Du kannst so ein Arsch sein!«

»Mach dich doch nicht lächerlich. Such dir einen aus, der wenigstens dankbar ist, wenn du ihn flachlegst. Ist auch besser fürs Ego.«

»Na für mein Ego hast du ja jetzt schon gut gesorgt, danke.«

»Komm, lass uns gehen! Denk heute Abend vor dem Einschlafen an ihn und bemühe das Zehn-Finger-System, glaub mir, das ist angenehmer.«

»Jonas!« Ich konnte nicht verhindern, dass meine Wangen anfingen zu glühen.

»Jetzt tu mal nicht so prüde, ich kenne dich viel zu gut. Ich gebe dir jetzt mal 'nen guten Tipp und danach haue ich wirklich ab: Vergiss ihn. Keine Ahnung, aufgrund welcher widrigen Umstände er hier gestrandet ist, aber sein Blick vermittelt nicht unbedingt den Eindruck, dass er Anschluss sucht.«

»Er ist schüchtern«, konterte ich fachmännisch. »Der *lässt* sich aussuchen.«

Jonas riss den Reißverschluss seiner Jacke hoch. »Dir ist nicht zu helfen.«

»Gehst du jetzt wirklich?«

»Ja.«

»Ooooch ...«

»Ja dann komm mit!«

Ich warf einen weiteren Blick auf den makellosen Unbekannten und meine Hormone befahlen mir zu bleiben. Jonas erkannte meinen Entschluss, bevor ich ihn in Worte kleiden konnte. Er küsste mich herzlich auf beide Wangen und mit einem »Mach's gut, Herzchen« ließ er mich stehen. Toll, und so was schimpfte sich bester Freund.

Monsieur *Ich-bin-schön-und-ihr-dürft-mich-angucken* lehnte immer noch an der Wand. Na gut, ich hatte sowieso gerade schlechte Laune, da konnte ich ihn auch ansprechen.

»Hi!«, sagte ich und stellte mich dreist neben ihn.

»Allo«, sagte er und lächelte tatsächlich ein klitzekleines bisschen. Ich sah ihn an. Hatte er gerade »allo« gesagt?

»Ça va bien?«, fragte er. Oh, er war Franzose. Klar. Ich kramte nach meinen rudimentären Französischkenntnissen.

»Oui!«, sagte ich mutig. »Très bien. Und dir?«

»Danke, mir geht es gut«, sagte er.

»Wie heißt du?«

»Isch bin Emilian und du?«

»Ich heiße Maya. Studierst du hier?«

»Oui. Ein Aust-ausch-semöster.«

»Ah, wie nett! Und was studierst du?«

»Mastör in Kültüranthropologie und du?«

»Komparatistik, aber noch im Bachelor.«

»Très bien. Ist es intöressant?«

»Ja ... äh ... très interessant!«

»Bon«, sagte er und dann erstarb unsere Konversation. Mist, irgendwie kam ich nicht weiter. Und nun?

»Hast du eine Freundin?«, fragte ich deshalb, schon wieder dreist.

»Moi? Isch? Non, keine Freundin. Unddu?«

»Nein, ich habe auch keinen Freund«, sagte ich. Er schaute bedauernd und ich fand ihn noch niedlicher. Es half nichts, ich würde ihn mit Alkohol gefügig machen müssen. Ich kramte in meiner großen Tasche und ließ ihn den Hals einer Wodkaflasche sehen, die ich auf die Party geschmuggelt hatte.

»Willst du?«

»Oh«, sagte er. »Oui, sehr gern!«

»Okay, aber nicht hier.« Ich signalisierte ihm, mir zu folgen, und – oh Wunder – er kam tatsächlich mit. »Man darf keinen Alkohol mitbringen«, erklärte ich ihm. »Wir verziehen uns irgendwohin!« Er lächelte verschwörerisch. Ich lief relativ planlos voraus, bis mir die Waschküche im Untergeschoss einfiel. Dort wären wir garantiert ungestört.

Der lange Gang war nur schwach beleuchtet und menschenleer, und die Tür der Waschküche stand weit offen. Drinnen war es angenehm schummrig. Ich schwang mich auf eine der Waschmaschinen und er blieb einfach davor stehen. Ich schraubte die Flasche auf und hielt sie ihm hin.

»Danke.« Er nahm drei große Schlucke, dann gab er sie an mich zurück. Ich nippte nur kurz, ließ es aber so aussehen, als hätte ich deutlich mehr getrunken. Dann gab ich ihm die Flasche wieder. So ging es ein paarmal hin und her. Eine Viertelstunde später küsste er mich und begann, meine Brüste zu kneten. Bingo. Während er immer wilder fummelte, überlegte ich, ob ich Kondome dabeihatte. Er sah so gut aus, so etwas wie ihn lässt man nicht ungevögelt wieder abhauen. Ich zerrte an seinem T-Shirt.

Oh ja ... das nenne ich ein Sixpack, dachte ich noch, da flüsterte er etwas in mein Ohr. »Was?«

»Isch will disch fieken«, keuchte er an meinem Hals.

»Ich will auch«, flüsterte ich und wühlte in meiner Tasche. Endlich ertasteten meine Finger die knisternde Verpackung. »Ich hab ein Gummi dabei!«

Gierig nahm er es mir aus der Hand und zerrte zeitgleich an seiner Jeans. Als er so weit war, zog er mir Hose und String herunter und ich spreizte die Beine. Okay, sein bestes Stück war nicht besonders groß, aber er sah einfach so gut aus, dass es mich andere Defizite vergessen ließ.

»Oh«, stöhnte er, als er in mich eindrang. »Isch fiek disch.«

»Ja, genau, du fickst mich«, erwiderte ich mit Schlafzimmerblick.

»Isch fiek disch«, sagte er wieder. »Isch fiek disch.«

»Jaha ...«, erwiderte ich leicht genervt.

»Isch fiek disch.«

»Ja!«

»Isch fiek disch.«

Es war nervtötend. Jedes Mal, wenn er in mich glitt, sagte er diesen Satz.

»Isch fiek disch.« Rein. Raus. »Isch fiek disch.« Rein. Raus. »Isch fiek disch.« Rein. Raus. »Isch fiek disch.« Rein. Raus. »Isch fiek disch.« …

»Pst!«, zischte ich ihn an. Er machte alles kaputt! Doch mein Protest stoppte ihn nicht.

»Isch fiek disch.« Rein. Raus. »Isch fiek disch.« Rein. Raus. »Isch fiek disch.« …

»Weißt du was!«, raunzte ich. »Genau: Fiek disch!« Ich schob ihn von mir weg, rutschte von der Maschine und zog mir die Hose wieder hoch. Dann stürmte ich aus der Waschküche, zerrte an der Tür, bis sie sich endlich bewegte, und knalle sie als Zeichen meiner Enttäuschung wutentbrannt hinter mir zu.

Am nächsten Morgen fand der Hausmeister in der Waschküche einen ziemlich verängstigten französischen Austauschstudenten, der eine Nacht in kompletter Dunkelheit verbracht hatte. Ich hatte nämlich vergessen, dass die Tür immer mit einem Keil festgestellt wurde, weil es dummerweise nur von außen eine Klinke gab. Dazu kam, dass sich der Lichtschalter ebenfalls außen befand.

Das Semester ist schon längst vorbei, aber diese Geschichte erzählt man sich immer noch sehr gern. Und ich? Isch lächle dann nur.

4. GESCHICHTE

Hannes, Buzzer und ich

*Carolin (24), Anglistikstudentin, Hamburg,
über
Hannes (25), Germanistikstudent, Hamburg*

Hannes und ich lernten uns kennen, während wir an der Uni-Haltestelle auf den Bus warteten. Zuerst lächelten wir uns nur an, dann sagten wir beide im gleichen Moment einfach Hallo. Ich fand ihn total süß mit seinen dunklen strubbligen Haaren und dem blau-weiß geringelten Polohemd. Wir tauschten Handynummern und verabredeten uns direkt für den nächsten Tag.

Als ich das erste Mal bei ihm zu Hause war, lernte ich auch seinen Hund kennen. Hannes hatte mir vorher erzählt, dass er ihn vor knapp drei Wochen aus einem Tierheim geholt hatte.

»Das ist Buzzer«, sagte Hannes stolz, während ein Hund groß wie ein kleines Kalb interessiert an meinem linken Hosenbein schnüffelte.

»Buzzer?«, hakte ich nach. »Buzzer wie diese roten Dinger, auf die die Leute in den Gameshows immer draufhauen, wenn sie die Antwort wissen?«

»Öhm ...« Hannes tätschelte Buzzers ausladenden Rücken. »Ja.«

»Cool...«

Ein peinliches Schweigen entstand. Hannes kraulte Buzzer immer noch. Ich glaubte zu sehen, dass es ein wenig aus Buzzers Fell staubte.

»Kannst ihn ruhig streicheln, er ist ganz lieb.«

»Ja, okay.«

Ich hatte mal gelesen, dass es bei Kindern total gut ankommt, wenn man vor ihnen in die Hocke geht – dann ist man mit ihnen auf einer Höhe. Ob dies auch für Hunde galt? Ich beschloss, es einfach mal zu versuchen. Als ich dann von Angesicht zu Angesicht vor Buzzer kniete, begann er, begeistert zu hecheln, und mich hüllte eine Wolke lauwarmen Hundeatems ein. Hannes guckte verzückt auf uns herunter. Ich kraulte Buzzer semiprofessionell hinterm linken Schlappohr und schon wieder glaubte ich, feinen Staub herumwirbeln zu sehen.

»Was für eine Rasse ist er?«

»Bernhardiner-Mischling.«

»Er ist echt knuffig!«

Hannes strahlte mich an, während Buzzer sein monströses Teddygesicht an meine Hand drückte.

»Komm, ich zeige dir den Rest der Wohnung!« Hannes hielt mir galant die Hand hin und Buzzer folgte uns in mäßigem Trott.

Als wir eine viertel Stunde später auf der Couch endeten, um ein bisschen zu knutschen, wollte Buzzer uns offensichtlich ganz nahe sein, denn er legte den Kopf auf Hannes' Knie und sah aufmerksam zu uns hoch. In regelmäßigen Abständen leckte er sich laut schmatzend über seine große schwarze Nase. Ich wollte kein Spielverderber sein, aber diese akustische Untermalung störte mich doch ein wenig. Als Hannes die Hand unter meinen Pulli schob, nieste Buzzer sekretreich. Wer schon mal von einem Hund vollgerotzt wurde, weiß, wie ekelig das ist.

Hannes entschuldigte sich natürlich tausend Mal, während er aufsprang und einige Blätter Küchenrolle holte. Ich meinte, bei

Buzzer einen ziemlich zufriedenen Gesichtsausdruck ausmachen zu können, aber sicher war ich mir natürlich nicht.

Als ich wieder so weit entklebt war, dass ich unter Leute gehen konnte, schlug ich vor, mit Buzzer einen Spaziergang zu machen, um die Situation zu entkrampfen. Hannes stimmte mir erleichtert zu. Unser kleiner Ausflug verlief vollkommen unauffällig: Buzzer tollte auf der Wiese mit zwei winzigen Chihuahuas herum und wir beide gönnten uns das erste Eis dieses Frühlings. Zwei Stunden später kamen wir wieder zu Hause an und ich wollte mich verabschieden, weil ich mich noch auf zwei Kurse am nächsten Tag vorbereiten musste. Hannes nahm mich in den Arm und drückte mich an sich. Das ging genau drei Sekunden gut, dann drängte Buzzer sich zwischen uns und setzte sich dreist auf unsere Füße. Leicht genervt fuhr ich nach Hause. Wie würde das wohl weitergehen?

Die nächsten Male verabredeten wir uns auf Hannes' sanftes Leiten hin wieder an der Uni. Wir saßen nach Vorlesungsschluss auf den grünen Wiesen des Campus und sonnten uns, besuchten ein vom Campus-Radio veranstaltetes Jazz-Konzert und dateten mehrmals in der frisch renovierten Cafeteria. Obwohl wir keine Kurse zusammen hatten, suchten wir gemeinsam in der Bibliothek nach Literatur für unsere Seminararbeiten. Es war immer sehr schön – der einzige Nachteil war, dass wir körperlich nicht weiterkamen. Und ehrlich gesagt, war ich schon ein wenig scharf darauf, unsere Knutscherei noch weiter auszubauen. Die darauffolgenden zwei Dates gingen wir ins Kino und tanzen, danach trafen wir uns wieder drei Mal an der Uni. Schließlich war ich so weit, dass ich Hannes sogar in mein Kinderzimmer einlud, nur um endlich mal an ihn ranzukommen. Er lehnte ab, weil er uns wohl beziehungstechnisch noch nicht in dem Stadium sah, in dem man die Eltern des anderen kennenlernt. Als ich daraufhin eingeschnappt war, lud er mich erneut zu sich ein.

An diesem Abend wollte ich es wissen. Ich hatte schöne neue Unterwäsche an, war am ganzen Körper mit einer wohlriechenden Bodylotion eingecremt und trug, zum ersten Mal in diesem Jahr, mein geblümtes Lieblingskleid. Hannes hatte uns sogar eine Kleinigkeit gekocht und eine DVD ausgeliehen. Während des Films begannen wir rumzumachen. Hannes schob den Saum meines Kleides hoch, und ich nestelte an den Knöpfen seines Polohemdes. Er seufzte, als ich über die Beule in seiner Jeans streichelte, und rutschte zu mir herüber. Ich drehte mich auf den Rücken und ließ mich nach hinten fallen. Hannes war schon über mir, während ich noch meine Ballerinas von den Füßen streifte. Dann zog ich ihm sein Polohemd über den Kopf. Er stützte sich auf den weichen Polstern der Couch ab und fast wäre er seitlich heruntergekippt. Wir lachten beide, was Buzzer, der bis dato unter dem Couchtisch geklemmt hatte, zur Aufforderung nahm, uns zum Spielen zu animieren. Er brachte sein »Schäfchen«, wie Hannes es liebevoll nannte. Genauer gesagt war es ein fusseliges, ehemals weißes Stoffschaf, das wegen Buzzers gesteigerten Spieltriebs permanent angesabbert und klebrig war. Und genau dieses Ding legte er nun auf meinem Unterarm ab.

»Buzzer! Pfui!«, schimpfte Hannes. Buzzer drehte die Ohren nach hinten, nahm das Stofftier aber nicht wieder weg. Stattdessen setzte er sich mit einem Plumps hin und sah uns ungerührt an. Hannes griff nach dem Schaf und warf es in hohem Bogen von der Couch. Buzzers Ohren zuckten wieder, doch er bewegte sich nicht.

»Ja lauf! Wo ist das Schäfchen?!«

Ich, die unter dem halbnackten Hannes lag, mit hochgeschobenem Rock und aufgelöster Frisur, war so gar nicht mehr angetörnt. Der Hund nervte. Er war süß und knuffelig und herzallerliebst, aber er war eine eifersüchtige Nervensäge.

»Tut mir leid«, flüsterte Hannes. »Lass uns rüber ins Schlafzimmer gehen. Wenn du noch magst ...?« Ich sah Hannes an und ja, eigentlich wollte ich doch noch. Also nickte ich. Buzzer schaute uns zu, wie wir Richtung Bett liefen, doch er folgte uns nicht.

Kaum lagen wir und Hannes hatte die Hand an meinem teuren Spitzenstring, da hörte ich Pfotengeräusche auf dem Boden und mit einem zufriedenen Schmatzen legte Buzzer den Kopf auf der Bettkante ab. Ich wollte ihn ignorieren, wirklich! Nur noch die Hand in meinem Schritt fühlen, die gierige Zunge an meinem Dekolleté und Hannes' Atem auf meiner Haut. Stattdessen fühlte ich mich beobachtet.

»Der Hund guckt zu!«, keuchte ich.

»Was?«

»Er guckt schon wieder zu!«

»Oh nee!« Hannes strich sich die verstrubbelten Haare aus der Stirn. »Buzzer, husch husch!« Er wedelte mit der Hand und Buzzer hob interessiert den Kopf.

»Na hoppi, geh da weg ... sei ein Lieber!«

Buzzer schaute widerwillig zur Tür, dann überlegte er es sich wohl anders und machte es sich lediglich zwei Meter entfernt in einer Zimmerecke bequem. Mir sollte es recht sein, solange er dort blieb. Hannes begann, mich zu küssen, und ich hoffte, dieses Mal würden wir zu Ende bringen können, was wir angefangen hatten. Er öffnete meinen BH und streichelte meine nun entblößten Brüste. Vorsichtig spielte er an meinen Brustwarzen, was mir sehr gefiel. Ich machte ein Hohlkreuz, um zu signalisieren, dass ich es durchaus etwas härter mochte. Hannes verstand und bearbeitete meine geröteten abstehenden Brustwarzen, indem er sie zwischen Daumen und Zeigefinger rieb.

»Fester«, murmelte ich. Hannes kniff zu und ich stöhnte, was ihn wohl ziemlich anmachte.

»Ich will dich vögeln, und zwar sofort.« Er zerrte an seiner Hose und ich half ihm, indem ich seine Shorts herunterzog. Aus einer Hosentasche zauberte Hannes noch ein Gummi hervor und ich konnte es kaum erwarten, ihn endlich in mir zu spüren. Ich spreizte automatisch die Beine, als er sich mir näherte. Sein Schwanz war steinhart und warm und wie er sich so fordernd auf mich legte, wollte ich nicht mehr warten. Ich bog mich ihm entgegen und sofort war er ohne Mühe in mir drin.

»Oh, Baby ...«, hauchte er.

Ich begann, mich zu bewegen, weil ich so unglaublich scharf auf ihn war. Er ließ sich auf meinen Rhythmus ein und ich fühlte, dass das hier verdammt gut passte.

»Hör nicht auf ...«, flüsterte ich und kratzte ihn quer über den Rücken. Hannes stöhnte laut und stieß noch tiefer zu.

Mit einem Satz saß Buzzer mitten im Bett. Ich quietschte erschrocken, während die Matratze unter dem enormen Gewicht des Hundes gefährlich bebte.

»Buzzer, runter!«, schrie Hannes nach einem Moment der Überraschung empört. »Was soll das?«

Buzzer klemmte den Schwanz ein und flüchtete, nur um dann mitten im Türrahmen sitzen zu bleiben. Beleidigt schnaufend sah er zu uns herüber.

»Mir reichts!«, schimpfte Hannes. Er rollte sich von mir herunter, sprang vom Bett, schob Buzzer aus dem Weg und knallte die Schlafzimmertür zu.

»Meine Güte, dieser Hund! Was soll diese Show?!«

»Komm wieder her ...«, sagte ich, immer noch ziemlich scharf. »Jetzt ist ja Ruhe.«

Hannes hatte, nackt wie er war, die Arme in die Seiten gestemmt und sah sauer aus.

»Na komm schon ...«, neckte ich ihn und drehte mich lockend auf den Bauch. Ich wollte nicht aufhören, auf gar keinen Fall. Und ich würde bekommen, was ich wollte, dafür würde ich sorgen. Also drückte ich mich hoch, sodass ich auf allen vieren im Bett kniete. Hannes guckte auf meinen nackten Hintern und befeuchtete seine Lippen.

»Oh ja …«, flüsterte er. Ich wackelte ein wenig herum, um ihn noch verrückter zu machen, und schneller als der Blitz war er hinter mir und wieder in mir drin.

»Zieh an meinen Haaren.«

Hannes griff in das, was von meiner Frisur noch übrig war, und zog mir den Kopf in den Nacken, während sein Becken gegen meinen Hintern klatschte. Er stöhnte laut und mir gefiel sehr, dass ich ihm so etwas entlocken konnte. Trotz dieser devoten Pose war es, als hätte ich eine Macht, von der er nicht wusste, dass er ihr ausgeliefert war. Ich presste mich heftiger an ihn, jedes Mal wenn er in mich stieß. Hannes löste eine Hand aus meinen Haaren und legte sie zwischen meine Beine. Leider kam er nicht an die richtigen Stellen, was er erstaunlicherweise sogar selbst zu erkennen schien. Denn er zog sich zurück, riss an meinen Unterschenkeln und ich landete platt auf dem Bauch auf der Decke. Schon war er wieder über mir, dirigierte seinen Schwanz in mich hinein und schob seine rechte Hand zwischen meinen Bauch und die Decke, bis er an meiner Muschi angekommen war. Er begann, die Finger zu bewegen, während er einen langsamen leidenschaftlichen Rhythmus aufnahm, und mir schwanden vor Lust fast die Sinne. Er war richtig gut! Und er wusste genau, was er tat. Ich wand mich unter ihm, sein Körper engte meinen Brustkorb ein und das machte mich so was von an.

Zuerst hörte man durch die Tür nur ein kurzes Schnaufen.

»Buzzer!«, knurrte Hannes warnend und hörte auf mit dem, was er so gekonnt mit meinem Körper machte. Es antwortete ein Fiepen.

»Lass ihn fiepen, er hört bestimmt gleich auf«, sagte ich schnell, glaubte zwar selbst nicht daran, aber ich wollte auf gar keinen Fall aufhören. Es fiepte erneut, dieses Mal lauter und eindringlicher, und schließlich gab Buzzer im Drei-Sekunden-Takt diesen unsäglich hohen Ton von sich. Das durfte doch alles gar nicht wahr sein! Ich würde diesen Hund zu Frikadellen verarbeiten! Verdammt, ich wollte gevögelt werden und nicht 'nem Riesenköter die Pfote halten müssen!

Hannes rollte sich von mir herunter und legte beide Hände über seine Augen. Ich war kurz davor, mich aufzuregen, doch Hannes tat mir zu leid, als dass ich ihn nun anmotzen konnte. Was konnte er schon für seinen gestörten Tierheimhund? Also streichelte ich seine Haare, während sich seine Erektion mehr und mehr in Wohlgefallen auflöste.

Dann begann das Jaulen. Buzzers Fiepen ging in ein langgezogenes Geräusch in einer unsäglichen, Ohrenschmerzen hervorrufenden Tonlage über, sodass ich glaubte, sogar die Tür würde ein wenig vibrieren.

»So geht das nicht«, sagte ich entschlossen und setzte mich auf.

»Es tut mir so leid!« Hannes' Gesicht war ehrlich verzweifelt. »Hätte ich gewusst, dass er sich Leuten gegenüber so gebärdet, dann hätte ich ihn nicht …«

»Sag das nicht«, unterbrach ich ihn. Mein moralisches Gewissen hatte meine körperliche Erregung erfolgreich verdrängt. »Er braucht vielleicht einfach noch etwas Zeit. Er ist völlig auf dich fixiert, weil du ihn da rausgeholt hast und er seitdem nur noch Zeit mit dir verbringt. Vielleicht lässt dieses Verhalten ja mit der Zeit nach.«

»Was aber, wenn nicht? Ich kann ihn doch nicht … ich könnte das nicht! Ihn wieder abgeben … das könnte ich nicht.« Hannes war offensichtlich völlig außer sich. Fast glaubte ich, er würde anfangen zu weinen.

»Ich lasse euch beide mal allein. Ihr müsst euch mal dringend unterhalten«, sagte ich und wollte betont lustig sein. Dann begann ich, meine verstreuten Klamotten zusammenzusuchen.

»Aber was wird aus uns, wie sollen wir uns …?«, fragte Hannes.

»Schauen wir mal«, antwortete ich. »Beruhig du erst mal deinen Hund, ich fahre nach Hause und du meldest dich, okay?«

Tatsache ist: Hannes meldete sich bei mir, doch ich reagierte nicht darauf. Der Gedanke an ein gemeinsames »Therapieren« von Buzzer nervte mich schon im Ansatz.
  Ich mag Tiere, aber nicht, wenn sie so überpräsent sind. Und schon gar nicht, wenn sie mit mir um einen Rangplatz konkurrieren.

5. GESCHICHTE

Geile Sterne

*Claudia (27), Biologiedoktorandin, Bochum,
über
Sebastian (28), Biologe, Bochum*

Ich kann mich noch sehr gut erinnern, wie unglaublich verschossen ich in Sebastian war. Es war in meinem ersten Jahr an der Uni und ich schwebte immer noch euphorisiert und dumm grinsend über den Campus. Schule war nie so mein Ding gewesen, aber das hier: die Vorlesungen, die Fakultäten, so viel Wissenschaft an einem Platz – davon hatte ich schon lange geträumt. Und dann Sebastian. Schon bei der Einführungsveranstaltung war er mir aufgefallen: kurzes braunes Haar, attraktives Gesicht, gestählter Körper. Fast ein wenig zu aufgeplustert, böse Zungen nannten ihn sofort »den Bodybuilder«, aber ich fand ihn sehr sexy. Das gemeine Schicksal wollte es, dass wir keinen einzigen Kurs zusammen hatten. Nur in den Vorlesungen waren wir natürlich alle auf einem Fleck. Die Mädchenclique aus meinem Tutorium fand ihn auch ganz scharf, aber da ich ihn zuerst gesehen hatte, überließ man mir gnädig das Vorrecht. Meine Güte, was waren wir albern damals!

Einem Geistesblitz von mir folgend, saßen wir nun nicht wie üblich weit vorne, sondern meist in den letzten Reihen, damit ich einen garantierten Blick auf Sebastians ausladendes Kreuz hatte. Leider sah man von dort die Tafel so gut wie gar nicht mehr und auch mit der Akustik haperte es ein wenig. Ein Plan musste her, da meine Mädels nicht bereit waren, den Rest des Semesters nichts mehr von der Vorlesung mitzubekommen. Nach langen Diskussionen einigten wir uns auf die Bio-Party am Donnerstag in zwei Wochen als Deadline. Dort sollte ich ihn dann endlich ansprechen, wenn ich das schon nach der Vorlesung nicht schaffte. Ich suchte händeringend nach einer Gelegenheit, mit ihm Kontakt aufzunehmen. Dann hätten wir direkt zusammen zu der Party gehen können. Das wäre doch super gewesen!

Ich habe es natürlich nicht geschafft. Ein paarmal hatte ich mich wie eine Wilde an den Leuten auf der Treppe vorbeigedrängelt, um ihn am Ende der Vorlesung abzupassen.

Auf den Fuß treten, Ordner fallen lassen oder einfach nur anrempeln waren meine Ideen gewesen. Doch wenn ich ihm dicht auf den Fersen war, stürmte er mir entweder davon, war umringt von Leuten oder mich ergriff die Angst vor plötzlich auftretenden Blackouts und ich lief mit starrem Blick an ihm vorbei.

An dem Mittwoch vor der Party saß ich mit zwei Mädels, Lena und Marie, über eiskalten Baguette-Brötchen in der Cafeteria, als Jessica, ebenfalls Tutorium-Clique, mit zweifelhaften Neuigkeiten zu uns stieß.

»Oh. Mein. Gott«, sagte sie zur Begrüßung. Sie war ein Jahr in Amerika zur Schule gegangen und hatte gewisse seltsame Ausdrucksweisen einfach ins Deutsche übernommen. Dabei hatte sie die Augen weit aufgerissen und glitt mit einer geschmeidigen Bewegung in die Lücke zwischen dem im Boden verankerten freien Stuhl und dem Tisch.

»Sebastian«, sagte sie dann und machte eine dramatische Pause, in der sie zu mir guckte. Wir guckten alle drei zurück. Als sie immer noch nichts sagte, fragte ich: »Was ist mit ihm?«, weil sie wohl offensichtlich extra um die Info gebeten werden wollte.

»Er ist so ein Assi!«, sagte sie dann etwas zu laut und kicherte in ihren dicken Schal. Ich fühlte, dass ich automatisch ein unwilliges Gesicht zog. Na hör mal, wir sind hier alle Akademiker, wollte ich parieren, Leute mit Abi und dem festen Willen zur wissenschaftlichen Arbeit, hier gibt es keine Assis!

»Warum?«, fragte ich stattdessen, äußerlich recht gelassen. Jessica kicherte erneut, was in einem Hustenanfall endete, wohl weil sie sich an ihrer eigenen Spucke verschluckt hatte. Meiner Meinung nach kostete sie ihre Situation etwas zu sehr aus. Sebastian war kein Assi, ich kannte ihn zwar kaum, aber nein, das war er nicht.

»Hast du den mal reden hören?«, fragte sie dann fast anklagend wieder in meine Richtung.

»Nein?«

»Oh. Mein. Gott«, sagte Jessica noch mal und so langsam ging mir das Ganze auf die Nerven. Ich guckte zur Seite und biss in mein Käse-Baguette. Das Weißbrot war zäh und auf Kühlschranktemperatur, von unten etwas matschig und bei genauerem Hinsehen leichengelb. Igitt!

»Was hat er denn so Schlimmes gesagt?«, wollte ich wissen, nachdem ich einen schwammigen Bissen Brot irgendwie heruntergewürgt hatte.

»Es geht nicht darum, was er gesagt hat, es geht darum, wie er es gesagt hat!«

»Aha.«

»Voll das Ruhrpott-Assi-Gelaber!«

Nun gut, das was sie da gerade von sich gegeben hatte, war auch nicht unbedingt druckreif. Ich beschloss, nicht weiter nachzuhaken und mir lieber selbst ein Bild von ihm zu machen.

Am nächsten Tag war Donnerstag. Der Donnerstag. Der schicksalhafte Tag der Bio-Party. Der Tag, an dem ich ihn ansprechen würde. Wir trafen uns um neun vor dem Hörsaalgebäude, in dessen Vorraum die Feierlichkeit stattfinden sollte. Es war schon erstaunlich voll. Draußen gab es sogar einen Dönerstand. Drinnen wurde an langen Tapeziertischen billiger Alkohol verkauft. Der relativ große Raum war schon jetzt verraucht und ziemlich dreckig. Ich fühlte mich schrecklich erwachsen. Wir tranken bitteres Bier aus Plastikbechern und pafften dazu, während wir uns, kichernd vor Aufregung, aneinander festhielten. Unsere erste Uni-Party! Jetzt würde das wahre Leben beginnen! Mir blieb fast das Herz stehen, als ich Sebastian sah. Ein kleiner feiger Teil von mir hatte gehofft, er würde gar nicht erst erscheinen. Sein enges weißes T-Shirt zeigte mehr als es verhüllte.

»Der sieht aus wie 'ne männliche Nutte«, sagte Lena in ihrer trockenen Art. Jessica kicherte und klimperte mit ihren Wimpern in seine Richtung. Ich fand das nicht lustig.

»Besser als so'n Klappspaten«, meinte Marie und begutachtete ihn wie ein großes Stück Parmaschinken.

»Haste schon 'nen Aufhänger?«, fragte Jessica.

»'Nen was?«

»Aufhänger! Einen Vorwand, um ihn anzusprechen.«

»Ach so.« Drei fragende Gesichter guckten mich an.

»Äh ...« Simultanes Augenbrauenhochziehen.

»Na ja vielleicht ...«

»Hat sie nicht«, sagte Marie und seufzte.

»Vielleicht rempel ich ihn an und schütte ihm Bier aufs Shirt ... so aus Versehen«, plapperte ich hilflos.

»Dann reißt er dir den Kopf ab, anstatt mit dir zu tanzen«, meinte Lena.

»Na super, kreative Vorschläge bitte an mich.«

»Lächle ihn doch einfach an, wenn du an ihm vorbeigehst. Wenn du Glück hast, kennt er dich eh vom Sehen.« Ich nickte vorsichtig. So schlecht war die Idee gar nicht.

»Aber lass uns erst mal tanzen gehen!«, quengelte Jessica.

»Wenn er später schon ein bisschen einen im Tee hat, ist er

sowieso leichter anzuquatschen.« Allgemeines zustimmendes Gemurmel. Die nächsten zwei Stunden hopsten wir auf der Tanzfläche herum, kicherten und lachten und tranken das ekelige Bier. Irgendwann beugte Jessica sich verschwörerisch zu mir herüber.

»Opfer auf acht Uhr«, raunte sie. Ich guckte mich suchend um.

»Acht Uhr«, zischte sie noch mal. Ich hatte keine Ahnung, ob sie nun von sich aus oder von mir aus meinte, deshalb guckte ich einfach weiter auf gut Glück. Und da war er: Lief gerade lässig alleine Richtung Bier-Bar.

»Los doch!«, schubste Jessica mich an. Ich stolperte ein paar Schritte nach vorn. Hinter mir lautes Gekicher und anspornende Kommentare. Oh menno, hoffentlich bekam das hier niemand mit. Ich ging zögerlich weiter. Dann beschloss ich, doch zu warten, bis er sein Bier hatte. Als er sich endlich mit einem frisch gefüllten Becher von der Theke abwandte, zwang ich mich, direkt auf ihn zuzugehen und es dabei aber höchst zufällig wirken zu lassen. Alles gar nicht so einfach. Und dann: Lächeln, im Takt laufen und atmen nicht vergessen.

Er lächelte zurück, wirklich. Dann blieb er vor mir stehen.

»Hi!«

»Hi!«, sagte ich zurück. Wer hatte behauptet, es wäre schwierig, Männer kennenzulernen?

»Du bist in meinem Semester, right?«

»Right«, grinste ich.

»Ich bin Sebastian.«

»Hi. Claudia.« Seine Hand war warm und ziemlich groß.

»Geile Party!«

»Ja.«

Er guckte an mir herunter. »Siehst auch ziemlich geil aus.«

»Äh, danke.« Was sagt man darauf? So was wie »Du auch!«?

Sebastian wippte lässig im Takt, während sein Blick ganz offensichtlich an den Rundungen meiner Brüste klebte.

»Ziemlich heiß hier, hm?«, fragte er soeben mein Dekolleté. Nein, mir war nicht zu warm. Gar nicht. Trotzdem nickte ich.

»Lass mal bisschen raus. Frische Luft.«

Wenn mich eines irritiert, dann ist es ein bewusst zurechtgestutzter Satzbau. Trotzdem nickte ich erneut. Er war einfach viel zu schön, um Nein zu sagen. Ich dachte an die Muskeln unter seinem Shirt, während er vorausstolzierte und dabei die Hüften machomäßig im Takt der donnernden Musik wiegte. Draußen entfernten wir uns ein wenig von dem Dönerstand und den vielen Leuten vor dem Eingang.

»Alter, Sterne sind so geil.« Mit diesem Satz pflanzte er einen schweren Arm um mich. Ich versuchte, nicht zu ächzen und auch seine verbalen Ergüsse zu ignorieren. Also legte ich einen Arm um seine Taille. Kein Gramm Fett, sage ich nur. Wir spazierten ein wenig auf den verlassenen Wegen des Campus, während er mehr oder minder grob meine knochige Schulter durchknetete. Ich hatte meine Hand mittlerweile in sein T-Shirt gekrallt, um nicht umzufallen.

»Geile Sterne«, sagte er noch mal.

»Hmhm«, nickte ich. Sterne oder nicht, mir war einfach nur kalt. Und wenn ich friere, finde ich ziemlich schnell ziemlich viel ziemlich doof. Ich seufzte.

»Och, dir ist kalt«, sagte er, ließ von meiner Schulter ab und rieb stattdessen meinen Arm.

»Ein bisschen.« Muskeln oder keine, ich wollte nicht mehr. Wahrscheinlich ... Vielleicht ... Hmpf ...

»Lass uns bisschen in meine Karre setzen. Hab 'ne super Heizung!« Schon wieder diese kastrierten Sätze! Na gut, eine Chance würde ich ihm noch geben. Wenigstens hatte er erkannt, dass mir kalt war. Sebastian nahm meine Hand und marschierte mit Siebenmeterschritten los, ich baumelte an seinem Arm hinterher. Auf dem Parkplatz steuerte er zielstrebig auf ein Auto zu.

Ich schloss die Augen und betete, er möge kurz vorher noch einen Haken schlagen und zu einem anderen Fahrzeug abbiegen. Doch ich wurde nicht erhört. Also ich war noch nie zimperlich, was Autos anging, die Karre konnte alt sein, dreckig oder beides. Doch das hier war eine Zumutung. Sebastian schloss die Fahrertür auf. Ich schluckte. Erstens, das Auto war strahlend weiß. Kein Cremeweiß, kein Perlmuttweiß, kein Silberweiß. Einfach nur weiß, wie Tipp-Ex. Und matt. Wie gesandstrahlt. Zweitens, die Fenster an Kofferraum und Rückbank waren mit billiger schwarzer Folie beklebt, die neben Luftblasen auch noch einen reizenden metallic-blauen Schimmer zu bieten hatte. Drittens, das Vehikel schwebte knapp überm Erdboden. Selbst einen Zigarettenstummel zu überfahren hätte schwierig werden können. Viertens, der Heckspoiler, der aussah, als hätte Sebastian ihn in einer Nacht-und-Nebel-Aktion von der Enterprise abgeschraubt. Ich war noch dabei, den Gesamteindruck zu verarbeiten, als mein Begleiter mir breit grinsend die Beifahrertür öffnete.

»Husch, husch, ins Körbchen!« Okay, mir war kalt. Wirklich kalt. Ich würde mich einfach ein wenig aufwärmen und dann zurück zu den Mädels flüchten. Ich prellte mir prompt den Steiß an dem steinharten Sportsitz, während Sebastian den Motor anschmiss. Dem Sound nach zu urteilen, hätte er auch ein Flugzeug starten können. Die Heizung war allerdings wirklich effektiv. Fast augenblicklich pustete mir warme Luft wie aus einem gigantischen Föhn mitten ins Gesicht.

»Geil, oder?«, schrie Sebastian mir ins Ohr.

Was war jetzt geil? Das Auto? Der Sound? Die Heizung? Ich tat begeistert.

»Okay, Baby, jetzt kommt der Special-Effekt!«, brüllte er, während ich versuchte, mir die Haare aus dem Gesicht zu streichen, die in meinem Lippenstift klebten. Er drückte einen Knopf und ich fiel nach hinten in die Liegeposition. Ich verschluckte mich vor Schreck und guckte immer noch völlig verdattert in den grauen Fahrzeughimmel, als Sebastian sich über mich beugte.

»Yeah, Baby!«, schnurrte er.

Oh Gott, Hilfe. Ich musste hier weg. Doch wie? Ich lag wie ein Käfer auf dem Rücken und Sebastian hing über mir. Sein warmer Döner-Atem vermischte sich mit der staubigen Heizungsluft.

»Du, ich muss ganz dringend los!«, keuchte ich.

»Was? Wo musste denn hin?« Er guckte wie sein Auto. Ich schob ihn unsanft von mir herunter.

»Ich muss ... ach egal. Meine Mädels machen sich bestimmt schon Sorgen.«

»Ja, aber ...« Er guckte immer noch verdutzt, ließ sich aber von mir hochdrücken.

»Sorry.« Ich riss die Tür auf.

»Ja, okay«, rief er durch den tosenden Wind seiner Heizung. Wahrscheinlich war er zu überrascht, um sich aufzuregen.

»Wir sehen uns!«, rief ich noch ins Wageninnere, dann knallte ich die Tür zu. Bloß weg von hier. Jessica hatte recht gehabt. Er war ein Assi.

Zu Sebastian bliebe allerdings noch zu erwähnen, dass er mir die Aktion nicht übel nahm. Er grüßte mich, wann immer wir uns über den Weg liefen. Wir hatten sogar mal ein Seminar zusammen.

Sein Satzbau ist übrigens unverändert geblieben.

6. GESCHICHTE

Daria

*Tristan (24), Mathematikstudent, Bonn,
über
Moritz (24), Philosophiestudent, Bonn,
und
Daria (24), Komparatistikstudentin, Kiew*

Moritz und ich waren schon seit der Oberstufe befreundet und teilten uns eine kleine Zwei-Zimmer-Wohnung. Da wir komplett unterschiedliche Fächer studierten, kannten wir jeder eine Menge Leute und waren immer up to date, was Partys oder andere spaßige Veranstaltungen anging. Wir waren beide Singles, nicht unbedingt aus Überzeugung, aber es war auch nicht weiter tragisch.

Dann lernte Moritz Daria kennen. Es war Anfang April, kurz vor Beginn des Sommersemesters. Sie war für ein Auslandssemester aus der Ukraine nach Deutschland gekommen und mein bester Freund schien wie ausgewechselt. Dass er sie bereits nach dem dritten Date mit zu uns nach Hause bringen wollte, gab mir ziemlich zu denken. Ich saß in unserer vollgestellten Küche und trommelte mit den Fingern auf der Platte unseres alten Holztisches – die ganze Sache kam mir ziemlich überstürzt vor. Dann schloss Moritz die Tür auf, Daria betrat den Raum und mir blieb glatt die Luft weg. Sie war das Schönste, was ich in meinem ganzen Leben gesehen hatte. Sie war groß, schlank und hatte makellose Haut. Sie war ungeschminkt, trug eine locker sitzende Jeans und ein Blümchenoberteil, das schon ein wenig verwaschen aussah. Einziger Schmuck waren ihre dunklen Haare, die lang über ihren schmalen Rücken fielen. Ihr Gesicht war ernst und blass, mit einem kleinen herzförmigen Mund und hohen Wangenknochen.

»Hallo, es freut mich, dich kennenzulernen«, sagte sie in perfektem, fast akzentfreiem Deutsch und reichte mir die Hand. Ich besann mich meiner guten Manieren und stand höflich auf, um ihre Hand zu schütteln. Meine Mutter wäre stolz auf mich gewesen.

»Freut mich auch. Ich bin Tristan.«

»Ich weiß«, sagte sie und lächelte. Moritz, der neben ihr stand, grinste, als habe er im Lotto gewonnen.

Von da an war sie fast jeden Tag bei uns. Moritz wirkte völlig vernarrt in sie und all seine großartigen Sprüche von Freiheit und Freiraum schienen ihm völlig entfallen zu sein. Nachts hörte ich manchmal, wie sie Sex hatten, wenn sie dachten, dass ich schon schliefe. Aber auch tagsüber war die Wohnung mit knisternder Spannung aufgeladen. Daria besaß so eine subtile erotische Art, die mich magisch anzog, obwohl ich es zu verhindern suchte. Manchmal setzte ich mich ihr gegenüber an den Küchentisch, wenn sie uns einen Salat machte, während Moritz auf dem Balkon, wie fast täglich, Würstchen grillte. Wenn sie dann erzählte und lachte, ihre feinen Hände mit dem Messer hantierten und sie mich anlächelte, dann wünschte ich mir, dass ich es wäre, den sie nachts berührte.

Zwei Wochen später wurde es schlagartig warm. Das Thermometer kroch auf unglaubliche 27 Grad und wir verbrachten die freien Nachmittage am See. Daria trug Shorts oder Sommerkleider und ich vertat Stunden damit, sie durch die getönten Gläser meiner Sonnenbrille unauffällig zu beobachten. Gut einen Monat später war das Wasser so warm, dass man baden gehen konnte. Wir planschten in dem trüben Nass herum, Moritz hatte sogar so ein albernes buntes Schwimmtier für Daria gekauft. Als er sich kurz von dannen machte, um an einer nahe gelegenen Bude drei Bier für uns zu organisieren, war ich plötzlich mit Daria allein. Ich schielte zu ihr hinüber, die auf einer Wolldecke neben mir lag, doch sie hatte die Augen fest geschlossen, fast als würde sie schlafen. Ich hatte gerade den Blick wieder abgewandt, da strich sie mit ihrer Hand meinen Arm entlang. Es konnte unmöglich zufällig passiert sein, doch ich rührte mich nicht. Ihre Finger glitten wieder meinen Arm hinunter bis zu meinen Fingerspitzen. Ich bekam eine Gänsehaut. Dann wanderte ihre Hand an meiner Seite hinauf bis zu meiner Brustwarze. Sie berührte den Nippel und mir schoss ein Blitz durch die Lenden. Ihre Fingerspitzen glitten über meinen Brustkorb hinunter bis zu meinem Bauchnabel und dann noch weiter bis zu dem tiefsitzenden Bund meiner Schwimmshorts. Meine sich immer deutlicher abzeichnende Erektion würde ihr nicht lange verborgen bleiben. Was tat sie hier mit mir? Mein ganzer Körper sehnte sich nach ihr, ich wollte sie auf mich ziehen, ihr das Kleid hochschieben, ihren Körper auf meinem spüren, ihren Mund küssen und mich in ihr verlieren.

Sie hatte die Hand weggenommen, bevor ich nach ihr greifen konnte.

»Da hinten kommt Moritz«, sagte sie völlig ruhig.

»Ich geh besser mal ins Wasser.« Hastig suchte ich mit meiner Erektion das Weite. Als ich mich nach ihr umdrehte, sah ich, wie sie lächelte.

Die nächsten Tage wartete ich auf eine zweite Begegnung dieser Art, doch nichts passierte. Wenn sie durch unsere Wohnung wirbelte, berührte sie mich immer nur zufällig. Mal schob sie mich zur Seite, um an mir vorbeizukommen, dann strich sie gedankenverloren über meine Schulter, wenn ich irgendwo saß. Einmal, als wir zu dritt Lebensmittel einkaufen gingen, griff sie lachend nach meiner Hand und zog mich mit sich, weil ich ihrer Meinung nach zu langsam lief. Moritz stimmte zwar in ihr Gelächter ein, doch so richtig begeistert klang er nicht. In mir tobte ein Kampf zwischen meinem schlechten Gewissen und der unglaublichen körperlichen Anziehungskraft, die sie auf mich ausübte. Ich beschloss, wieder mehr mit anderen Leuten zu machen.

An einem Sonntag war ich mit Freunden zu einer kleinen Fahrradtour verabredet, als ich auf halbem Wege merkte, dass ich mein Portemonnaie auf meinem Schreibtisch liegen gelassen hatte. Schon als ich die Wohnung aufschloss, hörte ich eindeutige Geräusche. Nun hätte es sich gehört, laut »Hallo, ich bin noch mal da« zu rufen oder wenigstens genug Krach zu machen, damit sie ihre Privatsphäre noch hätten schützen können. Stattdessen schlich ich wie ein Indianer durch den schmalen Flur und schaute in Moritz' Zimmer, dessen Tür halb offen stand. Die Jalousien waren noch heruntergelassen und der ganze Raum war in ein träges, warmes Licht getaucht. Moritz lag auf Daria, sein Gesicht an der mir abgewandten Seite in ihren Haaren vergraben. Ich hörte ihn schwer atmen, während sein Becken sehr eindeutige Bewegungen machte. Ich kannte massig Pornos, in denen man wesentlich mehr sah als hier. In denen laut gestöhnt, geschrien und sich animalisch gepaart wurde. Aber live hatte ich es noch nie gesehen. Und schon gar nicht mit einer Frau, die mich selbst ziemlich scharf machte.

Daria erwiderte seinen Rhythmus, indem sie sich ihm im gleichen Moment entgegendrängte. Das Geräusch, das sein Schwanz in ihr verursachte, ließ mich eine Erektion bekommen, die sich schmerzhaft gegen die Knopfleiste meiner Jeans drückte. In dem Moment, als ich mir an die Hose griff, um meinen Schwanz in eine angenehmere Position zu bringen, drehte Daria den Kopf zur Seite und sah mir direkt ins Gesicht.

Ich hatte angenommen, dass sie vor Überraschung aufschreien würde, doch das tat sie nicht. Stattdessen sah sie auf meine

Hand, die immer noch meinen Penis hielt. Sie hörte nicht auf, mit Moritz zu vögeln, stattdessen schob sie sich ihm noch härter entgegen. Ich sah, dass Moritz den Kopf hob, und machte einen Ausfallschritt zur Seite, hinter die Tür. Mit klopfendem Herzen und pochendem Schwanz wartete ich ab. Doch als ich nichts weiter hörte als Seufzen und Stöhnen, schlich ich in mein Zimmer und machte es mir selbst. Als ich kam, biss ich die Zähne so fest aufeinander, dass ich mir sicher war, man hätte meine knackenden Kieferknochen bis in alle Stockwerke hören können. Kurze Zeit später verließ ich die Wohnung wieder auf Zehenspitzen. Moritz schien nichts bemerkt zu haben.

Für das nächste Wochenende hatte Daria einen gemeinsamen DVD-Abend geplant. Sie hatte ein Backblech Pizza gemacht, zwei Flaschen russischen Wodkas gekauft und einen Animationsfilm ausgeliehen. Das Gelage sollte auf Moritz' Schlafcouch stattfinden, was mir nicht wirklich behagte. Zuerst aßen wir die Pizza, dann füllte Daria Moritz gekonnt ab, während ich mich mit dem Trinken diskret zurückhielt. Schließlich verabreichte sie ihm den Wodka sogar aus ihrem eigenen Mund. Ich fragte mich langsam, was ich hier sollte. Moritz war inzwischen völlig betrunken und Daria vertrug anscheinend ziemlich viel. Sie tat zwar angeschickert, doch ich merkte, dass sie es nicht war. Gerade legte sie erneut ihre Lippen auf Moritz' Mund, doch der winkte mit letzter Kraft ab. Sein Kopf fiel nach hinten auf die Lehne der Couch und er schloss erschöpft die Augen. Daria, den Mund immer noch mit Wodka gefüllt, sah zu mir. Mein Blick wanderte zu Moritz hinüber, doch der schien nichts mehr mitzubekommen. Daria rutschte zu mir herüber, legte den Kopf leicht schief und dann berührten sich unsere Lippen. Ich öffnete den Mund und der Wodka floss hinein, während ihre Zunge nach meiner tastete. Ich schluckte den Alkohol herunter und griff dann in ihre Haare, um ihren Mund auf meinen zu pressen.

»Ey ...«, lallte Moritz, wohl unfähig sich zu rühren.

Ich erschrak. Daria löste sich von mir und setzte sich gerade auf. »Jetzt müsst ihr euch küssen!«

»Niemals«, sagte ich.

»Genau!«, lallte Moritz. »Und du ... hör auf mit ... mit Tristan ... zu knutschen. Das macht ... macht man nicht.« Er wollte nach ihrem Arm greifen und sie zu sich herüberziehen, doch sie wich ihm gekonnt aus.

»Ich will Sex«, sagte sie stattdessen. »Sofort.«

»Dann komm her ...«, brummte Moritz, obwohl sein Kopf immer noch in diesem ungesunden Winkel über der Couch hing. Daria rutschte wieder zu ihm rüber.

»Ich glaube nicht, dass das mit dir heute noch geht.«

»Das ... geht ... immer!«, lallte Moritz und begann, seinen Schwanz zu reiben.

»Ich glaube, ich sollte mal ...«, warf ich hektisch ein und wollte aufstehen. Ich würde mir nicht noch einmal mit ansehen, wie die beiden es taten.

»Nein«, sagte Daria energisch. »Du bleibst.«

»Wo willste denn hin?«, murmelte Moritz und kicherte.

»Guck, es geht nicht«, sagte Daria, weil sich nichts in seiner Hose tat.

»Dann fass du mal an.«

Daria rieb halbherzig an seiner Hose. Bei Moritz' Alkoholpegel hätte es sich allerdings um ein Wunder handeln müssen, wenn sich dort tatsächlich etwas gerührt hätte. Natürlich passierte nichts. Moritz brummelte verärgert etwas vor sich hin und Daria drehte sich erneut zu mir.

»Du bist sein bester Freund, du musst ihm aushelfen.«

Ich sollte ihm aushelfen, seine Freundin zu vögeln? Ich schüttelte mit mattem Widerstand den Kopf. Moritz schob stattdessen seine Hand unter Darias Kleid und ich konnte ahnen, wo seine Finger gelandet waren. Daria nahm erneut einen Schluck aus der Flasche und zog mich am T-Shirt zu sich herüber. Mein

Gesicht war nah vor ihrem, doch sie küsste mich nicht. Stattdessen wartete sie. Sie wollte mir nicht den Gefallen tun, mir die Entscheidung abzunehmen, stattdessen legte sie es darauf an, dass ich mich selbst dafür entschied, die Freundin meines besten Freundes zu vögeln. Ich sah auf ihren Mund, den Ansatz ihrer hellen Brüste und wie sie sich auf Moritz' Hand bewegte. Und dann küsste ich sie. Der Wodka lief uns am Kinn herunter und ich folgte seinem Rinnsal an ihrem Hals bis zu dem Ausschnitt ihres Kleides. Daria ließ einen Träger von ihrer Schulter gleiten und meine Zunge stürzte sich gierig auf ihre weiche Haut und die rosige Brustwarze.

»Ey ...«, lallte Moritz wieder, doch dieses Mal hörte ich nicht hin. Meine rechte Hand griff in Darias Nacken, während meine Linke versuchte, ihre entblößte Brust ganz zu umfassen. Unsere Lippen trafen sich erneut. Sie schmeckte wild und warm und immer noch nach Wodka. Ich würde sie vögeln. Hier auf dieser Couch und bei laufendem Fernseher. Und vor den Augen meines besten Freundes, der ihr Liebhaber war. Sie griff nach der Knopfleiste meiner Hose und riss daran, bis sie meinen Schwanz zu fassen bekam. Wie oft hatte ich mir schon genau dieses Bild beim Einschlafen vorgestellt. Sie zog meine Shorts herunter.

»Tris ... tan? Bist du noch ... da?« Ich hörte, wie Moritz mühsam diese Worte hervorwürgte und ich stoppte abrupt. Mein Name riss mich in die Realität zurück. Was verdammt noch mal machte ich hier?! Ich drückte mich von der Couch hoch und stürzte aus dem Zimmer. Daria sprang auf und folgte mir, während ich hörte, wie Moritz an der Couch entlangrutschte, bis er mit einem Plumps auf der Sitzfläche zum Liegen kam. Ich lief direkt bis in die Küche, mit heruntergelassener Hose und wippendem Schwanz.

»Sag, dass du mich nicht willst«, forderte Daria und blieb im Türrahmen stehen. Ihr Träger hing immer noch herunter und entblößte ihre rechte Brust.

»Natürlich will ich dich«, flüsterte ich.

»Ich gehöre ihm nicht. Ich gehöre niemandem, nur mir. Und in drei Wochen fahre ich zurück.«

»Ich weiß. Aber er ...«

»Ich will mit dir schlafen. Ich wollte ihn, aber dich will ich auch.«

»Daria ...«

»Ich verzichte nicht gern, aber ich werde dich nicht überreden. Ja oder nein. Jetzt oder nie.«

Ich war scharf auf sie, sie war so unglaublich anziehend, wie sie sprach, wie sie sich bewegte, wie unbekümmert schamlos sie war. Andererseits machte sie mich wütend. Dass sie es schaffte, mich vor die Wahl zu stellen, obwohl sie wusste, wofür ich mich entscheiden würde. Dass ich meinen besten Freund hinterging. Dass sie mich so mühelos um den Finger wickelte.

»Dann jetzt«, hörte ich mich sagen.

Sie warf mir einen Blick zu und ihre Augen sagten: Dann komm doch her, wenn du dich traust.

Ich machte zwei lange Schritte auf sie zu und packte sie. Sie fiel mich an wie eine Katze, kratzte an meinen Armen entlang und biss mir in den Hals. Ich zerrte sie hinter mir her, bis wir vor dem Küchentisch standen. Sie keuchte und riss mein T-Shirt hoch. Als sie ihre Nägel in meinen Rücken bohrte, seufzte ich vor Schmerz, doch ich schaffte es, ihre Arme einzufangen und festzuhalten. Sie küsste mich und biss mir auf die Unterlippe. Dann stieß ihr Hintern an die Tischkante. Ich ahnte, dass sie dasselbe dachte wie ich, und im selben Moment ließ sie sich nach hinten fallen, bis ihr Rücken das Holz der Tischplatte berührte. Sie spreizte die Beine, ich schob ihr das Kleid hoch und zog ihr das Bikinihöschen herunter. Hastig griff ich in das Regal neben mir und meine Finger tasteten suchend die freien Winkel zwischen den Packungen ab. Moritz hatte überall in der Wohnung Kondome versteckt. »Für den Notfall«, hatte er erklärt, wofür ich ihn ein paarmal ziemlich ausgelacht hatte. Meine Hand fand etwas Kleines, Knisterndes und zog schließlich ein silbrig verpacktes Gummi hervor. Daria rutschte ungeduldig hin und her, was mich noch mehr anmachte. Als ich endlich über ihr war, war ich dank des Gleitmittels auf dem Gummi schnell in ihr drin. Sie war so warm, dass ich mich beherrschen musste, nicht sofort zu kommen. Ich wollte, dass sie erst noch ihren Spaß hatte. Irgendwie trat ich fast automatisch in Konkurrenz zu Moritz und war fest entschlossen, es besser zu machen. Daria zog mich zu sich herunter, wohl um die Stimulation zu erhöhen. Sie stöhnte und rieb sich an mir, während ich sie an ihren Hüften hielt und mehr damit beschäftigt war, mich zu bremsen, als wirklich zu genießen. Ich dachte an alles Mögliche, um mich abzulenken, doch sie machte es mir wirklich schwer. Sie hatte den Kopf zur Seite gedreht, eine Hand an ihrer nackten Brust, die andere in meinen Arm gekrallt.

»Ich will, dass du kommst, ich will es sehen«, keuchte ich und strich ihr die Haare aus dem Gesicht. Daria knurrte nur zur Antwort und beschleunigte die Bewegung ihres Beckens.

»Ist es so ...«

»Still!«, fauchte sie. Ich schluckte und machte einfach weiter. Offensichtlich war es okay so. Wenig später öffnete sie den Mund wie in einem stummen Schrei. Aus ihrer Kehle kam ein Laut ähnlich einem Stöhnen, nur von viel tiefer aus ihr heraus. Ich sah fasziniert auf sie herunter. Dann fing ihr Körper an zu zittern, bis ihre Muskeln rhythmisch kontrahierten. Sie schlang die Beine um meinen Rücken und hielt mich tief in ihr fest. Dann wich mit einem Schlag alle Spannung aus ihrem Körper.

»Jetzt du«, flüsterte sie. Ich konnte sowieso kaum noch an mich halten, nach dem, was ich soeben bei ihr gesehen hatte, und schaffte es noch genau fünf Mal rein und raus, bis ich auch kam. Daria beobachtete mich genau, was mir ein wenig peinlich war – warum, wusste ich nicht. Ich fühlte mich seltsam ernüchtert, fast als hätte ich einen Kater. Als ich gerade das Gummi abmachte, hörten wir, wie Moritz auf seine Schlafcouch kotzte. Daria zog ihr Kleid zurecht, schüttelte mit dem Kopf und hüpfte vom Tisch, um nach ihm zu sehen. Ich sah ihr hinterher und fragte mich ernsthaft, ob es das alles wert gewesen war.

Moritz war noch zwei Tage richtig krank von dem vielen Wodka. Daria und ich pflegten ihn gemeinsam. Er hat nie nach den Details dieser Nacht gefragt, aber ich glaube, dass er mehr gehört und gesehen hat, als er zugibt. Unser Verhältnis hat dadurch einen ziemlichen Knacks bekommen. Wir wohnen zwar immer noch zusammen, doch das Ganze ist bereits über ein Jahr her und so wie früher ist es einfach nicht mehr.
    Daria reiste wie angekündigt drei Wochen später zurück in die Ukraine. Ich habe nie wieder etwas von ihr gehört.

7. GESCHICHTE

Im Wandschrank

*Amelie (21), Jurastudentin, Düsseldorf,
über
Fabian (22), Jurastudent, Düsseldorf*

Zusammen mit meinen zwei besten Freundinnen Luca und Nefin war ich auf der Geburtstagsparty eines Kommilitonen eingeladen. Dessen Eltern hatten ihm großzügig, aber unter diversen Sicherheitsauflagen, ihr Haus überlassen und entsprechend *ausufernd* versprach die Party zu werden: Nämlich überhaupt gar nicht. Selbst »langweilig« wäre eine gigantische Untertreibung gewesen. Wir saßen brav auf knisternden Ledersofas, tranken Bowle und unser Gastgeber spielte selbst zusammengestellte Charts-CDs rauf und runter. Natürlich nur in Zimmerlautstärke. Luca gähnte neben mir bereits zum dritten Mal in ihr Bowleglas.

Und dann tauchte plötzlich die jüngere Schwester unseres Gastgebers auf.

»Ach du Scheiße...«, sagte sie anstatt von »Hallo«.

Wir drei atmeten erleichtert auf. Sie sah cool und ein wenig abgerissen aus, mit hautenger Röhre und weitem Eighties-Shirt, schwindelerregend hohen Absätzen und einem Dandy-Hut, der die besten Tage schon hinter sich hatte. Ihr Haar war so tiefschwarz wie ihr Augen-Make-up und die meisten Jungs setzten sich automatisch etwas gerader hin.

»Ist das hier 'ne Party oder der Canastaabend vom Altenheim?«

Unser Gastgeber wurde dunkelrot. »Das ist Liz, meine Schwester.«

»Herrschaftszeiten, ich organisiere mal noch ein paar Leute«, sagte diese im gleichen Moment und zückte ihr Telefon.

»Aber Lizzy, meinst du wirklich ...?«, kam es zögerlich.

»Ja, meine ich.«

Ich jedenfalls hätte sie gern spontan zum Dank umarmt. Keine halbe Stunde später war es richtig voll und Liz war total in ihrem Element. Als Nächstes sollte ein Spiel stattfinden, damit sich ihr eigener Bekanntenkreis und der ihres Bruders schneller kennenlernten. Liz hantierte mit einer überdimensionalen Salatschüssel aus grünem Plastik, während Luca, Nefin und ich einen genaueren Blick auf die vielen dazugekommenen Gäste warfen.

»Diese kleine Schwester ist echt Gold wert«, sagte Nefin und schaute einem großgewachsenen Typen hinterher. Nefin mit ihren Mandelaugen, der immer leicht gebräunten Haut und der lockigen dunkelbraunen Mähne war die Hübscheste aus unserem Trio. Ihren orientalischen Charme vervollständigte eine kurvige Figur, die Männer jeder Nationalität ins Schwitzen brachte. Platz zwei gehörte Luca, die mit ihren knapp 1,80 Metern und dem Gesicht einer Elfe auch problemlos als Model hätte arbeiten können. Und dann war da noch ich: durchschnittliche Figur, durchschnittlich hübsch, durchschnittlich schlau. Mit einem latent langweiligen Touch und dem Ruf eines lieben Mädchens.

Liz riss mich aus meinen Gedanken, indem sie mit einem Holzkochlöffel energisch auf die arme Plastikschüssel hämmerte.

»Alle mal herhören! Wir machen jetzt ein Spiel. Es ist ganz einfach: Jeder schreibt seinen Namen auf einen Zettel, die kommen dann alle in diese Schüssel. In der Zwischenzeit schreibe ich ein paar Orte im Haus auf, an denen sich versteckt werden soll. Aus der grünen Schüssel ziehe ich dann immer zwei Zettel mit

Namen und diese Paare müssen dann aus der anderen Schüssel einen Zettel ziehen. Dort steht dann, wo sie sich im Haus verstecken sollen. Sie haben zwei Minuten Zeit, den Platz zu finden, dann legt der Rest der Leute los mit Suchen, klar? Das Paar, das es schafft, am längsten verschwunden zu bleiben, bekommt einen ganz ganz tollen Preis! Ich lasse jetzt gleich Zettel und Stifte rumgehen. Macht alle mit, es wird lustig!« Das darauffolgende Stimmengewirr ließ darauf schließen, dass die Idee gut ankam.

»Ich will so 'nen Zettel!«, maulte Luca und reckte ihren Kopf nach einem der kursierenden weißen Blöcke.

»Na wenn man da keinen kennenlernt«, kicherte Nefin, »dann weiß ich es auch nicht.«

»Aber was ist, wenn man zusammen mit 'ner anderen Frau als Paar gezogen wird?«, fragte ich. Luca sah mich so erschrocken an, als habe sie diese Variante noch gar nicht in Betracht gezogen. Um uns herum schien man aber mittlerweile auch darauf gekommen zu sein. Lautstark wurde protestiert und Liz sah sich zum Handeln gezwungen.

»Okay, da ihr offensichtlich alle komplett notgeil seid, werde ich noch 'ne dritte Schüssel holen und Jungs und Mädels trennen!«, brüllte sie durch das aufgebrachte Stimmengewirr. Es folgte erleichtertes Gelächter.

»Ich mache nicht mit«, sagte ich.

»Natürlich machst du mit«, erwiderte Nefin.

»Ich habe keine Lust, mich mit 'nem wildfremden Kerl irgendwo zu verstecken.«

»Sei nicht schüchtern«, meinte Luca. »Es ist doch nur Spaß, du musst nicht gleich mit ihm schlafen.«

»Ich will aber n... wie bitte?«

»Verstecken heißt nicht gleich Sex!«

»Und wieso waren dann alle so scharf darauf, dass nach Jungs und Mädels getrennt wird?« Darauf wusste Luca nichts zu erwidern.

»Das ist nun mal das alte Spiel, nur neu interpretiert«, sagte Nefin an ihrer Stelle. Darauf wusste ich nun nichts zu erwidern. Um uns herum fand die Idee jedenfalls jede Menge Beifall. Überall wurde geschrieben, gekichert und es wurden dumme Witze gerissen. Als Luca endlich einen Block zu fassen bekam, schrieb sie ihren Namen darauf, riss den Zettel ab und faltete ihn sorgfältig zusammen. Dann gab sie ihn an Nefin weiter. Die tat es ihr gleich. Ich, die sich weigern wollte, guckte bockig geradeaus.

Und dann betrat er die Bildfläche. Fabian, Traum meiner schlaflosen Nächte, Hüter meiner Phantasien, allerliebster Lieblings-Kommilitone. Nur leider: völlig unerreichbar für mich.

»Ich sehe was, was du nicht siehst ...«, raunte mir Luca zu.

»Ähm ... ich hab ihn schon gesehen«, raunte ich zurück. Fabian, der Wunderbare, wurde gerade von einer Horde Leute begrüßt. Ich sah, wie sie ihm das Spiel erklärten, er lachte und sofort nach einem Zettel verlangte.

»Ändert das vielleicht deine Meinung?«, säuselte Luca in mein Ohr. Wortlos streckte ich die Hand aus. Nefin reichte mir grinsend den Block.

»Moment«, sagte ich. »Wie groß ist die Wahrscheinlichkeit, dass ich das Glück habe, mit ihm als ... ähm ... ›Paar‹ zusammenzukommen?«

»Ist doch egal!«

»Aber es ist prozentual gesehen fast unmöglich!«

»Schreib endlich deinen Namen auf diesen blöden Zettel, sonst mach ich es für dich, Chica!« Nefin schien nicht gewillt, weiter mit mir diskutieren zu wollen. Schnell schrieb ich meinen Namen auf, schloss die Augen und faltete den Zettel. Nefin riss ihn mir aus der Hand und machte sich, bewaffnet mit unseren drei Namen, auf den Weg zu den Schüsseln. Ich sah, wie sie mit Liz sprach, doch ich dachte mir nichts weiter dabei. Nefin war sehr kontaktfreudig, wahrscheinlich gratulierte sie Liz zu dieser gelungenen Idee. Als Nefin wiederkam, sah sie ziemlich zufrieden aus.

»Es geht los!«, rief Liz und platzierte die drei Schüsseln auf dem niedrigen Couchtisch. Die Meute johlte begeistert. Irgendjemand hatte mehrere Kisten Bier mitgebracht, überall zischte es unter just geöffneten Kronkorken und die Stimmung stieg beträchtlich. Ein erbarmungsvoller Mensch hatte den CD-Player abgewürgt und stattdessen seinen iPod an die Anlage angeschlossen. House-Musik schallte aus den Boxen und ganz plötzlich fühlte es sich wie eine brauchbare Party an.

»Ich ziehe nun das erste Paar!« Liz griff in die grüne Schüssel. »Die Glückliche heißt ... Achtung, Spannung ... Aaaaaaaameeliiiieee!« Es folgten Applaus und Gelächter und ich applaudierte mit, so lange, bis meine beiden Freundinnen mich ansahen, als hätte ich nicht mehr alle Latten am Zaun. Erst dann wurde mir klar, dass mein Name aufgerufen worden war. Mir wurde ein klein wenig schlecht. Ich hatte so gehofft, nicht dranzukommen.

»So ein Zufall!«, lächelte Nefin und schob mich energisch an.

»Ja total ...«, murmelte ich – mir war immer noch schwindelig. Taumelnd bahnte ich mir den Weg nach vorne. Liz riss meinen rechten Arm hoch und die Meute johlte erneut. Mir war nach Heulen zumute. Mit großer Geste zog Liz nun meinen Partner.

»Und der Glückliche, der Amelie begleiten darf, heißt ... Faaaaaaaaabiiiiiiiiaaaaaan!« Der Applaus toste, Fabian hob die Arme wie ein Boxchampion und mir wurde noch schwindeliger. Das konnte doch nicht wahr sein ... Ich sah zu meinen beiden Freundinnen hinüber. Nefin guckte schon wieder so zufrieden. Was hatte sie vorhin mit Liz beredet? Es kam mir doch alles etwas komisch vor. An so viel Zufall wollte selbst ein Naivchen wie ich nicht glauben. Doch mir blieb keine Möglichkeit, diesen Gedanken weiter zu verfolgen, denn Fabian kam mit ausladenden Schritten Richtung Couchtisch. Er sah so gut aus. Und er hatte neue blonde Strähnchen in seiner Surfer-Mähne! Ich war entzückt.

»Herzlichen Glückwunsch!« Liz riss auch seinen Arm in die Höhe, die Leute applaudierten und Fabian schenkte mir keinen einzigen Blick. Ohne zu fragen griff er in Schale Nummer drei und faltete den Zettel auseinander. Dann nickte er und steckte das Papier in seine Hosentasche. Die Menge wartete gespannt. Liz stellte die Stoppuhr und sagte: »Die Zeit gilt ab ... jetzt!«

Fabian hielt es wohl nicht für nötig, mich einzuweihen, denn er marschierte los. Ich trottete ein wenig verloren hinterher, anzügliche Sprüche und Gelächter folgten uns. Irgendwie hatte ich mir unser Kennenlernen romantischer vorgestellt.

»Ähm, entschuldige bitte ...«, sagte ich, als wir den Flur erreichten. »Wo gehen wir denn jetzt hin?«

Fabian guckte mich an, als sähe er mich zum ersten Mal.

»Einbauschrank im Schlafzimmer«, sagte er kurz an und drehte sich wieder um.

»Wir gehen in einen Einbauschrank?«

»Ja.«

»Aber wir kennen uns doch gar nicht!«, rutschte es mir heraus. Fabian blieb auf der eben erreichten untersten Treppenstufe stehen und drehte sich erneut zu mir um.

»Hör mal zu, Moppelchen, wir studieren zusammen und das seit vier Semestern, ich kenne dich vom Sehen und wir hatten schon x Vorlesungen zusammen, falls ich dir auf die Sprünge helfen darf. So blind kann man doch gar nicht sein!«

Ich holte empört Luft. »Ich bin nicht ...«

»Husch husch!«, unterbrach er mich und machte eine Handbewegung, die mich wohl zur Eile drängen sollte. Dann erklomm er strammen Schrittes die teppichbezogenen Stufen.

»Jetzt hör mal gut zu ...«, keifte ich hinter ihm her. Gutaussehend oder nicht, kein Kerl nannte mich Moppelchen.

»Ja gleich«, sagte er. »Im Einbauschrank, da höre ich dann ganz viel zu. Aber nur ins Ohr flüstern, sonst werden wir ja sofort gefunden.« Nun war ich richtig sauer. Der Typ verarschte mich, wo er nur konnte!

»Woher weißt du, dass wir nach oben müssen?«

»Schlafzimmer sind meistens oben!«, erwiderte er fachmännisch. Unseligerweise sollte er auch noch recht behalten. Das Ungetüm von Schrank sah vom Stil her südländisch aus und befand sich gegenüber der Stirnseite des Raumes, an der das elterliche Doppelbett stand.

»Husch husch!«, sagte Fabian zum zweiten Mal und riss die hölzernen Türen auf.

»Da geh ich nicht rein, da ist ja alles voll!« Gemeinsam schauten wir in den Schrank. Im oberen Bereich war er in mehrere Fächer unterteilt, den unteren Bereich dominierte eine metallene Kleiderstange, an der Kleider und Anzüge bis zum Boden hingen.

»Das passt schon.« Fabian schob mich an, anstatt selbst einen Fuß in das Ding zu setzen.

»Nein, du zuerst!«

»Wieso?«

»Weil du sagt, dass es passt! Mach es vor!«

»Meine Güte ...«, grummelte Fabian, quetschte sich aber dann doch in den Schrank, indem er sich mit angezogenen Knien auf den Boden setzte. Jetzt war er drin, doch für mich war eindeutig kein Platz mehr, denn »meine« Seite war mit Schuhkartons vollgestellt. Fabian fing meinen kritischen Blick auf.

»Pack die paar Kartons unters Bett. Das wird schon keiner checken. Und beeil dich, ich habe vor zu gewinnen.«

Wie schön, dass er allein gewinnen wollte und ich nur etwas dazu beitragen durfte! Seufzend räumte ich die Kartons unters Bett und faltete mich dann in meiner Seite des Schrankes zusammen. Natürlich klappte es nicht so elegant, wie ich es mir vorgenommen hatte. Erst trat ich Fabian auf den Fuß, dann schlug ich ihm mein Knie vor das Schienbein und zuletzt hatte er meine langen Haare im Gesicht. Entsprechend genervt stöhnte er, während er die Schranktüren zuzog.

Und dann war es nur noch dunkel. Ich hörte ihn atmen. Und er roch so lecker! Zitronig frisch mit einem Hauch Männlichkeit. Doch dann erinnerte ich mich an seine Worte.

»Ich bin nicht so dick, dass man mich Moppelchen nennen darf.«

»Pscht!«, raunzte er mich durch die Schwärze an.

»Ich bin nicht ...«, flüsterte ich.

»Alle Frauen über Größe 36 sind dick!«, zischte er. »Und jetzt halt mir bloß keinen feministischen Vortrag, das interessiert mich nämlich nicht.«

»Ach so, na ja, für feministische übergewichtige Frauen sind Kerle auch nur ab 'ner gewissen Zentimeterlänge interessant, falls du verstehst, was ich meine!«, sprudelte es wütend aus mir hervor und ich erschrak im gleichen Moment. Hatte ich das gerade eben wirklich gesagt? Meinem Gegenüber hatte es wohl die Sprache verschlagen. Da ich es ebenfalls nicht für nötig hielt, weiter zwanghaft Konversation auf zweifelhaftem Niveau zu betreiben, sagte auch ich nichts mehr. Schweigend saßen wir eine Weile herum, dann hörte ich Fußgetrappel auf der Treppe.

Ich spürte, wie Fabian sich bewegte, dann stieß er seine Seite der Schranktür auf. Ich dachte schon, er wolle das Spiel wegen »unüberbrückbarer Differenzen« abbrechen, da sah ich, wie er nach dem Schlüssel griff, der in der Tür steckte.

»So«, murmelte er. »Jetzt schließe ich ab und dann können sie uns lange suchen.« Er zog die Tür wieder zu und hantierte mit dem Schlüssel, weil er wohl von innen das Schloss suchte. Dann endlich hörte ich, wie es leise quietschte, als sich der Riegel umlegte. Ich versuchte gerade, nicht daran zu denken, dass ich nun in einem Wandschrank eingeschlossen war, da hörte ich etwas fallen.

»Oh verdammt ...«, murmelte Fabian.

»Sag mir nicht, dass dir der Schlüssel aus der Hand gefallen ist.«

»Ähmmm ...«, druckste er, dann polterte die Suchmannschaft ausgelassen wie eine Herde junger Wildpferde ins Schlafzimmer. Wir hörten sie lachen und quietschen, jemand zog halbherzig an den Schranktüren, dann waren sie wieder weg.

»Du hast doch nicht etwa den ...«

»Doch, habe ich! Mach mal Platz, ich muss suchen.«

»Ich soll Platz machen? Wie denn? Soll ich mich in Luft auflösen?«

»Gut, dann versprich mir, dass du mir keine scheuerst, wenn ich dich zufällig berühre.«

»Ich bin nicht so 'ne Feministin!«

»Du gibst also zu, dass du dick bist?«

»Was?«

»Vergiss es.«

Die Temperatur im Wandschrank stieg im Sekundentakt. Ich wollte hier raus.

»Was ist nun?«, raunzte ich Fabian an. Die Fassade des Traumtypen bröckelte gewaltig. Dieser eingebildete Strähnchenkopf mit seinen anorektischen Fantasien!

»Was brummst du so, ich hab dich nicht mal am Fuß gestreift!«, sagte Fabian beleidigt.

»Ich ... hör einfach auf, mich zu beleidigen!«

»Du brummelst ins Dunkel, das ist schon ein wenig eigenartig.« Er sprach »eigenartig« wie »überdimensionaler, nicht zu übersehender Dachschaden« aus.

»Finde den Schlüssel und dann gehen wir wieder getrennte Wege!«

»Das glaubst du ja wohl selber nicht!«, sagte Fabian im Brustton der Überzeugung und ein klitzekleiner verbliebener Teil meiner Schwäche für ihn horchte interessiert auf.

»Wie jetzt?«, hauchte ich.

»Ich will gewinnen, Moppelchen. Wir bleiben hier so lange drin, bis sie checken, dass sie uns vorhin übersehen haben.«

»Mir ist warm!«

»Zieh dir bitte nichts aus! Obwohl, ist ja dunkel«, dachte Fabian laut nach. Ein Reflex ließ mich die Faust ballen. Ich hatte nie mit Aggressionen zu kämpfen, aber es gelüstete mich, diesen Kerl vor seinen hübschen Kopf zu hauen.

»Jetzt brummt sie schon wieder so ...«, redete er weiter mit sich selber.

»Nimmst du eigentlich Tabletten dagegen?«, schaffte ich es, ihn zu fragen, ohne meinen Worten mittels körperlicher Gewalt mehr Ausdruck zu verleihen.

»Hm?«

»Na gegen das Selbstgespräche-Führen. Ganz schön spooky.«

»Tse, netter Versuch, Moppelchen.« Fabian tastete mit seinen Händen im Dunkeln herum. »Hier ist er nicht, verdammt. Hast du ein Feuerzeug dabei?«

»Ich rauche nicht.«

»Das eine impliziert nicht unbedingt das andere.«

»Bei Frauen schon.«

»Oh nee ... schon wieder so 'ne Ansage!«

»Such den verdammten Schlüssel.«

»Du könntest ja helfen!«

»Dafür ist zu wenig Platz hier. Man ahnt ja nicht mal mehr, wo oben und unten ist.«

»Meine Güte!« Fabian fuchtelte aufgebracht in dem engen Schrank herum, lehnte sich noch weiter zu mir herüber und plötzlich streifte seine Hand meine Brust. Ich hielt den Atem an und Fabian keuchte erschrocken.

»Das war keine Absicht!«

»Ist ja schon gut! Ich hoffe, du trägst wegen dieses traumatischen Größe-40-Erlebnisses keine bleibenden Schäden davon.«

»Feministin!«
»Gar nicht!«
»Wohl!«
»Nein!«
»Sind die eigentlich echt?«, fragte er plötzlich.
»Wieso? Sind die bei deinen 45-kg-Freundinnen etwa unecht?«, konterte ich.
»Das war eine einfache Frage!«
»Ja klar sind die echt!«
»Hm.« Ich hörte, wie er überlegte. Fast meinte ich, quietschende Zahnräder hören zu können.
»Kann ich sie mal anfassen?«
»Du willst ...?«
»Ach nee ... vergiss es. War so ein verrückter Gedanke.« Verrückt war er in der Tat. Ich dachte daran, dass ich so gar nicht verrückt war. So gar nicht verrucht oder gar ausgeflippt. Eigentlich beneidete ich öfter mal die Mädels, die verrückte Sachen machten, auch wenn man anständigerweise den Kopf darüber schüttelte. Wäre dies nicht eine passende Situation, um verrückt zu sein? Ich und er im Einbauschrank! Und ich würde ihn meine Brüste anfassen lassen! Oh Mann, wie verrucht ...
»Gib mal deine Hände her«, sagte ich mit fester Stimme.
»Soll ich sie abschrauben?«
»Nun mach schon.«
Ich tastete mich durchs Dunkel und dann bekam ich seine beiden Hände zu fassen. Schön symmetrisch legte ich sie auf meine Brüste. Es war dringend Zeit, mal verrückt zu sein, sprach ich mir selbst erneut Mut zu.
»Oh krass ...«, flüsterte Fabian. Ich lächelte triumphierend, denn das war so etwas wie das erste Kompliment von ihm gewesen. Meine Hände lagen auf seinen und vorsichtig drückte ich etwas zu.
»Ooh ...«, hauchte Fabian.

»Groß, hm?«

»Wahnsinn ...«

»Tjaaa.«

»Ich habe da diesen Traum«, flüsterte Fabian. »Dass mein Gesicht in so 'nem großen Dekolleté verschwindet ...«

Oha, dachte ich, sagte aber stattdessen: »Soso, wie interessant.«

»Könnte ich ... ich meine, dürfte ich wohl ... also, bei dir? Du weißt schon?«

Ich überlegte kurz. Stichwort »verrückt«, ja, das würde definitiv passen. Aber ginge das nicht etwas zu weit?

»Bitte?«, flüsterte Fabian.

»Na gut.«

»Wahnsinn ...«, sagte er zum zweiten Mal. Ich legte seine Hände wieder in seinen Schoß, schob mein Oberteil hoch und zog ihn dann an den Schultern näher. Die Kleiderbügel über uns wackelten gefährlich, doch größere Katastrophen blieben aus. Und dann lag sein Gesicht auf meinem Busen. Ich hörte ihn stöhnen und drückte seinen Kopf noch etwas tiefer hinein. Er stöhnte noch lauter. In diesem Moment knallte eine Tür.

Jemand schrie: »Ey, ihr Witzbolde, keine Tricks mehr! Wir wissen, dass ihr nur hier sein könnt!« Fabian riss erschrocken den Kopf hoch und ich hörte, wie er mit einem schrecklichen Poltern gegen seine Seite der Schranktür kippte.

»Da drin!«, rief jemand.

»Hä? Der Schrank ist abgeschlossen!«

»Hallo? Lebt ihr noch?«

»Soll ich 'nen Krankenwagen rufen?«

»Öhm ... uns geht's gut!«, rief ich durch die Tür und zog mein Oberteil wieder an seinen rechten Platz.

»Wieso ist die Tür abgeschlossen?«

»Das war ich«, sagte Fabian mit leicht belegter Stimme. »Spezialtrick!«

»Und wieso kommt ihr nicht raus?«

»Tja, ich suche gerade den Schlüssel, ist so dunkel hier drin.«

»Hat er gerade gesagt, er sucht den Schlüssel?«

»Er hat von innen abgeschlossen, wie bescheuert muss man sein?«

»Hey, das habe ich gehört!« Fabian tastete weiter hektisch in der Dunkelheit herum. »Oh, ich hab ihn! Endlich!«

Er war nicht der Einzige, der erleichtert aufatmete. Mittlerweile war es so unerträglich warm im Schrank, dass ich das Gefühl hatte, der Sauerstoff würde so langsam knapp. Eine halbe Minute später drückte Fabian die Türen auf und Arme griffen nach mir und zogen mich ins Freie.

»Alles gut bei dir?«, fragte mich jemand. Ich nickte leicht benommen. Fabian war sofort wieder von seinen Kumpels umringt, die ihn mit anzüglichen Sprüchen traktierten. Mir schenkte er keinen weiteren Blick. Er tat eher so, als hätte er mit mir kein einziges Wort gewechselt. Stattdessen lachte er über die dämlichen Witze, die die anderen über unser Versteck rissen. So langsam legte sich die Aufregung wieder und die meisten Neugierigen verließen das Schlafzimmer.

»Na, war wenigstens ein bisschen Tuchfühlung drin?«, fragte ihn ein Typ grinsend.

»Nee, besten Dank«, antwortete Fabian. »Hast du dir die mal angeguckt?« Ich rettete mich in ein angrenzendes Bad. Ich musste dringend meine Stirn kühlen und mein rasendes Herz wieder in den Griff bekommen. Was für ein dämlicher Vollidiot! Gerade hatte ich mit zitternden Fingern die Tür abgeschlossen, da klopfte es.

»Besetzt!«

»Ich bin's.« Fabian?

»Was gibt's denn?«

»Kann ich reinkommen?« Ich beschränkte mich darauf, die Tür nur halb zu öffnen und ihn feindselig anzugucken.

»Hör mal, meinst du, wir könnten uns mal treffen? Ich fand das gerade ziemlich geil.«

Mir blieb fast die Luft weg vor so viel Dreistigkeit. Ich wollte schon etwas Beleidigtes erwidern, als mir eine bessere Idee kam. Eine ziemlich verrückte Idee, aber da war ich ja nun geübt drin.

»Nun, du weißt ja, was bei so moppeligen Emanzen wie mir ein entscheidendes Auswahlkriterium ist.« Ich schaute so deutlich auf seinen Schritt, dass er es nicht übersehen konnte. »Du verstehst sicherlich, dass ich erwarte, dass du nun ebenfalls in Vorleistung gehst, ich kaufe ja schließlich nicht die Katze im Sack.« Dann lächelte ich zuckersüß. Fabian sah in mein Gesicht, auf meinen Busen und schluckte hörbar. Dann drehte er sich wortlos um und ging. Und ich? Ich fand mich so richtig gut!

8. GESCHICHTE

Bananenfisch

*Theresa (29), Industriedesignerin, Darmstadt,
über
Jan (30), Industriedesigner, Darmstadt*

Vor zweieinhalb Jahren standen Jan und ich kurz vor unserem Industriedesign-Diplom und Jan hatte sogar schon einen ersten eigenen Auftrag bekommen. Wir waren schon seit dem ersten Semester unzertrennlich und hätten glücklich sein können, aber unsere Beziehung hatte das letzte Jahr ein wenig gelitten, als sich Jans Eltern überraschend und so gar nicht im Guten trennten. Der Trennungsgrund war honigblond gesträhnt und hieß Christiane. Sie war lächerliche zwei Jahre älter als wir. Knapp einen Monat nach der Trennung siedelte Jans Mutter Siegrid in ein bescheidenes Apartment in der Innenstadt um. Walther, der Vater, blieb im Haus wohnen, weil auch seine Praxis dort war, und Christiane zog samt Kind ein. Jan reagierte mit all seinem Temperament und kündigte seinem Vater jegliche verwandtschaftlichen Beziehungen auf. Es brauchte weitere acht Monate und gutes Zureden meinerseits, damit mein Freund eine Einladung seines Vaters annahm. Wir sollten zum Abendessen kommen, Christiane würde kochen.

Als wir an besagtem Abend vor der Haustür standen, war uns beiden mehr als mulmig. Walther öffnete uns. Er trug ein babyrosafarbenes Polohemd, das eindeutig ein wenig zu eng war. Seine dunkelblaue Jeans saß ziemlich tief und war modisch verwaschen. Komplettiert wurde der eher fragwürdige Gesamteindruck von einem blauen Seidentuch im Paisleymuster, das eine Handbreit aus der offenen Knopfleiste des Polohemdes rausguckte. Bliebe noch zu erwähnen, dass Walther, seit ich ihn kannte, in zeitlos uneleganten Cordhosen gesteckt hatte.

Ich sah, wie Jan tief Luft holte und den Mund aufmachen wollte, doch bevor ich in die peinliche Lage kam, ihm den Mund zuhalten zu müssen, hatte er sich selbst schon wieder im Griff. Vater und Sohn begrüßten sich sehr förmlich, ich schüttelte nur brav die mir dargebotene Hand. Vor einem Jahr noch hatten wir uns alle immer umarmt. Und dann drehte sich Walther um. Ich erstarrte vor Schreck und konnte den Blick nicht abwenden: Auf dem Rücken seines Polohemdes prangte ein riesiger Totenschädel aus Nieten und Glitzersteinen. Jan griff nach meinem Arm, um sich an mir festzuhalten. Aus seinem Gesicht war jegliche Farbe gewichen. Zu allem Überfluss schoss dann auch noch eine junge Frau aus der Küche in den Flur. Sie trug das gleiche Polohemd, nur in Hellblau. Jan bedachte sie mit einem tödlichen Blick, der sie ein klein wenig zurücktaumeln ließ.

»Wie schön, dass wir uns endlich mal kennenlernen«, sagte sie zu Jan und mir, während sie überlegte, wem sie wohl zuerst die Hand hinstrecken sollte. »Ich bin Chris.« Jan legte den Kopf schief wie ein lauerndes Raubtier und knackte martialisch mit seinem Halswirbel.

»Komisch, ich dachte, du heißt Christiane«, sagte er dann herausfordernd. Walther und ich warfen uns einen Blick zu. Schnell griff ich nach Christianes Hand.

»Hallo, ich bin Theresa. Freut mich.« Christiane lächelte dankbar zurück. Jan steckte seine Hände mit einer endgültigen Geste in seine Hosentaschen.

»Ja, kommt doch rüber ins Esszimmer, Christiane hat gekocht!«, sagte Walther und hatte nervöse rote Flecken am Hals.

»Ach herrje, der Fisch!«, quietschte Christiane und stürzte zurück in die Küche. Wir anderen drei nahmen am Esstisch Platz, der ebenfalls mit Glitzersteinchen dekoriert war.

»Und ...«, begann Walther zögerlich das Gespräch. »Wie geht es euch so?« Jan schnaufte und schob ein paar von den Plastikklunkern auf der Tischdecke herum.

»Uns geht es gut«, antwortete ich deshalb.

»Ja ... also, das ist schön«, sagte Walther und ich nickte verbindlich. Dann erstarb das Gespräch wieder. Jan spielte weiter seine Rolle des bockigen Sohns und ich schaute auf das Platzdeckchen vor mir. Dann endlich kam das Essen.

»Das ist afrikanisch!« Christiane stellte uns jedem eine kleine Schüssel Salat hin, auf den ein paar undefinierbare Kerne gestreut waren. Das Grünzeug sah jedoch sehr europäisch aus, abgesehen davon, dass es so schlapp war wie schon mal überfahren. An einigen Kanten war es bereits braun angelaufen. Ich, als Fertiggericht-Fachfrau, identifizierte das Gemüse mühelos als Tüten-Salat. Doch das war nur der Anfang. Als Nächstes trug Christiane ovale Platten auf, auf die jeweils ein überdimensionales Stück Fischfilet drapiert war, das halb in einer Soße von bröckeliger Konsistenz ertrank.

Jan schnüffelte einmal kurz Richtung Teller und schluckte dann. Ich wusste, dass er Hunger hatte, er hatte immer Hunger, aber jetzt, zur Abendessenszeit, war er nicht hungrig, er war quasi kurz vor dem Exitus. Ich schaute auf meinen Fisch. Das Vieh hier auf meinem Teller war nie im Leben durch, zwischen den Fasern schimmerte es glasig. Und was um Himmels willen war in dieser Soße? Christiane hatte mittlerweile Platz genommen und strahlte mit den Glitzerklunkern auf dem Tisch um die Wette.

»Ja fangt doch an!«

»Entschuldige«, sagte ich höflich. »Erklär doch mal ein bisschen, ich kenn mich so gar nicht mit afrikanischem Essen aus.«

»Oh, natürlich«, kicherte Christiane. Jan legte schon wieder den Kopf so komisch schief. Irgendwie war es wie in einem schlechten Film.

»Das ist Viktoriaseebarsch mit einer Bananensoße und dazu gibt es Salat mit Nüssen.«

Bananensoße? Das hier auf meinem Teller war schwefelig braun und roch leicht verfault. Ich tauchte prüfend die Gabel in die Soße. An allen drei Zinken zogen sich schleimige Fäden in die Höhe. Mir war spontan nach Würgen zumute. Als ich daraufhin ein Stückchen Fisch abteilte, war es von innen so roh, dass ich ernsthaft daran zweifeln musste, dass dieses Vieh jemals eine Pfanne von innen gesehen hatte. Ich schielte zu Jan hinüber. Er hatte die Hände auf der Tischplatte abgestützt und starrte mit leerem Blick auf das Elend vor ihm.

Plötzlich nahm ich aus den Augenwinkeln eine Bewegung wahr. Auf der Wendeltreppe, die vom Wohnzimmer aus in das obere Stockwerk führte, saß ein kleiner Junge im Schlafanzug. Ich lächelte ihn an und er lächelte schüchtern zurück. Christiane fing meinen Blick auf und drehte sich um.

»Spatzi, du solltest doch schon schlafen!«

Der Junge zuckte verschämt mit den Schultern und drückte seinen kleinen Kopf durch die Stangen des Treppengeländers.

»Hast du schlecht geträumt?«

Der Kleine nickte.

»Na dann komm her. Kannst mal von Mamas Essen probieren! Das ist Finn, mein Sohn«, sagte sie dann zu mir. Der Kleine hüpfte auf nackten Füßen die Treppe herunter und Christiane hob ihn auf ihren Schoß. Sie würde das Kind doch wohl nicht wirklich mit dem rohen Fisch füttern wollen? Nein, das würde sie nicht. Oder würde sie doch?

Christiane zermatschte alles auf ihrem Teller zu einem Brei, dann steckte sie Finn die erste Gabel in den Mund. Der Junge kaute tapfer, während seine Mutter ebenfalls von dem braunen

Matsch auf ihrem Teller zu essen begann. Gab es so etwas wie das genetisch bedingte Fehlen von Geschmacksnerven? Vermutlich wurde es sogar vererbt. Ich beschloss, das später mal zu googeln. Walther stocherte ein wenig ratlos in seinem Essen herum und beschränkte sich dann auf den schlappen Salat, der von seiner Gabel hing wie Gummigemüse.

Finn kaute tapfer auf der zweiten Portion Bananenfisch herum. Sein kleiner Mund war mit brauner Soße verschmiert. Ich musste das zweite Mal würgen. Entschlossen legte ich das Besteck zur Seite. Ich hatte Hunger, aber ich war nicht so verzweifelt, dass ich so etwas essen würde.

»Schatz, sag doch mal Guten Abend, das sind die Theresa und der Jan. Der Jan wird dein Halbbruder, wenn der Walther die Mama heiratet.« Jan sah zu mir herüber, in seinem Gesicht zuckte ein Muskel. Mir wurde es langsam zu viel: mein hungriger Freund, der kurz vor einem Wutanfall stand, eine einfältige Geliebte samt verschmiertem Kind, ein Midlife-Crisis-geschädigter Vater in einem Witz von Polohemd.

»Guten Abend, Jan«, piepste Finn mit vollem Mund. Mein Freund drehte sein Gesicht von mir weg.

»Hallo«, antwortete er dann, mit zusammengebissenen Zähnen.

»Ist der Walther auch dein Papa?«, fragte Finn voll kindlicher Naivität. Das peinliche Schweigen danach konnte man förmlich schneiden. Walther räusperte sich und legte sein Besteck zur Seite, Christiane schaute von Jan zu Walther und wieder zurück. Sie guckte, als habe sie sich soeben schrecklich verplappert. Finn hatte ihr indessen die Gabel aus der Hand genommen und klatschte diese im Takt immer wieder auf das Fisch-Bananen-Gemisch. Es spritzte, schmatzte und zog wieder diese abscheulichen gelbbraunen Fäden. Die Stille wurde unterbrochen von Jan, der entschlossen sein Besteck auf den Teller legte.

»Wir wollten reden«, sagte er sehr gefasst. »Tun wir es jetzt.« An Walthers Schläfe begann eine Ader zu pochen, während

Christiane eine leicht beleidigte Schnute zog. Finn klopfte immer noch auf dem Brei herum.

»Warum bringst du das Kind nicht wieder ins Bett, Liebes?« Walther sandte seiner Freundin einen flehenden Blick. Christiane guckte noch beleidigter, riss Finn an sich und stand auf. Dieser ließ vor Schreck die Gabel fallen. Sie schlug auf dem weißen Tischtuch auf und purzelte dann, breiverschmiert, wie sie war, auf den cremefarbenen Wollteppich zu unseren Füßen.

Wortlos verschwanden Mutter und Sohn Richtung Wendeltreppe.

»Was soll das?«, holte Jan sofort aus und zeigte mit dem Arm anklagend Richtung Treppe.

»Das steht hier nicht zur Diskussion«, sagte Walther.

»Oh doch! Sie ist der Grund für alles! Alles, verstehst du? Wie sollen wir uns jemals wieder normal verhalten? Sie spricht vom Heiraten!«

»Das steht nicht zur Diskussion«, sagte Walther erneut.

»Nicht zur Diskussion? Zwischen dir und mir? Oder zwischen dir und ihr?«

»Zwischen Christiane und mir.«

»Ach ist ja wunderbar, weiß sie es auch schon? Hast du gehört, was sie für einen Scheiß erzählt von wegen Halbbruder und so? Sie weiß noch nicht mal, was das ist! Wie kann er mein Halbbruder sein, wenn er nicht von dir ist?«

Dieses Mal antwortete Walther nicht. Jan schaute ihn wütend an, aber wirklich verstanden hatte er nicht. Bei mir war der Groschen leider schon gefallen. Ich griff nach seiner Hand und drückte sie. Jan warf mir einen komischen Blick zu, doch dann sah er genauer hin, erkannte den fast schuldbewussten Ausdruck im Gesicht seines Vaters und dass es hier um etwas ging, das schon wesentlich länger als die offizielle Trennung seiner Eltern existiert hatte. Er keuchte und schob meine Hand weg.

»Sag mir, dass ich mich irre«, flüsterte er über den Tisch.

»Er ist mein Sohn«, sagte Walther schlicht. »Und ich liebe sie beide.«

»Du bist so ein ...«

»Jan!«, unterbrach ich ihn. Jan sprang auf, sodass der Stuhl umfiel.

»Wir gehen.«

Walther guckte ein wenig überfordert und fast tat er mir leid.

»Theresa, komm, wir hauen ab. Hier setze ich keinen Fuß mehr rein.« Ich hatte keine Wahl, er riss mich mit sich. Ich sah zu Walther, er lächelte mir aufmunternd zu, doch seine Augen waren traurig. Ich hob zum Abschied kurz die Hand, dann hatte Jan mich schon aus dem Zimmer in den Flur gezerrt. Er knallte die schwere Haustür hinter uns zu. Als wir vor unserem Auto standen, sah ich, wie er zitterte.

»Ich fahre«, sagte ich und er nickte dankbar.

»Mein Gott und so etwas ist mein Vater!«, schnaufte Jan und ließ sich auf den Beifahrersitz fallen.

Ich beschloss, das Ganze unkommentiert zu lassen und ihm so die Chance zu geben, sich seinen Frust von der Seele zu reden. Jan redete wie ein Wasserfall. Er verfluchte seinen Vater, er beschimpfte Christiane, er wetterte gegen beide. Über Finn jedoch verlor er kein einziges böses Wort.

»... und dann dieses lächerliche Outfit! Hast du dir die Farbe mal genauer angesehen? Wahrscheinlich heißt sie Erdbeereis. Und diese bekloppte Jeans! Hast du gemerkt, dass er kaum darin sitzen konnte? Und dieses Tuch! Bis vor einem Jahr wusste mein Vater nicht mal, dass Tücher auch von Männern getragen werden. Und hast du was von dem Essen gegessen? Sag mal, was war das eigentlich? Ich meine, wenn es Sushi gewesen wäre, wäre es ja ganz nett gewesen, aber diese Bananenpampe? Widerlich! Die kann noch nicht mal kochen! Dieses weltfremde Huhn! Aber Kinder kriegen, das kann ja jeder! Wenn ich mir vorstellen soll, dass mein Vater so eine flachlegt! Wahrscheinlich schreit sie laut rum oder er muss ihr den Hintern verhauen, damit sie in Fahrt kommt. Und dann dieser Klunker-Alarm auf dem Tisch, was sollte das bitte? So was macht man vielleicht mal zu Weihnachten ... oder so.«

Ich hatte mich so auf den Verkehr konzentriert, dass ich erst gar nicht merkte, dass Jan mit seiner Rede fertig war. Er stupste meine Hand am Schaltknauf und lächelte. Ich lächelte zurück.

»Ich habe so einen Hunger«, sagte er dann ganz ernst. Ich konnte nicht anders, ich musste lachen. Er sah immer noch völlig fertig aus von dem Abend: Er war bleich und seine Haare standen in alle Himmelsrichtungen von seinem Kopf ab. Sogar die schwarzgerahmte Brille saß ein wenig schief. Jan lachte mit und streichelte dabei weiter meine Hand auf dem Schaltknauf.

»Hier kommt irgendwann gleich so eine ganz fiese Pommesbude. Da halten mittags immer die LKW-Fahrer. Weißt du, welche ich meine?«

»Oh ja ja!« Jan hüpfte aufgeregt auf seinem Sitz herum. »Hoffentlich hat die noch auf!« Wir hatten Glück. Hektisch wie zwei Verhungernde stürzten wir zur Theke und bestellten Currywurst, Pommes frites und Cola. Die Verkäuferin schmiss mit ausdruckslosem Gesicht eine Ladung Pommes in die glucksende Friteuse und ich wippte vor lauter Ungeduld auf den Zehenspitzen herum. Als wir endlich unser Essen hatten, fielen wir wortlos darüber her, wobei der altersschwache Plastikstehtisch gefährlich schwankte. Uns störten weder die vorbeirasenden Autos der Schnellstraße noch die abgasgeschwängerte Luft oder die Tatsache, dass die Wurst nur lauwarm und die Pommes dafür kochend heiß waren. Es war einfach gut. Salzig, fettig und so herrlich ungesund. Über uns funkelten die Sterne, Jan verschlang sein Fast Food und wir würden gleich nach Hause fahren und noch ein bisschen fernsehen. Irgendwann war ich endlich gesättigt. Ich schob den Plastikteller zur Seite und sah Jan weiter beim Essen zu. Er lächelte verschwörerisch zu mir herüber, hob ein

Stückchen Currywurst mit der Gabel an und fragte: »Noch ein Häppchen rohen Fisch mit verdorbenem Bananenmus?«

»Nein, danke«, lachte ich.

Jan legte die Gabel zur Seite und griff über den krümeligen Plastiktisch nach meiner Hand.

»Danke dir«, sagte er.

»Wofür?«

»Dafür, dass du mitgekommen bist. Und dass du so ruhig geblieben bist. Und dass du mich das ganze letzte Jahr ertragen hast, trotz meiner familiären Differenzen.«

»Aber Jan, das war doch ...«

»Ich liebe dich«, sagte er und sah mir fest in die Augen.

Ich war baff. Jan sprach nicht viel über Gefühle. Er war eher ein Mann der Tat.

»Ich liebe dich«, sagte er noch mal. »Du bist ein wunderbarer Mensch, du bist der beste Freund, den ich habe, wir können über alles reden. Ich habe dich das erste Mal in der Einführungsveranstaltung gesehen und schon da habe ich mich total in dich verguckt. Ich habe nicht gewusst, dass wir so gut zusammenpassen würden ...«, Jan schaute immer noch so ernst, »... aber ich habe es mir gewünscht. Ich habe mir so sehr gewünscht, dass du meine Freundin wirst. Und dann ...«

»... musstest du feststellen, dass ich dich auch sehr gerne als Freund gehabt hätte«, vervollständigte ich den Satz für ihn.

»Genau«, grinste Jan und dann lachten wir beide.

»Erinnerst du dich noch an unser erstes Date, als wir ...«, begann ich kichernd.

»Heirate mich.«

Mir blieb fast das Herz stehen. Ich hatte mich verhört. Das konnte nicht sein. Jan hatte so viel Stress mit seiner Familie hinter sich, er dachte ganz bestimmt nicht ans Heiraten.

»Jan, das mit deiner Familie war sehr anstrengend für dich und ...«

»Nein. War es nicht.« Schon wieder so ein entschlossener Blick.
»Aber du ... ich meine, wir ... es ist doch nicht nötig, dass ...«
»Heirate mich.«
»Jan!«
»Was ist? Kneifst du jetzt etwa?«
»Ich?«
»Ja, genau du, Theresa Weller. Ich würde dich schrecklich gerne heiraten, wenn du nicht zu feige bist.«
»Ich bin nicht feige!«
»Das war wohl jetzt ein Ja, oder?«
»Ja.«
»Okay, ich sage es jetzt noch mal und du sagst dann Ja. Schaffst du das?«
»Jan, du bist unmöglich!« Er hielt immer noch meine beiden Hände. Ohne sich von mir zu lösen, ging er um den Tisch herum, nahm seine Brille ab und dann ging er vor mir auf die Knie. Die Verkäuferin hinter der Theke reckte neugierig den Hals.
»Jan, lass den Unsinn, komm sofort wieder hoch. Mir ist das peinlich.«
»Aber so macht man das.«
»Wir aber nicht.«
Als er endlich wieder aufrecht stand, schlang ich meine Arme um seine Taille und lehnte meinen Kopf an seine Schulter.
»Wir müssen das nicht. Heiraten ist doch total out.«
»Du hast schon Ja gesagt, jetzt ist es zu spät«, murmelte er.
»Na gut«, sagte ich. »Du hast es so gewollt.«
»Ja, habe ich.«
Wir schafften es kaum bis nach Hause, ohne vor lauter Endorphintaumel übereinander herzufallen. Noch im Auto fummelte ich an Jans Hose, während ich den Wagen lenkte. Er öffnete den Reißverschluss und ich spielte an seinem Schwanz herum, so lange, bis ich fast einen Bordstein gerammt hätte.

Wir entschlossen uns daraufhin, dann doch zu warten, bis wir wieder in unserer Wohnung waren. Dort schloss ich die Tür auf und kam nicht mal mehr dazu, das Licht anzuknipsen. Jan fiel über mich her, so wild, wie ich ihn gar nicht kannte. Er hielt mich gierig fest, während er mich küsste, als wäre dies unser letzter Abend. Ich prallte in fast völliger Dunkelheit an die Flurwand, Jans Hände immer noch überall auf mir, zwischen meinen Klamotten und meiner Haut. Er schob meinen Rock hoch und gleichzeitig schaffte ich es, seinen Gürtel zu öffnen und meine Ballerinas von den Füßen zu schütteln. Zeit, unsere Jacken auszuziehen, hatten wir nicht mehr.

Als Jans Hose auf seine Füße fiel, hob er mich hoch und drückte mich gegen die Wand. Ich kannte diese Stellung bisher nur aus Filmen und zweifelte doch schwer, ob sie überhaupt machbar war, doch dann war er in mir drin, bevor ich einen klaren Gedanken fassen konnte. Er stöhnte, während sich meine Wirbelsäule durch den Stoff meiner Jacke gegen die Raufasertapete drückte. Es war unbequem, aber es war so verdammt sexy. In diesem Moment war ich nicht die brave Freundin, die zuverlässige Partnerin ... ich war seine Geliebte, seine Gespielin, die seufzte und stöhnte so wie er und sich in dunklen Ecken von ihm den Rock hochschieben ließ. Jans Laute waren rau, er war nicht unbedingt zärtlich, aber er war so tief in mir drin und so nah, sein Körper presste sich gegen meinen, es war so wild und hemmungslos, dass ich noch vor ihm kam. Fast hätte ich geschrien, doch ich leitete meine Energie um und kniff stattdessen mit beiden Händen in seinen Rücken. In diesem Moment kam auch er und ich glaube, selbst die Nachbarn von der Wohnung unter uns grinsen heute noch über seinen »Ur-Schrei«. Ich jedenfalls kann nur sagen: Es gibt kaum etwas Besseres als »Frischverlobten-Sex«.

Jan und ich sind seit zwei Jahren glücklich verheiratet. Zu Walther und Christiane haben wir kaum Kontakt. Sie haben ein halbes Jahr nach diesem Abendessen ebenfalls geheiratet. Wir waren zwar eingeladen, aber Jan wollte nicht dabei sein. Siegrid, Jans Mutter, sehen wir recht häufig. Sie lebt immer noch allein, arbeitet aber mittlerweile erfolgreich als Kinderbuchautorin.

9. GESCHICHTE

Zwei Brüder

Sonja (27), Kunstgeschichtsdoktorandin, Bochum,
über
Felix (27), Geologe, Bochum,
und
Paul (29), promovierter Ingenieur, Tarija

Felix und ich waren erst vier Monate zusammen. Wir hatten uns in der Mensa kennengelernt, ganz klassisch in der Schlange an der Pizzatheke. Er hatte mir großzügig die letzte Tonno überlassen und ich habe mich so überschwänglich gefreut, dass er mich direkt nach meinem Namen gefragt hat. Dann haben wir uns einen Tisch gesucht. Beim zweiten Date im Kino haben wir den kompletten Untergang der Titanic verknutscht.

Da ich damals noch zu Hause wohnte, verbrachten wir die meiste Zeit bei ihm im Wohnheim. Sein Zimmer war so groß wie eine Abstellkammer, ein wenig chaotisch, aber auch sehr gemütlich. Wir lagen stundenlang im Bett herum und schmiedeten alberne Zukunftspläne. Er studierte Geologie und wollte später Dozent werden. Ich hatte mich der Kunstgeschichte verschrieben und wollte auch am liebsten an der Uni bleiben. Es passte also alles super zusammen! Überhaupt waren wir ein perfektes Paar! Felix war lustig, hatte eine sportliche Figur, er war intelligent, hatte tolle blaue Augen und dunkelblonde Wuschelhaare, er konnte kochen, Gitarre spielen und auf Knopfdruck die unmöglichsten Gedichte rezitieren. Ich merkte immer mehr, wie wohl ich mich bei ihm fühlte.

An einem verregneten Tag Anfang Juni alberten wir in seinem Zimmer herum. Er kniff mich spielerisch in die Seite, wofür ich ihm einen Schubs verpasste. Felix prallte gegen das wackelige Regal zu seiner Rechten, das Ding schwankte gefährlich und aus dem obersten Fach purzelten alle Bücher und Ordner auf ihn herunter.

Wir lachten, während Felix versuchte, wenigstens ein paar der Unterlagen aufzufangen. Ein Foto segelte im Zickzack-Flug auf den abgeschabten Teppich. Da ich eh schon bäuchlings auf dem Bett lag, hob ich es auf.

Das Bild zeigte Felix und einen zweiten jungen Mann, den ich nicht kannte. Ich starrte in sein Gesicht und in meinem Bauch zog sich etwas zusammen.

»Wer ist das?«, fragte ich mit belegter Stimme.

Felix balancierte einen Stapel DIN-A4-Ordner. Er warf nur einen kurzen Blick auf das Foto.

»Ach, das ist Paul, mein Bruder. Ich hab dir doch von ihm erzählt.«

Ja, das hatte er. Paul absolvierte grade ein Auslandssemester in Bolivien. Er studierte Bauingenieurwesen hier an unserer Uni und war ein Jahr älter als Felix. Wieder guckte ich auf das Bild. Er hatte blonde Haare, genau die Sorte seltenes, echtes Blond, die mich nervös machte. Seine Augen waren blau wie die von Felix, ansonsten sahen sie sich überhaupt nicht ähnlich. Das Ziehen in meinem Bauch hatte immer noch nicht aufgehört. Entschlossen legte ich das Foto zur Seite, ich schämte mich für das, was ich fühlte. Als Felix sich zu mir drehte, strahlte ich ihn an. Er guckte erst ein wenig überrumpelt, dann strahlte er zurück. Mit einem Schwung schmiss er sich neben mich auf das Bett und ließ die Bücher Bücher sein.

Den Rest des Nachmittags verbrachten wir nackt.

Irgendwann in den nächsten Tagen ertappte ich mich dabei, dass ich unauffällig nach besagtem Foto Ausschau hielt. Doch Felix schien es wieder gut in seinem Chaos verstaut zu haben.

Ich traute mich nicht, ihn noch einmal auf Paul anzusprechen, aus Angst, er könne etwas bemerken. Was natürlich völliger Unsinn war.

Doch dann passierte etwas, mit dem ich nicht gerechnet hatte. Es war an einem Sonntagmorgen, ich war noch gar nicht richtig wach. Felix' Zunge arbeitete sich südlich meines Äquators immer weiter vor. Ich hörte ihn unter der Bettdecke schnaufen, während er mit den winzigen Knöpfen meiner Schlafanzughose kämpfte – ohne viel Erfolg. Irgendwann schmiss er entnervt die Bettdecke über seinen Kopf und ich sah zuerst nur seinen verwüsteten Haarschopf.

»Wer erfindet solche Mini-Dinger, die kriegt doch kein Mensch auf!«, sagte er anstatt von »Guten Morgen«.

»Menschen schon, nur Männer nicht, Schatz«, murmelte ich, immer noch schläfrig.

»Na ganz toll«, brummte er.

»Warte, ich mach ...« Mit drei schnellen Handgriffen schnippte ich die Knöpfe auf. Felix guckte missmutig zu.

»Viel zu klein ...«, brummte er noch mal.

»Du bist zu ungeduldig ...«

»Unsinn.« Mit konzentriertem Blick streifte er mir die Hose von den Beinen, zog die Decke wieder über den Kopf und setzte sein Werk fort. Felix war gut in dem, was er da tat. Der Druck seiner Zunge und auch die kreisenden Bewegungen erregten mich sehr. Ich wurde schlagartig ziemlich wach.

»Hmmmm ...«, seufzte ich. Felix umfasste meine Oberschenkel und drückte sie fest an seinen Kopf. Das machte er jedes Mal, so als wollte er alles andere um sich herum ausblenden.

»Oh wie geil ...«, hörte ich ihn zwischen meinen Beinen murmeln. Er leckte mich weiter, während er vorsichtig zwei

Finger in mich schob und sie rhythmisch zu bewegen begann. Ich stöhnte leise.

»Oh ja ... das gefällt dir ...« Als Antwort begann ich, mit meinem Becken zu kreisen. Felix' Zunge wurde schneller und ich stöhnte zum zweiten Mal, dieses Mal deutlich lauter als zuvor. Doch plötzlich löste er sich von mir.

»Oh Gott, das macht mich so scharf, wie deine Mumi schmeckt, ich muss sofort ...« Mit diesen Worten kam er unter der Bettdecke hervor und legte sich auf mich. Als er in mich eindrang, dachte ich an Paul. Es war keine Absicht, es passierte einfach. Ich musste wohl so spürbar zusammengezuckt sein, dass Felix erschrocken in mein Gesicht sah.

»Habe ich dir wehgetan?«

»Äh ...«, stotterte ich. Er musste es doch merken! Mir wurde heiß und kalt zugleich.

»Du guckst, als hättest du 'nen Geist gesehen.«

»Ach, nein ...«, flüsterte ich, obwohl es stimmte. Ich konnte Felix nicht in die Augen sehen. Der wertete mein Benehmen eindeutig als Manöverkritik. Er glitt aus mir heraus, murmelte etwas von »Frühstück machen« und ließ mich so liegen. Ich seufzte und kramte nach meiner Schlafanzughose. Wenig später folgte ich ihm in die Gemeinschaftsküche. Felix hantierte mit dem bunt zusammengewürfelten Geschirr.

»Tut mir leid«, sagte ich dicht hinter ihm. »Ich hatte plötzlich so einen Stich im Bauch.« Das war nicht direkt gelogen, fand ich.

»Vielleicht bekomme ich meine Tage«, fügte ich sicherheitshalber noch hinzu.

Das schien Felix zu besänftigen. Er drehte sich zu mir herum und nahm mich in den Arm.

»Schon okay, Schatz«, flüsterte er nah an meinem Ohr. »Lass uns frühstücken.« Das Gute an Felix war, dass er nie lange schlechte Laune hatte.

Die Hiobsbotschaft kam drei Tage später.

»Paul ist vorgestern aus Bolivien zurückgekommen. Er ist jetzt noch bei unseren Eltern, aber heute Abend kommt er zurück ins Wohnheim.« Mir fiel fast die Gabel aus der Hand. Die Geräuschkulisse der Mensa verdichtete sich zu einem dumpfen Brummen.

»Wie? Zurück ins Wohnheim?«

»Na, er hat auch ein Zimmer da. Zwei Etagen über mir.« Felix schaufelte sich ungerührt eine riesige Portion Nudeln in den Mund.

»Ach ...«, sagte ich matt.

»Ja, wir könnten ja was trinken gehen oder so. Wie wär das?«

Ich nickte so heftig, dass mein Kinn schlackerte. Die Zeit bis zu meiner Ankunft im Wohnheim versank in einem milchigen Nebel. Ich weiß nur noch, dass ich viel zu viel Zeit vor meinem Kleiderschrank verbrachte. Zum Schluss lag alles, was ich besaß, auf meinem Bett und ich stand doch in Jeans und Shirt da. Na gut, man sollte ja immer das tragen, worin man sich am wohlsten fühlt.

Mit klopfendem Herzen kam ich so gegen sieben vor Felix' Zimmertür an. Von drinnen erklang zweistimmiges Männerlachen. Ich war noch dabei, meinen Puls so weit in den Keller zu zwingen, dass ich flüssig sprechen konnte, als die Tür aufgerissen wurde. Mein Gegenüber konnte nur Paul sein. Er guckte mich an, ich guckte zurück.

»Hi Schatz«, rief Felix hinter Pauls Rücken, er war schon leicht angetrunken. Er drängelte sich an seinem Bruder vorbei wie ein junger Hund und küsste mich schwungvoll auf den Mund. Und schon lag sein Arm schwer um meine Taille. Er strahlte von mir zu Paul und wieder zurück. Mir war ein wenig schwindelig und das lag nicht nur an Felix' Bierfahne. Zwischen seinem Bruder und mir sprühte es Funken und er bemerkte es nicht.

Paul fing sich als Erster. »Dann musst du Sonja sein«, lächelte er. Ich konnte nur nicken und die dargebotene Hand schütteln.

Er sah noch besser aus als auf dem Foto. Seine Haut war wie für Blonde typisch nur zart gebräunt, doch das stand ihm ausgezeichnet. Die Haare waren ein wenig länger als auf dem Foto, auch das gefiel mir sehr.

»Los, es gibt noch mehr Bier!« Felix zerrte Paul und mich zurück ins Zimmer. Wir lachten beide und ließen uns mitziehen. Eine Minute später hatte ich mein Bier und Paul ebenfalls.

»Prost«, sagte der und ließ seine Flasche an meiner klingen. Dann senkte er den Blick. Ich konnte nichts erwidern. Es war wie verhext, das hier war Felix' Bruder und ich hatte Herzklopfen bis zum Hals. Wieder mal schämte ich mich. Die Stimmung war verkrampft, doch Felix merkte nichts. Vielleicht war er auch schon zu angeschickert dafür. Er hatte mich neben sich aufs Bett gezogen, Paul hatte sich aus Ermangelung weiterer Sitzmöbel auf dem Fußboden niedergelassen. Ich konnte nicht anders, ich musste ihn immer wieder angucken. Er sah so verdammt gut aus. Felix plapperte irgendeinen Müll. Das machte er immer, wenn er betrunken war. Er redete wie ein Wasserfall. Ich glaube, Paul versuchte zuzuhören, zumindest tat er so. Dann auf einmal schaute er zu mir. Ich lächelte, ohne nachzudenken. Er blieb an meinem Blick hängen, dann lächelte er zurück. Dieser kurze Moment beantwortete wortlos die Frage, die zwischen uns gestanden hatte.

»Ey, ihr hört mir gar nicht zu!«, holte uns Felix kichernd ins Hier und Jetzt zurück.

»Was?«, fragte ich.

»Ich glaub, ich geh ins Bett«, sagte Paul.

»Was?«, fragten nun Felix und ich gleichzeitig.

Paul war schon wieder auf den Beinen. »Ich bin noch kaputt vom Flug«, sagte er bestimmt und guckte nur Felix an.

»Och, schade«, antwortete der.

»Ja sorry, der Jetlag.«

»Schon okay.«

»Bis demnächst mal.« Er reichte mir förmlich die Hand. Ich schüttelte sie und vermied einen weiteren verräterischen Blick in sein Gesicht.

»Dann schlaf gut.«

»Danke, du auch.« Und weg war er. Felix ließ enttäuscht die Schultern hängen, ich musste ein Seufzen unterdrücken.

In den nächsten Wochen sahen wir uns immer mal wieder zufällig an der Uni oder wir hingen zusammen rum, weil Felix ihn ständig einlud, doch mitzukommen, wenn wir ausgingen. Für mich wurde die Situation unerträglich. Und plötzlich kam Paul nicht mehr mit. Felix war sehr enttäuscht, doch Paul hatte immer neue Ausreden. Ich hatte gehofft, es würde daraufhin besser werden, doch stattdessen war ich nun diejenige, die seine Nähe suchte. Ich wusste nicht mehr weiter. In meiner Verzweiflung googelte ich »Verliebt in den Bruder des Freundes«. Das Ergebnis war ernüchternd. Keine psychologischen Erklärungen oder gar Hilfestellungen, stattdessen massenhaft Verweise auf pseudo-erotische Heftchenromane für gelangweilte Hausfrauen. Einschlägige Frauenzeitschriften halfen auch nicht weiter. Überall hieß es, man sei dann »unzufrieden mit der Beziehung« oder »suche Bestätigung« oder sei »narzisstisch veranlagt«. Oder alles zusammen. Auf mich jedoch passte nichts davon. Ich war mit Felix nicht unglücklich, Bestätigung wollte ich von Paul nicht und das Wort »narzisstisch« passte auch nicht zu mir. Zwischen Paul und mir war etwas, das man nicht so einfach erklären konnte. Wir waren wie zwei Magnete und beide geplagt von einem schlechten Gewissen, obwohl nichts Verwerfliches zwischen uns passiert war.

Dann bekam Felix eine Erkältung. Er war mufflig, hatte eine knallrote Schnupfnase und gab sich sehr leidend. Ich fand ihn trotzdem niedlich. Am Samstagmorgen tauchte ich mit einer Tüte frischer Lebensmittel auf, um ihm ein Frühstück zu zaubern. Und das, obwohl die Küche eher nicht so mein Terrain ist – ganz im Gegensatz zu Paul, der sehr gut italienisch kochte und Felix, der immerhin so tat, als könnte er kochen.

»Schatz, ich brate dir ein paar Eier dazu«, sagte ich zu meinem schniefenden Freund, obwohl ich mir nicht sicher war, ob ich das unfallfrei hinbekommen würde. Dann klopfte es an der Tür. Es war Paul.

»Krankenbesuch«, sagte er und wedelte mit einer Packung »Heiße Zitrone«.

»Oh wie nett«, erwiderte ich möglichst neutral.

»Hilf ihr mit den Eiern, sie macht sonst meine neue Pfanne kaputt oder brennt die Küche ab«, sagte Felix und nieste in ein Taschentuch.

»Ähm …«, erwiderte Paul mit sichtlichem Unbehagen.

»Nein«, sagte ich entschlossen.

»Doch, mach du die Eier!«, beharrte Felix und sah in Pauls Richtung.

»Ich kann das aber auch!«

»Das überlebt die Küche nicht.«

»Felix!«

»Sonja, ich bin krank und ich habe keine Lust zu streiten. Paul hilft dir nur ein bisschen! Okay?«

»Na komm, ich guck dir einfach nur zu«, sagte Paul zu mir und griff nach der Tüte mit den Lebensmitteln, die ich an die Wand gelehnt hatte. Ich gab jede weitere Gegenwehr auf und folgte ihm mit klopfendem Herzen in Richtung der Etagenküche. Paul ordnete die Lebensmittel auf der mit Krümeln übersäten Theke, ich kramte Felix' neue Bratpfanne hervor. Ich sah mir das jungfräuliche Teflon an und reichte den Schatz dann doch an Paul weiter.

»Mach du lieber, er lyncht mich, wenn da Kratzer reinkommen.«

»Er ist immer so schlecht drauf, wenn er mal 'ne Erkältung hat«, meinte Paul, griff nach der Pfanne und platzierte sie auf eine der Kochplatten.

»Hast du schon mal Eier gebraten?«

»Ja klar«, antwortete ich. »Aber nicht ohne größeren Schaden, ich habe da kein Talent für.«

»Na dann guck wenigstens zu, wenn ich die jetzt mache«, sagte er über die Schulter lächelnd und schlug das erste Ei gekonnt am Pfannenrand auf. In meinem Falle wäre es entweder komplett zersprungen, das Eiweiß wäre auf der heißen Platte zerlaufen und die Pfanne voller Schale gewesen oder ich hätte es gar nicht erst aufgekriegt. Paul hingegen bezwang die weißen Biester mühelos und wirbelte elegant mit dem Spatel in der Pfanne herum. Ich stand direkt hinter ihm und sah ihm über die Schulter. Er wendete die kleinen Kunstwerke und ich betrachtete seinen Rücken, seinen Nacken, die zart gebräunte Partie rund um das Ohr, die von den hellen Haaren fast verdeckt wurde. Ohne es zu wollen, hob ich meine flache Hand, doch dann reagierte mein Verstand und ich schaffte es, wenige Millimeter vor seinem Shirt anzuhalten. Mein Puls beschleunigte sich rasant, mein Herz schlug so laut – ich war mir sicher, er müsste es hören können. Ich könnte ihn jetzt einfach anfassen, meine Hand auf seinen Rücken legen und warten, was passiert, dachte ich. Vielleicht würden wir uns küssen. Vielleicht würde er mich anschreien. Oder er würde einfach weggehen. Paul rührte sich nicht und hielt den Kopf starr auf den Herd gerichtet. Meine Hand war seinem Rücken immer noch gefährlich nahe. Ich hätte mich nie hinter ihn stellen dürfen. Ich hätte gar nicht mit in die Küche gehen dürfen!

Dann plötzlich drehte Paul sich um. Sein Blick fiel auf meine erhobene Hand. Ich ließ sie fallen, als wäre ich eine Marionette und fühlte mich schrecklich bloßgestellt. Wir standen viel zu nah voreinander, er würde jetzt bestimmt denken, ich wollte ihn anbaggern und dann auch noch, wo sein einziger Bruder krank im Bett lag. Er würde mich für 'ne Schlampe halten und mich nie wieder ansehen.

Unendliche Sekunden später griff er nach meiner Hand. Ich glaube, ich hielt vor Schreck die Luft an. Er legte sie rechts auf seinen Brustkorb und in meiner Handinnenfläche klopfte es so heftig, dass ich das Gefühl hatte, sein Herz in der Hand zu haben. Ich betrachtete meine Hand auf seinem Körper – diese harmlose und doch intime Geste.

»Die Eier sind fertig«, sagte er, ohne sich zu rühren.

»Danke«, antwortete ich automatisch. Seine Hand lag immer noch auf meiner. Wir sahen uns an und suchten im Gesicht des anderen nach einer Antwort – obwohl wir die wahrscheinlich lieber nicht wissen wollten. Paul drehte mit der anderen Hand hinter seinem Rücken die Kochplatte aus, ohne den Blick von mir zu nehmen. Das Brutzeln des Fettes in der Pfanne wurde sofort leiser.

»Du kannst das genauso wenig wie ich, stimmt's?«, flüsterte er. Ich nickte stumm.

»Dann geh ich jetzt.« Wieder nickte ich.

Er löste seine Hand von meiner, mein Arm sank kraftlos nach unten. Eigentlich hätte ich zur Seite treten müssen, um ihm den Weg freizumachen, doch ich konnte es nicht. Ich wünschte mir eine einsame Insel, nur für ihn und mich. Er sollte nicht gehen. Doch was würden wir Felix sagen? Tut uns leid, wir haben uns verliebt. Ist jetzt ein bisschen blöd für dich gelaufen, aber wir sind total dankbar, dass du uns einander vorgestellt hast. Bei dem Gedanken wurde mir schlecht. Und wie sollte es dann weitergehen? Die Jungs tauschen die Rollen und alles wird wieder gut? Das wäre doch grotesk! Ich hing noch meinen Gedanken nach, da strich Paul mir zärtlich über die Wange, dann schob er mich sanft zur Seite. Die Eier und ich blieben zurück.

Den Rest des Semesters isolierte er sich völlig von uns. Felix verstand die Welt nicht mehr. In den Semesterferien eröffnete Paul seinem Bruder, dass er in Bolivien zu Ende studieren wollte. Und er hatte Glück, er bekam tatsächlich einen Platz.

Zunächst war ich wie Felix fassungslos und traurig. Doch der Alltag musste weitergehen, wir hatten zu studieren, Referate zu halten und Prüfungen zu schreiben.

Unsere Trennung kam eineinhalb Jahre später und für mich sehr überraschend. Er hatte sich in eine andere verliebt. Die Art und Weise, wie er mit mir Schluss machte, war wortkarg und sehr distanziert. Er hatte seine Neue beim Ausgehen mit den Jungs kennengelernt. Ich glaube, sie hat in dem Laden gearbeitet. Sie hatten schon was miteinander, als er sich von mir trennte. Dass ich bodenlos enttäuscht war, kann man sich vorstellen.

Heute arbeitet er bei einer Firma in Süddeutschland. Ich promoviere zurzeit. Von Paul weiß ich, dass er seine Promotion schon beendet hat. Er lebt immer noch in Bolivien. Und er sieht immer noch sehr gut aus. Was gewesen wäre, wenn ... darüber zu grübeln, habe ich aufgegeben.

Aber an Paul denke ich noch sehr oft.

10. GESCHICHTE

Wie viele Männer sind okay?

*Milena (23), Sinologiestudentin, Bochum,
über
Tonio (22), Elektrotechnikstudent, Bochum*

»Oooh ... Baby!«, stöhnte Tonio über mir. Wir vögelten schon seit 'ner halben Stunde, hatten schon diverse Stellungen durch und ich fand es richtig geil.

»Fick mich«, flüsterte ich in sein Ohr. »Ich will, dass du es mir so richtig besorgst. Du machst mich wahnsinnig mit deinem Schwanz!«

»Ähhh ...«, sagte Tonio und hörte ganz plötzlich auf. Ich sah ihn an. Ich wollte, dass er weitermachte! Dirty Talk gab mir immer den letzten Kick, warum um alles in der Welt machte er nicht weiter?

»Was?«, fragte ich barscher als beabsichtigt.

Tonio sah mir entschlossen ins Gesicht. »Sag mal, mit wie vielen Männern warst du schon im Bett?«

Das konnte doch nicht sein Ernst sein, oder? Tonio und ich waren zwar noch ganz frisch zusammen, aber jetzt so eine Frage? War das nicht ein etwas unglücklich gewählter Zeitpunkt?

»Da musst du so lange nachdenken?«, hakte er direkt nach.

»Wie bitte?«

»Na wie viele waren es?«

»Entschuldige mal, ich ...«

»Boah ...«, stöhnte Tonio und rollte sich von mir herunter.

»Sag mal, kann ich dir irgendwie behilflich sein?« Irrte ich mich, oder offenbarte er hier gerade eine richtig bescheuerte Seite?

»Es war eine einfache Frage: Wie viele Männer vor mir?«

Ich zuckte mit den Schultern. »Ich habe sie nicht durchnummeriert.«

»Waaaaas?« Tonios Stimme klang unangenehm hoch. Wäre er eine Frau gewesen, hätte man ihn als »leicht hysterisch« bezeichnet. Gab es eigentlich eine sinngleiche Bezeichnung für Männer?, fragte ich mich. Hetero-Männer, wohlgemerkt.

Tonio schlug die Decke zurück und machte Anstalten, sich anzuziehen. Ich wähnte mich im falschen Film.

»Wie viele Frauen waren es denn bei dir?«, fragte ich dann.

»Das ist etwas anderes.«

»Na klar. Und dich haben sie aus der Steinzeit teleportiert«, murmelte ich.

»Ich ruf dich an«, sagte er mit einem vernichtenden Blick und verließ mein Zimmer. Ich wusste nicht, ob ich heulen oder aufspringen und ihm etwas hinterherschmeißen sollte. Etwas ratlos blieb ich also liegen. Hatte er diesen Zirkus gerade wirklich ernst gemeint?

»Maximal fünf«, dozierte Pia. »Männer wollen Frauen, die ihre Liebhaber an einer Hand abzählen können.«

»Was'n Quatsch«, sagte Ellen.

»Doch, es stimmt.«

»Ist es dann okay, wenn man sie deswegen anlügt?«, fragte Aylin.

»Das ist völlig in Ordnung. Sie lieben ja lediglich die Vorstellung davon. Dass sie der tolle Macker sind und uns immer noch was beibringen können.«

»Das ist doch das völlige Klischee«, meinte Ellen.

»Ich mag Klischees. Sie haben so etwas Vertrautes«, erwiderte Pia.

Nach dem Fragen aufwerfenden Abend mit Tonio hatte ich für den nächsten Nachmittag meine drei engsten Freundinnen zwecks Krisensitzung zu mir eingeladen. Wir saßen auf dem Teppich mitten in meinem kleinen Wohnheimzimmer, kauten Popcorn und redeten über die Spezies Mann im Allgemeinen und Besonderen.

»Ich glaube, da ist was dran«, sagte ich. »Jeder Kerl will doch am liebsten 'ne Jungfrau. Sie hassen den Gedanken, dass du vorher schon Spaß mit 'nem anderen hattest.«

»Genau«, pflichtete Pia mir bei. »Und wenn es so was gäbe, dann würden sie uns in 'ne Klinik schicken, damit man unser Schatzkästchen wieder zunäht. Und sie können sich selbst dann total was vormachen. Ich sage euch: Besonders Männer sind da Spezialisten.«

»So etwas gibt's schon«, sagte Ellen mit vollem Mund. »Hab ich letzens in einer Reportage gesehen.«

»Was?«, kreischten wir anderen alle gleichzeitig.

Ellen schluckte das Popcorn runter und nickte. »Ja! ›Wiederherstellungschirurgie Schrägstrich Ästhetische Chirurgie‹ nannten sie es. Sie bauen das ... na, wie hieß das noch ... das Hymen, glaube ich, wieder auf. Man kann sich auch wahlweise wieder enger nähen lassen, damit der Partner und man selbst wieder mehr Spaß haben, nachdem man ein Kind gekriegt hat ... wegen des Damms und so.«

»Nee, das glaube ich jetzt nicht«, hauchte Aylin.

»Ich glaube das sofort«, sagte Pia.

»Aber mal ganz generell«, warf ich ein. »Ist das nicht alles ein bisschen sehr engstirnig? Mal abgesehen von Tonio, der ein wenig spinnt, gibt es da draußen nicht jede Menge tolle, moderne Männer mit Ansichten, die der heutigen Zeit entsprechen? Sollte es tatsächlich immer noch Steinzeit da draußen sein? Das glaube ich nicht!«

»Nun, in manchen Dingen sind Männer rudimentär. Da haben sie sich leider nicht weiterentwickelt.«

»Das klingt mir zu einseitig.«

»Tja, dann erzähl du mal jedem Mann, den du kennenlernst, dass du mit deinen 23 Jahren schon mit zehn Männern im Bett warst und du kannst 'ne ziemlich lange Strichliste von denen machen, die mit fadenscheinigen Ausreden die Kurve kratzen.«

»Ist denn zehn so viel, inklusive One-Night-Stands?«, fragte Aylin und ich sah, wie sie nachrechnete.

»Rede nie, niemals irgendwann von One-Night-Stands, wenn du eine Beziehung willst. Nur Männer haben welche. Die Frauen dafür sind alle Nutten und keine adäquaten Mütter für seine zukünftigen Kinder, will er welche oder nicht«, sagte Pia mit bitterernstem Gesicht. Ellen lachte und stopfte sich erneut eine Handvoll Popcorn in den Mund.

»Herrje. Und ich kann so schlecht lügen.«

»Muss man ja nicht, wenn man auf maximal fünf kommt«, gab Aylin zu bedenken.

»Na toll und wer schafft das von uns?«

Das allgemeine Schweigen beantwortete stumm Ellens Frage.

»Aber hat euch bis jetzt denn jeder Typ danach gefragt?«, wollte ich von meinen Freundinnen wissen.

»Na ja ...«, dachte Ellen laut nach. »Irgendwie kam das Thema immer irgendwann auf, aber eher so beiläufig. Ich hab dann erst mal nur von meinen ersten zwei festen Freunden erzählt und dann unauffällig das Thema gewechselt.«

»Ich habe mir eine Biografie gebastelt«, sagte Pia. »Solltet ihr auch tun. Denkt euch zwei oder drei rührselige Geschichten aus. So nach dem Motto: ›Ich war immer lieb, aber dann verließ er das Land‹ oder ›Er zog zum Studieren weg‹ oder ›Er brach mir das Herz, seitdem lebe ich abstinent, aber du kannst mich retten, wenn du magst.‹ Männer stehen total darauf. Und man selbst steht immer gut da.«

»Aber ich stehe nicht darauf, Leute so zu verarschen«, sagte Ellen.

»Gut, dann bleib bei der knallharten Wahrheit und krieg keinen mehr ab.«

Ellen schüttelte nur den Kopf, während Aylin ziemlich beunruhigt aussah.

»Aber warum kann man nicht dazu stehen, wenn man selbst eben darauf steht, ehrlich zu sein?«

»Es geht hier um Männer, schon vergessen?«

In diesem Moment piepte mein Handy. Es war eine Kurzmitteilung von Tonio, er wollte wissen, was ich so machte. Keine Entschuldigung, gar nichts. Weil ich gerade in der Stimmung war, schickte ich ihm folgenden Satz zurück: »Bin noch dabei, die Anzahl meiner Liebhaber nachzurechnen. Melde mich, wenn ich damit fertig bin.«

Ich habe erwartungsgemäß nie wieder etwas von ihm gehört.

11. GESCHICHTE

Fantasie und Realität

*Steffi (22), Pharmaziestudentin, München,
über
Jean (22), Komparatistikstudent, München*

Auf einer Uniparty lernte ich Jean kennen. Er war mit zwei ebenfalls ausgesprochen gutaussehenden Freunden erschienen, aber er gefiel mir von den dreien am besten. Ich, die mit meiner besten Freundin dort war, beobachtete ihn beim Tanzen und war begeistert. Er bewegte sich sehr gut zur Musik, was meiner Meinung nach immer direkt auf die Qualitäten eines Mannes im Bett schließen ließ. Relativ schnell war klar, dass ich mit ihm reden wollte und er auch mit mir.

Wir schlichen noch ein Weilchen umeinander herum und als ich mich dann ganz allein auf einer Couch niederließ, sprach er mich endlich an. Die Chemie stimmte sofort. Er studierte Komparatistik, er war schlagfertig, charmant und sehr belesen. Irgendwann begann er wie zufällig mit meinen Haaren zu spielen, was mich sehr entzückte. Ich wollte ihn unbedingt wiedersehen und besser kennenlernen!

Ihm schien es genauso zu gehen. Er machte keinerlei Anstalten, mich heute Abend noch abzuschleppen. Als seine Freunde weiterziehen wollten, sagte er: »Wir beide gehen nächste Woche erst mal 'nen Kaffe trinken« und bat um meine Handynummer. Meine Finger zitterten so stark, dass ich mich erst bei meinem eigenen Namen vertippte, doch dann schaffte ich es irgendwie und reichte ihm sein Handy zurück. Zum Abschied strich er mir liebevoll über den Kopf und ich schwebte auf Wolke sieben. Noch auf dem Heimweg schwärmte ich meiner Freundin die Ohren von ihm voll und wir freuten uns gemeinsam für mich. Kaum zu Hause begann ich mit dem, was Frauen dann immer zu tun pflegen: warten. Natürlich hatte ich gehofft, er würde noch in dieser Nacht eine SMS schicken. Was er aber nicht tat.

Am nächsten Tag war Freitag und ich redete mir ein, er würde sich deshalb nicht melden, weil man an den Wochenenden eher feierte und an den ganz normalen Wochentagen eher Kaffee trinken ging. Trotzdem schleppte ich mein Handy ständig in der Wohnung mit mir herum und schielte immer wieder aufs Display. Am Sonntag war ich nicht nur erschöpft vom Warten, so langsam wurde ich auch wirklich ungeduldig, was sich wiederum auf meine Laune auswirkte. Zum Schluss motzte ich sogar meine Katze an, obwohl die einfach nur auf meinen Schoß krabbeln wollte. So konnte es nicht weitergehen. Ich verhängte eine Handysperre und beschloss, das unsägliche Ding für einen Tag aus dem Radius der mühelos erreichbaren Dinge zu verbannen. Also legte ich es mit dem Display nach unten in mein Bücherregal und deckte es zur Sicherheit noch mit einer Zeitschrift ab.

Die nächsten 24 Stunden waren hart. Stündlich fielen mir irgendwelche fadenscheinigen Gründe ein, warum ich *unbedingt* auf meine Handy gucken müsste. Am Sonntagabend machte ich aus lauter Nervosität einen Spaziergang und danach schaute ich zwecks Beruhigung eine Folge *Traumschiff* im Fernsehen. Das wirkte tatsächlich: Um 22 Uhr war ich von blitzenden Uniformen und gelblicher Sonnenstudiobräune so müde, dass ich in mein Schlafzimmer hinüberschlich und sofort einschlief. In dieser Nacht träumte ich von Jean: Immer noch total im Bann der kitschigen Kreuzfahrt-Serie, sah ich ihn und mich unter malerischen Palmen. Ich, drei Kilo leichter, dafür mit mehr Busen und im bodenlangen Kleid mit Blütenmuster, er in Bermudas und weißem Oberhemd. Von irgendwoher erklang leise Musik, die sich mit dem monotonen Rauschen der Wellen und dem rötlichen Sonnenuntergang in eine vollkommene Atmosphäre menschlicher Harmonie fügte. Dann klingelte der Wecker. Zuerst schnallte ich gar nichts, dann hatte mich die Wirklichkeit in Form eines kalten Schlafzimmers wieder. Zum Glück musste ich heute zur Uni, sonst hätte ich das Handyverbot wohl doch nicht befolgt. Es fiel mir schwer, es zu Hause zu lassen, doch als ich aus der Tür war, fühlte ich mich regelrecht erleichtert.

Nachdem ich am frühen Abend meine Haustür wieder aufgeschlossen hatte, rannte ich direkt bis ins Wohnzimmer. Mit klopfendem Herzen drehte ich mein Handy um. Mir blieb fast das Herz stehen: eine neue SMS! Schnell drückte ich auf »Lesen« – und brauchte dann geschlagene zehn Sekunden, um zu erkennen, dass sie nicht von ihm, sondern von meiner besten Freundin Linda war. »Na Schatzi, hat er sich endlich gemeldet?«, stand da.

»Nein«, simste ich ernüchtert, aber wahrheitsgemäß zurück und legte das Handy wieder hin.

Kurz darauf rief Linda auf dem Festnetz an.

»Och nee, Süße«, sagte sie mit ehrlichem Mitleid. »Was für ein blöder Typ ist das bitte?«

»Weiß nicht«, murmelte ich.

»Sei nicht traurig, es gibt genug Männer da draußen!«

»Hm ja.«

»Vielleicht ist er auch sehr beschäftigt oder er hat Stress ...«

»... oder er will einfach nix von mir.«

»Na ja, das würde ich zuallerletzt annehmen.«

»Meistens stimmt es aber, wenn es die einfachste Lösung ist. Männer sind ja nicht so kompliziert gestrickt.«

Linda lachte laut am anderen Ende der Leitung. »Gib ihm noch bis Donnerstag, wer sich nach einer Woche nicht gemeldet hat, verdient keine weitere Beachtung.«

»Okay, so mach ich's.«

Und so erwartete ich übellaunig den Donnerstagabend, während mein zunehmend gekränktes Ego nach ungesunden Dingen wie Schokolade, Eis oder Burgern verlangte. Als um 22 Uhr besagten Tages das Display meines Handys immer noch keine neue Kurzmitteilung anzeigte, machte ich mich auf gen Tankstelle und kaufte mir zwei große Töpfe Eis und ein paar Schokoriegel. Damit verzog ich mich ins Bett, verputzte alles durcheinander und beschloss im Zuge dieses Gelages, den Namen Jean und alles, was ich damit verband, zu vergessen.

Natürlich funktionierte es nicht, im Gegenteil: Meine gedankliche Beschäftigung mit ihm führte dazu, dass ich erneut von ihm träumte – und dieses Mal absolut nicht jugendfrei. Wir waren mitten im Nirgendwo, der Raum hatte keine Konturen, uns umgab lediglich eine Landschaft aus luftigen Laken. Es war warm und die Luft schwer von verführerischen Düften, die mich berauschten.

Jean war komplett nackt, sein Körper schön mit den schlanken, ästhetischen Muskeln ausdauernder Sportler. Seine Augen waren geschlossen, der Mund leicht geöffnet und ich war mir nicht sicher, ob er wirklich schlief oder nur genoss. Es war, als schwebte ich ein Stück über ihm, ich hörte nur sein leises Atmen. Dann schwebte ich zu ihm hinunter. Seine Haut brannte förmlich, als ich auf ihm zum Liegen kam. Mit meinen Fingerspitzen strich ich ihm ein paar Haarsträhnen aus der Stirn und plötzlich öffnete er die Augen. Seine Hände begannen, mich zu streicheln, ich drückte meinen Busen gegen seinen Oberkörper. Er sagte kein Wort und auch ich betrachtete ihn nur stumm. Sein Schlafzimmerblick suggerierte mir »Küss mich« und das tat ich dann auch.

Es brauchte nicht lange und unsere Küsse wurden leidenschaftlicher, fordernder und begleitet von atemlosem Stöhnen. Dann plötzlich hielt er mich fest und drehte mich, sodass er nun oben lag. Mit zwei Handgriffen winkelte er meine Beine an, während ich einen neugierigen Blick auf das warf, was vorhin noch so unschuldig schlafend ausgesehen hatte. Dann war er schon wieder über mir. Ich krallte meine Hände in seine harten Pobacken und dirigierte ihn schamlos in mich hinein. Dann biss ich in seine Schulter und genoss den langsamen, stetigen Rhythmus, mit dem er mich sicher zum Höhepunkt führen würde.

Um uns herum schien es noch wärmer geworden zu sein. Ich schwitzte, unsere feuchten Körper rieben sich aneinander und Jean küsste mich erneut so wild und hart, wie ich noch nie im wahren Leben geküsst worden war. Ich streckte ihm mein Becken noch mehr entgegen und er beantwortete das mit einem leidenschaftlichen, lustvollen Laut, der meine Gier nach körperlicher Befriedigung noch steigerte. Unser Rhythmus wurde schneller, ich presste ihn mit beiden Händen noch näher an mich. Ich war hemmungslos, entbrannt und dann ... sprang auf einmal etwas auf meinen Bauch. Ich japste nach Luft, riss die Augen auf und Jean verschwand in einem zarten Nebel aus Fantasie und Wollust. Auf mir drauf und sehr real stand meine Katze mit panisch aufgestelltem Fell und vor Schreck geweiteten Augen. Total benommen setzte ich mich auf, während sie mich vorwurfsvoll anmaunzte.

In meinem Schlafzimmer war es dunkel und zwischen meinen Beinen pochte es. Meine Katze hatte sich offensichtlich Sorgen um mich gemacht. Ob ich laut gestöhnt hatte? Etwas peinlich berührt sah ich zu ihr hinunter. Sie schien den Vorfall zwar noch nicht vergessen, mir aber wohl auch nicht allzu übel genommen zu haben, denn sie drehte sich ein paarmal anmutig um sich selbst und ließ sich dann gemütlich auf die Decke plumpsen. Zwischen meinen Beinen pochte es immer noch. So durfte es nicht einfach aufhören. Egoistisch und völlig herzlos fasste ich den Entschluss, meinen pelzigen Mitbewohner zugunsten eines Egotrips mit dem Ziel körperlicher Befriedigung aus meinem Bett zu verbannen. Empörtes Maunzen war die Antwort, doch ich war in Gedanken schon wieder ganz bei Jean. Ich dachte an seinen nackten Körper und meine Hände fanden routiniert den Weg zwischen meine Beine. In meiner Fantasie war er wieder da: so schön, so perfekt, so schwitzend. Ich wand mich unter meiner Decke und mein Körper folgte dem, was der Kopf ihm so real vorgaukelte. Bald kam ich lange und sehr genussvoll. Erschöpft drehte ich mich auf die Seite. Meine Güte, das war wirklich gut gewesen. Wenigstens war dieser Jean überhaupt für etwas gut. In völliger Dunkelheit lächelte ich in mich hinein und schlief kurz darauf sehr zufrieden ein.

Am nächsten Morgen erwachte ich mit Muskelkater an delikaten Stellen. Meine Katze war beleidigt. Das war mir alles egal. Ich trank zwei pechschwarze Kaffee und machte mich auf zur Uni. Ich würde ihn vergessen. Aus meinem Kopf radieren. Nie wieder an ihn denken. Genau das würde ich. Er wollte nichts von mir, deshalb meldete er sich nicht bei mir. Doch dann war da wieder das Bild seines nackten Körpers in meinem Kopf. Ob er in echt wohl so ähnlich aussah? Ob er gut küssen konnte? Wie würde er mich anfassen? So sehr ich es auch wollte, es klappte nicht: Jean wollte einfach nicht aus meinem Kopf verschwinden. Frustriert schnaufend saß ich im Bus und ärgerte mich über mich und meine fehlende Selbstdisziplin.

Nach einer Woche, in der ich missmutig und latent unausstehlich war, hatte selbst Linda keine Lust mehr, sich mein Gejammer anzuhören und schlug zwecks Abwechslung den Besuch einer weiteren Uni-Party vor. Jeglicher Widerspruch meinerseits prallte an ihr ab. Sie drohte, mich notfalls im Schlafanzug mitzuzerren und beängstigenderweise glaubte ich ihr das sogar. Also zog ich mir etwas Hübsches an und schminkte mich, wenn auch nur halbherzig. Wir waren kaum angekommen, da meinte ich, Jean im Gedränge gesehen zu haben. Toll, jetzt hatte ich auch noch Halluzinationen. Ein paar Minuten später sah ich ihn erneut und dieses Mal konnte ich mich nicht getäuscht haben, denn er stand nur einige Meter von mir entfernt. Ich stupste Linda in die Seite. Sie folgte meinem Blick und schüttelte dann mit bedeutungsschwerem Gesichtsausdruck den Kopf.

»Was für ein dreister Penner.«

»Ich glaube es nicht!«, zischte ich. »Wahrscheinlich sucht er jetzt wieder 'ne Neue, die er verarschen kann!«

»Also ich würde ihn ja mal darauf ansprechen.«

»Meinst du?«

»Klar, warum nicht. Soll er dir doch mal erzählen, was ihn daran so anmacht.«

»Komisch, ich hätte nie gedacht, dass er so einer ist, der nur Telefonnummern sammelt.«

»Man kann den Leuten eben doch nicht in den Kopf gucken.«

»Wie recht du hast. Also ich würde ja schon gern noch mal mit ihm reden.«

»Dann geh hin, er wird ein bisschen blöd gucken und dummes Zeug stammeln und das war's dann.«

»Egal. Ich glaube, es würde mir helfen, ihn abzuhaken.«

»Dann viel Spaß!«, grinste Linda. »Ich warte hier und gebe dir Deckung.«

»Okay!« Obwohl ich es nicht wollte, fing mein Herz wie wild an zu pochen. Ich fand ihn immer noch gut. Und dann fiel mir auch noch mein wilder Traum ein. Ich hatte das Gefühl, man könnte mir meine Fantasien ansehen, so als ob sich sämtliche Bilder daraus wie eine große Leuchtschrift auf mein Gesicht projizierten. Ob er etwas merken würde? Was für ein Quatsch, niemand konnte Gedanken lesen! Ich schluckte meine Bedenken tapfer herunter und ging zielstrebigen Schrittes auf ihn zu. Dann tippte ich ihm auf die Schulter.

»Ja?«, fragte er ziemlich unfreundlich, als er sich zu mir herumgedreht hatte, und sein Blick sagte: Was willst du von mir?

Moment mal: Warum war er böse auf mich? Ich sollte doch böse auf ihn sein! Er hatte sich doch melden wollen, ich hatte nicht mal seine Nummer. Warum guckte er so?

»Hallo Jean«, sagte ich ein wenig irritiert.

»Machst du das öfter?« Seine dunklen Augen blitzten mich wütend an. Nun war ich restlos verwirrt. Und vor allem zu verwirrt, um sauer zu werden. »Was denn bitte?«

Er baute sich bedrohlich vor mir auf und sah mich mit einem vernichtenden Blick an. »Na, dass du Typen 'ne falsche Handynummer gibst, nur um sie loszuwerden!«

»Was?«, hauchte ich.

»Jetzt guck nicht so, du weißt, was ich meine. Ich hab mich zum Vollidioten gemacht, indem ich mitten in der Nacht irgendeinem Kerl aus Bayern 'ne Gute-Nacht-SMS geschickt habe. Der hat sogar direkt angerufen und sich mit seinen Kumpels totgelacht über mich. Vielen Dank!«

Mir sackte das Herz in die Hose und erst jetzt begann ich zu verstehen. »Das kann nicht sein ...«

»Ach komm, spar dir deine Show und lass mich in Ruhe, okay!«, sagte er und wollte sich von mir wegdrehen.

»Warte!« Beherzt griff ich nach seinem Arm und Jean hielt in seiner Bewegung inne. Ungeduldig sah er zu mir herunter.

»Ich habe gewartet«, erklärte ich. »Ich habe die ganzen zwei Wochen auf eine SMS von dir gewartet. Ich habe wirklich gedacht, du wolltest dich nicht bei mir melden. Zum Schluss war ich mir sicher, dass ich für dich nur ein Party-Flirt gewesen bin.«

Jean betrachtete mich eingehend und suchte in meinem Gesicht nach einem Zeichen, das mich als Lügnerin enttarnen würde. Dann schluckte er hart.

»Wirklich?«, fragte er dann, schon nicht mehr ganz so aufgebracht.

»Ja!«

»Warum hast du mir dann die falsche Nummer gegeben?«

»Vielleicht habe ich mich vertippt, ich war so aufgeregt!«

Jean sah mich erneut prüfend an, dann zog er sein Handy aus der Hosentasche. »Ist das deine Nummer?«, fragte er und hielt mir den Telefonbucheintrag mit meinem Namen unter die Nase. Ich überflog die Nummer und erkannte erst beim zweiten Hinsehen den heimtückischen Zahlendreher.

»Nein, hier: Die Vier und die Sieben, die sind verdreht, da muss ich mich vertippt haben.«

»Aha«, brummte er, immer noch nicht gänzlich überzeugt.

»Es war keine Absicht.«

Er sah mich noch mal an, dann nickte er.

»Okay.«

Und nun? Was würde nun aus uns werden? Würde er sich noch mal mit mir treffen wollen?

»Dann lass uns einen zweiten Versuch starten«, sagte er und lächelte plötzlich wieder.

Ich nickte und lächelte zurück. Weil ich nicht wusste, worüber ich nach dieser seltsamen Aussprache mit ihm reden sollte, verabschiedete ich mich schnell und ging zurück zu Linda.

»Und? Was hat er dir für ein Märchen erzählt?«

»Gar keins«, sagte ich kleinlaut. »Ich hab meine Nummer falsch in sein Handy getippt.«

Ich sah, wie Linda eine Weile brauchte, um das von mir Gesagte zu verstehen.

»Oh, Scheiße«, sagte sie dann.

Ich nickte. »Er war so was von sauer. Hat wohl am gleichen Abend noch versucht, mir zu simsen und hat dabei 'nen Typen aus Bayern erreicht.«

Lindas Mundwinkel zuckten verdächtig.

»Und der hat ihn wohl direkt angerufen. Jean hat gerade so sauer geguckt, ich dachte schon, gleich scheuert er mir eine.

Und dann hat er mir natürlich nicht geglaubt, ist ja klar. So als wäre das meine Masche, um Kerle loszuwerden.«

»Und wie seid ihr verblieben?«

»Wir probieren es noch mal.«

»Die Idee ist doch gar nicht so schlecht.«

»Mag sein, aber es ist irgendwie komisch.«

»Mach dir nicht wieder so viele Gedanken ...«

Doch die machte ich mir dann doch. Der Zauber jener Nacht war einer ernüchternden Realität gewichen. Er war so böse gewesen; allein wie er mich angesehen hatte, als ich ihn ansprach, bereitete mir immer noch eine Gänsehaut.

Natürlich simste Jean mir dieses Mal nicht direkt nach der Party. Wir verabredeten uns für Dienstagnachmittag. Schon auf dem Weg in die Cafeteria freute ich mich nur verhalten. Natürlich war ich aufgeregt, aber die Leichtigkeit, die rosa Brille, das Ich-will-die-Welt-um-uns-Vergessen fehlte. Jean muss es ähnlich ergangen sein. Wir machten höflichen Small Talk, klammerten uns aber beide verkrampft an unsere Kaffeebecher. Die Sache mit der Handynummer, der Frust und die Enttäuschung des jeweils anderen hatten das zarte Band zwischen uns gelöst. Wir verabschiedeten uns, ohne über ein weiteres Treffen zu reden.

Natürlich habe ich nie wieder etwas von ihm gehört, doch es war mir ganz recht so. Besser als in meinem Traum hätte der Sex mit ihm sowieso nicht sein können.

12. GESCHICHTE

Grabungspraktikum

Ben (22), Archäologiestudent, Berlin,
über
Anna (22), Archäologiestudentin, Berlin

Was willst du eigentlich von so 'ner Tussi?«, fragte Chris und bedachte ihren knackigen Hintern mit einem wohlwollenden Blick. Sie war soeben einem dunklen BMW entstiegen, von dessen Fahrersitz aus uns ein braunhaariger Typ einen mitleidigen Blick zuwarf. Jetzt zog sie gerade ihre zwei Schrankkoffer und ein Beautycase aus dem Kofferraum, ohne dass ihr offensichtlich uncharmanter Begleiter es für nötig hielt, seinen Astralkörper zu bewegen, um ihr zu helfen. Ich hörte sie leise schimpfen und mit einem knirschenden Geräusch landete Gepäckstück nach Gepäckstück auf dem steinigen Asphalt. Als sie die Heckklappe zuknallte, gab der Typ in der Karre Gas und fuhr grußlos davon. Ich ließ Chris stehen, lief zu ihr hinüber und bugsierte einen Koffer von der Fahrbahn, während sie, leicht wacklig auf ihren hohen Absätzen, den anderen Koffer und das Beautycase schleppte. Anna und ich hatten uns letztes Semester in dem Seminar für Prospektionsmethoden etwas besser kennengelernt, als wir zusammen ein Referat vorbereiteten. Ich fand sie echt sympathisch und auch ziemlich süß, aber Chris hatte auch irgendwie recht, wenn er sie eine Tussi nannte.

»Danke dir, Ben«, sagte sie und lächelte. Ich lächelte zurück.

»So, alle mal herhören, Herrschaften!«, bellte Professor Grabe im besten Kasernenbefehlston und die zarte rosa Wolke zwischen uns zerstob in alle Himmelsrichtungen.

»Da hinten kommt der Bus. Zuerst kommt die Ausrüstung rein, erst danach das persönliche Gepäck, bitte schön!« Dann fiel sein Blick auf Anna. »Mein liebes Fräulein Hofmeier!«, donnerte er und marschierte, so schnell es seine klobigen Wanderstiefel erlaubten, auf Anna und mich zu. »Sie haben das Informationsblatt doch sicherlich genauestens studiert, oder?«

»Ja?«, antwortete Anna fragend. Professor Grabe war vor uns zum Stehen gekommen und strich sich ärgerlich eine Haarsträhne aus der Stirn. Das tat er ständig, weil es immer die eine Strähne war, die sich aus seiner sonst so wohlsortierten Frisur löste.

»Frau Hofmeier«, sagte er dieses Mal. »Ein Gepäckstück pro Person. Wir fahren nicht auf eine Kreuzfahrt, sondern auf ein Grabungspraktikum.« Anna machte den Mund auf, um zu protestieren, da kam er ihr energisch zuvor. »Ein Koffer bleibt hier. Dieses kleine ... äh ... Köfferchen, was auch immer da drin sein mag, können Sie ja im Bus auf den Schoß nehmen. Das überflüssige Gepäckstück schließen wir so lange in meinem Büro ein. Kommen Sie mit!« Sein Ton duldete keinen Widerspruch, außerdem lief er sofort Richtung Institut los. Allerdings offenbar ohne einen Gedanken daran zu verschwenden, wie Anna einen dieser beiden Monsterkoffer bis dahin schleppen sollte.

»Das geht so nicht«, hörte ich Anna murmeln.

»Hm?«

Sie sah verzweifelt zu mir herüber. »Ich muss aus beiden Koffern das Wichtigste in einen packen. Ich muss sie beide noch mal aufmachen und dann umpacken!«

Ich sah erneut meine Chance und griff wie selbstverständlich nach den beiden Ungetümen. Ich war erleichtert, dass sich wenigstens einer von ihnen rollen ließ.

»Lauf ihm hinterher, ich mach das schon«, sagte ich zu ihr und versuchte, souverän zu klingen. Sie nickte dankbar.

Im Institut angekommen begrüßte uns Professor Grabe mit einem nervösen Blick auf die Uhr.

»Frau Hofmeier«, sagte Professor Grabe nicht wirklich böse, sondern eher persönlich beleidigt. »Ich hatte wirklich angenommen, meine Studenten würden meine Informationsblätter lesen. Wofür schreibe ich sie sonst?«

»Entschuldigung«, sagte Anna, schien aber mit den Gedanken ganz woanders zu sein.

»Ja bitte«, sagte Professor Grabe ungeduldig und deutete auffordernd auf die zwei Koffer. Anna seufzte, doch es half nichts. Der Professor hatte sich ganz gentlemanlike umgedreht und ich tat es ihm gleich. Wir hörten Anna in ihren Sachen wühlen, dann schnappten die beiden Koffer wieder zu.

»So, auf geht's!«, schmetterte Professor Grabe, schon wieder besser gelaunt. Dann strich er sich mit Pionierblick die Haarsträhne aus der Stirn und komplimentierte uns nach draußen.

Im Bus versuchte ich, einen Platz in Annas Nähe zu ergattern. Ich stürzte hinter ihr her, fand dann aber nur noch schräg hinter ihr eine freie Zweiersitzreihe.

»So langsam wird es auffällig«, sagte Chris, als er sich neben mich auf den gepolsterten Sitz fallen ließ.

»Wieso?«

»Du dackelst ihr hinterher wie ein dressiertes Hündchen.«

»Ach Quatsch.«

Chris grinste, steckte sich die Ohrhörer seines Mp3-Players in die Ohren und setzte seine Sonnenbrille auf. Ich schielte zu Anna hinüber, die gerade ihr Make-up in einem kleinen Handspiegel kontrollierte.

Nach einer zermürbenden, schier endlos erscheinenden Fahrt kamen wir endlich in dem winzigen polnischen Kaff an, das unserem Ausgrabungsort am nächsten lag. Es nieselte. Was für ein kärglicher Ort – es gab noch nicht einmal asphaltierten Straßen, doch Anna sah dank der Wunderwerkzeuge aus ihrem Kosmetikköfferchen immer noch aus, als wollte sie nach St. Tropez und der Busfahrer wäre nur versehentlich falsch abgebogen. Mit entschlossenem Gesichtsausdruck schleppte sie ihre Gepäckstücke, während die Absätze ihrer Sandaletten in stinkendem Schlamm versanken.

Unsere Behausungen waren bessere Baracken, mit Hochbetten und Gemeinschaftsbädern. Das ganze Etablissement hatte den Charme einer Vorkriegsjugendherberge und genauso alt war das Interieur sicherlich auch.

Nach der ersten, wenig erholsamen Nacht erschien Anna perfekt zurechtgemacht am Ausgrabungsplatz. Ihre blonden Haare waren zu Locken gedreht und mit viel Haarspray am Kopf fixiert. Sie war absolut übertrieben geschminkt, inklusive zart rosafarbenem Lippenstift. Das gesamte Team lachte hinter vorgehaltener Hand über sie. Mir tat sie irgendwie leid.

»Sie braucht morgens zwei Stunden im Bad«, zischte ein Mädchen ihrer Kommilitonin zu. Ich spitzte die Ohren und versuchte, unauffällig ein Stück näher zu rücken.

»Das ist ja noch harmlos«, flüsterte die andere zurück. »Sie geht sogar geschminkt schlafen.«

»Echt?«

»Ja. Sie verschwindet stundenlang im Bad, kommt dann im Schlafanzug wieder und ist frisch gepudert.«

»Nein!«

»Doch! Mich wundert nur, dass die dicke Schicht im Gesicht nicht irgendwann bröckelt. Und dann ihre Haare! Wer nimmt denn bitte Lockenwickler mit auf ein Grabungspraktikum? Sie hat drei Flaschen Glanzhaarspray in ihrem Koffer!«

»Was für eine Tussi.«

»Ja, echt ätzend.«

Zwei Tage später erschien Anna nicht am Ausgrabungsplatz. Diverse Gerüchte machten die Runde, aber sie alle liefen auf denselben Inhalt hinaus: Irgendjemand hatte sich einen üblen Scherz erlaubt und Annas sämtliche Kosmetik geklaut. Und nun lag Anna wohl heulend im Bett und wollte niemanden sehen.

Wir sahen sie noch einen kompletten weiteren Tag nicht, da erschien sie plötzlich morgens im Frühstücksraum und uns allen blieb die Luft weg. Neben der Telleraugabe stand ein gänzlich ungeschminktes Mädchen, dessen glattes blondes Haar auf ihre Schultern fiel wie fein gesponnenes Gold. Sie nahm sich ein Brötchen und zwei Scheiben Käse, dann setzte sie sich an unseren Tisch. Ich starrte sie an, obwohl ich wusste, dass es unhöflich war. Da aber auch alle anderen es taten, fühlte ich mich nicht ganz so unverschämt. Sie ließ sich auf den knarrenden Plastikstuhl gleiten und schaute niemanden an. Ihre Haut war zart gebräunt und makellos, auf ihrer kleinen Nase tummelten sich ein paar Sommersprossen. Ihre Wimpern waren lang und dunkel, der gänzlich lippenstiftlose Mund sinnlich geschwungen. Ich konnte nicht verstehen, warum sie ihr Gesicht immer so gnadenlos zukleisterte. Als sie sich ein weiteres Brötchen holen ging, brach überall Getuschel aus. Chris stieß mir seinen Ellenbogen in die Seite.

»Boah«, grunzte er kauend. »Warum benutzen Frauen eigentlich Schminke?« Ich zuckte nur mit der Schulter und sah, dass der gesamte weibliche Teil des Ausgrabungsteams etwas angesäuert aus der Wäsche schaute. Ob Annas Schminke wohl wie von Zauberhand heute Abend wieder auftauchen würde?

Den Tag über wusste niemand so recht mit ihr umzugehen und sie beschränkte jegliche Kommunikation auf ein Minimum. Nach dem Abendessen ergab sich zufällig ein Gespräch, weil Anna über den Flur hastete und mich fast umrannte.

»Weißt du was«, schnaubte sie. »Rate mal, was ich gerade auf meinem Bett gefunden habe!«

»Äh … dein Schminkzeug?«

»Ihr seid doch alle verlogene, missgünstige …«, keifte sie wutentbrannt und drängte sich an mir vorbei.

»Hey warte«, rief ich und rannte hinter ihr her. »Ich habe damit nichts zu tun«, sagte ich, als ich sie wieder eingeholt hatte.

»Ach ihr steckt doch alle unter einer Decke!«, schnaufte sie.

»Komm, wir gehen mal 'ne Runde spazieren«, schlug ich vor. »Dabei kommt man wieder ganz gut runter.«

Anna schnaufte immer noch unwillig, folgte mir dann aber doch nach draußen. Die Luft war zwar kühl, doch es war trocken und immerhin einigermaßen warm.

»Was habe ich denen bloß getan? Das ist doch krank«, sagte Anna, während wir in Richtung eines kleinen Waldstücks abbogen.

Ich musste all meinen Mut zusammennehmen, um ihr zu sagen, was mir seit dem Vorfall auf dem Herzen lag:

»Warum schminkst du dich überhaupt? Du bist so hübsch ohne alles.«

»Das meinst du doch nicht ernst«, sagte Anna brüsk, warf mir jedoch gleichzeitig einen Seitenblick zu, den ich nicht richtig deuten konnte.

»Doch!«

»Also mein Freund behauptet das Gegenteil.«

Ihr Freund. Na super. Den zu erwähnen wäre ja wohl unnötig gewesen.

»Was ist denn plötzlich mit dir los?«, fragte Anna. Sie sah mir forschend ins Gesicht, dann schluckte sie. »Oh, ich verstehe. Das hat jetzt gerade voll ins Schwarze getroffen, hm?«

Ich nickte deprimiert. Anna beugte sich vor und hauchte einen Kuss auf meine Lippen. Ich war wie versteinert.

»Du bist so ein süßer Junge«, flüsterte sie.

Aha und ihr Freund? Der war dann wohl ein »ganzer Mann«, oder was?

»Ach, guck nicht so«, lachte Anna. »Sonst muss ich dich schon wieder küssen!« Ich intensivierte meinen Hundeblick daraufhin.

»Hey!« Anna legte gespielt empört den Kopf schief.

»Was denn?«, sagte ich beleidigt. Anna seufzte – obwohl, es hätte auch ein kleines Stöhnen sein können. Ich bekam allein von diesem Laut einen Ständer und zu allem Überfluss küsste sie mich erneut. Ihre Zunge glitt in meinen Mund, warm und feucht, während sie meine Zähne energisch auseinanderdrängte.

»Hast du es schon mal in der freien Natur gemacht?«, hauchte sie kurz darauf in mein Ohr.

»Klar«, log ich.

»Ich finde das sexy«, sagte Anna und legte meine Hände auf ihre Brüste.

»Oh ... ich ... ich auch«, stotterte ich wenig souverän. Ihr Busen war weich und fest zugleich, zwei verlockende Rundungen, die in meinem nächtlichen Kopfkino schon oft die Hauptrolle gespielt hatten.

»Lass es uns tun. Hier und sofort. Ich stehe total auf Outdoorsex. Hast du ein Gummi dabei?«

Ich wollte fragen: »Und hast du an deinen Freund gedacht?«, doch dann beschloss ich, dass es mir ja wohl egal sein könnte, solange wir nur jetzt sofort miteinander schlafen würden.

»Muss ich gucken«, nuschelte ich und kramte mein Portemonnaie hervor, während Anna in sehr nervös machender Manier vorne über meine Hose rieb. Mit zittrigen Fingern wühlte ich mich durch alte Kassenbons, Rabattcoupons und uralte Telefonnummerzettelchen, bis ich endlich das Gewünschte fand. Anna wirkte regelrecht ungeduldig. Sie nahm mir das Ding aus der Hand, zog mir die Hose runter und wenig später war ich startklar. Mit klopfendem Herzen lehnte ich mich an die harte Rinde eines Baumes, während Anna sich Jeans und Höschen vom Körper streifte. Ihr T-Shirt ließ sie an.

»So ein süßer Junge«, sagte sie erneut, was mich ein wenig nervte, aber der Anblick ihrer Muschi mit dem kleinen verbliebenen Streifen hellblonder Haare machte das wieder wett. Ich schob meine Hand zwischen ihre Beine, kaum dass sie nah genug war. Gierig ertasteten meine Finger ihre zarte Haut und als ich den Kitzler fand, strich ich sanft darüber.

»Oh, der süße Junge weiß ja, was er tut«, gurrte sie. Nun reichte es mir wirklich.

»Ich bin kein Junge«, sagte ich energisch. »Wir sind gleich alt.«

»Du bist ein süßer Junge«, sagte sie noch mal und beendete die Diskussion damit, dass sie vor mir auf die Knie ging und meinen Schwanz zu lutschen begann. Ich ächzte vor Lust. Okay, ich würde alles sein, was sie von mir verlangte, solange es nur so weiterging. Sie machte das ziemlich gut und ich guckte auf ihre Pobacken und auf ihren Mund, in den mein bestes Stück immer wieder hineinglitt. Ich musste sie bremsen, sonst wäre es fast zu spät gewesen. Sie stand auf, ihre Lippen waren gerötet und feucht von ihrer eigenen Spucke. Ich küsste sie hart, drehte sie um und drückte sie an den Baum. Ihr Rücken prallte gegen den Stamm. Sie schlang ihre Arme hinter dem Rücken darum, ich knetete ihre Brüste. Dann hob sie ein Bein, winkelte es an und schlang es um meine Hüfte. Als sie sicher stand, griff sie nach meinem Penis. Ich stöhnte und ging etwas in die Hocke, um es ihr leichter zu machen. Sie dirigierte mich an den richtigen Platz, meine Lippen waren dicht an ihrem Hals, als ich meinen Schwanz in sie reinstieß. Anna gab einen animalischen Laut von sich, der mich noch heißer machte. Wir machten hier keine Liebe, wir trieben es miteinander. Immer wieder stieß ich zu, ihr Shirt scheuerte an der Rinde des Baumes und Anna trieb mich immer weiter an, indem sie mir noch energischer entgegenkam. Ich knurrte und mein Schwanz verschwand bei jedem Stoß tiefer in ihr. Unsere Körper prallten gegeneinander und ich spürte Annas Kitzler an meinem Unterleib. Ihr Stöhnen ging in langgezogene Laute über, während sich ihre Nägel in meinen Rücken bohrten. Sie machte mich wahnsinig, obwohl sie mich kaum zu beachten schien. All ihre Aufmerksamkeit galt ihrer eigenen Lust. Dann stieß Anna keuchend die Luft aus.

»Schneller«, stöhnte sie. »Schneller, mach schneller, schieb ihn in mich rein, immer wieder, los doch!« Ihre Worte trieben mich an, ich konnte mich kaum noch zurückhalten. Es war so roh, so grob, so rein lustgesteuert. Es war unglaublich.

Anna begann laut und flach zu atmen, sie rieb ihre Muschi an meinem Bauch und zog mich hart zu sich heran.

»Oh jaaa ... gleich«, murmelte sie, griff in mein Haar und sah mich an. Ich zog ihn fast ganz aus ihr heraus und schob ihn dann noch mal ganz langsam in sie rein, ohne den Blick von ihr zu nehmen.

»Oh ...«, machte Anna und dann kam sie. Ihre Muskeln kontrahierten sich und sorgten dafür, dass ich sie nur wenige Sekunden später einholte. Sie krallte ihre Nägel noch einmal mit aller Kraft in meinen Rücken, dann sank sie in sich zusammen und nur noch der Baum schien ihr Halt zu geben. Mich durchliefen immer noch die letzten Wellen meines Höhepunkts.

»Sehr gut ...«, keuchte sie.

»Wow ...«, flüsterte ich und strich ihr eine Haarsträhne hinters Ohr. Ihre Haut war leicht gerötet, ihre Lippen geschwollen, die Augen glänzten. »Du bist so wunderschön.« Sie lächelte und dann küsste sie mich.

Anna hat, sehr zum Ärger der weiblichen Teammitglieder, für den Rest der Ausgrabung aufs Aufhübschen verzichtet. Wir taten es fast jeden Abend irgendwo draußen. Als wir auf dem Weg nach Hause waren, machte sie mir klar, dass es nur eine Affäre gewesen wäre. Ihr Freund holte sie ab. Am nächsten Tag erschien sie wieder komplett zurechtgemacht an der Uni.

13. GESCHICHTE

Fräulein Nimmersatt

*Mascha (25), Medizinstudentin, Düsseldorf,
über
Clara (25), Medizinstudentin, Düsseldorf,
und
zwei unbekannte Kerle*

So langsam wollte ich wirklich gern mal wissen, was dieser nymphomane Vamp mit meiner Mitbewohnerin gemacht hat. Denn eins stand fest: Dies war nicht die Clara, die ich kannte. Noch bis vor zwei Monaten hätte ich sie als »solide« bezeichnet. Und das, ohne lange nachzudenken. Doch dann trennte sie sich von ihrem Freund, mit dem sie drei Jahre zusammen gewesen war. Eigentlich hätte es mir schon direkt komisch vorkommen müssen, als sie sagte: »Hach, er ist zwar ein Penner, aber so langsam fehlt mir echt der Sex!«

Ich hatte kurz nachgerechnet. »Ähm, ihr seid seit drei Tagen getrennt!«

»Dreieinhalb!«, hatte sie mich berichtigt und war an mir vorbei in unser Badezimmer geschwebt, um mal wieder ihr Make-up zu kontrollieren. Seitdem sie wieder Single war, war Schminken ihre oberste Priorität. Sie war den ganzen Tag dramatisch angemalt, obwohl wir nur zur Uni gingen oder mal dem Postboten die Tür öffneten. Außerdem trug sie nur noch Miniröcke und hautenge Oberteile. Sobald Männer zugegen waren, drehte sie dann völlig ab: Sie kicherte, reckte ihren Busen und puderte sich in aller Öffentlichkeit die Nase. Ich wusste nicht, ob ich nur staunen oder ob sie mir schon peinlich sein sollte. Besonders erschreckend war ihre Wahllosigkeit. Okay, sie waren alle ungefähr in unserem Alter, aber ansonsten?

»Ich habe keinen Typ«, sagte Clara. Ich nickte und dachte mir meinen Teil. Als sie dann anfing, die Uni zu schwänzen, um sich entweder neu einzukleiden, Make-up zu kaufen, Schlaf nachzuholen oder »vorbereitend« fürs Ausgehen zu schlafen, fragte ich mich ernsthaft, ob sie vielleicht ein hormonelles Problem hatte und mal zum Arzt gehen sollte. Kam ich von der Uni, schlief sie und ich musste durch die Wohnung schleichen. Sobald es dunkel wurde, machte sie die Nacht zum Tag und störte mich nur noch. Als Konsequenz verbrachte ich mehr und mehr Zeit bei meinem Freund und erklärte meine dauernde Anwesenheit mit Claras »schwieriger Phase«. Mein Freund grinste daraufhin etwas anzüglich und mir gefiel das so ganz und gar nicht. Mittlerweile konnte ich die Typen, die Clara kennenlernte, schon gar nicht mehr auseinanderhalten. Sie nannte ständig neue Namen, alle hatten »tolle Augen« und waren ihr »total verfallen«. Dass diese Männer sie alle abservierten, nachdem sie ein Mal mit ihr im Bett gewesen waren, schien sie wohl nicht zu stören. Mich nervte der viele männliche Besuch in unserer Wohnung einfach nur.

Männer sind ja ganz nett, aber nicht, wenn sie dir nur mit Shorts bekleidet in deiner Küche begegnen und nach Alkohol suchen, nachdem sie lautstark deine Mitbewohnerin gevögelt haben. Und das um halb fünf morgens.

Die Wohnung verlotterte mehr und mehr. Clara hatte sich wohl vorgenommen, unseren Putzplan zu ignorieren, ich war eh kaum noch dort und dementsprechend lieblos sah alles aus. Die Küche quoll über von leeren Sektflaschen, überall standen volle Aschenbecher herum und über die vielen fremden Haare im Bad wollte ich lieber gar nicht erst nachdenken. In Claras Zimmer herrschte das Chaos. Sie hatte aufgehört, die Gardinen aufzuziehen, da sie tagsüber sowieso meist nur noch schlief. Ihr Bett war seit Wochen nicht frisch bezogen worden und auf ihrem provisorischen Nachttisch türmten sich die leeren Kondomverpackungen. Hätte sie sich jede Nummer bezahlen lassen, hätten wir uns bestimmt schon längst zwei neue Kühlschränke leisten können.

Nun hatte ich mal wieder ein komplettes Wochenende bei meinem Freund verbracht und war nach intensivem Nachdenken zu einem Entschluss gekommen: So konnte es nicht weitergehen. Ich musste mit Clara ein ernstes Wörtchen reden. Klar hatte ich Verständnis, dass man sich nach drei Jahren Beziehung austoben wollte – aber nicht auf Kosten anderer. Nicht nur, dass wir praktisch nichts mehr zusammen unternahmen, sie tat so, als gehöre die Wohnung ihr allein und ich käme nur hin und wieder mal zum Aufräumen vorbei.

Schon als ich die Wohnungstür aufschloss, hörte ich eindeutige Geräusche. Eine männliche Stimme ächzte: »Geil, geil, geil, geil«, wie ein batteriebetriebenes Plüschtier. Ich schaute auf meine Armbanduhr. Es war halb vier nachmittags. Seufzend zog ich meine Reisetasche hinter mir her in den Flur, als mir plötzlich etwas komisch vorkam. Claras Zimmer war das erste, ich stand direkt neben ihrer Tür. Doch hier war alles ruhig. Auch im Bad zu meiner Linken war es still. Die Geräusche kamen also entweder aus der Küche oder ... Ich ließ die Griffe meiner Reisetasche los und stürmte in mein Zimmer. Clara saß rittlings auf einem Typen, der hatte seine beiden Pranken in ihre Brüste gekrallt, während er sich im Sekundentakt geifernd über die Unterlippe leckte. Clara warf den Kopf nach hinten und stöhnte. Sie ritt ihn so heftig, dass ich immer wieder seinen gummierten Penis zwischen ihren Beinen hervorblitzen sah. Sein dunkler Hodensack schwabbelte rhythmisch wie ein Stück Wackelpudding. Der gesamte Anblick war genauso grotesk wie bodenlos peinlich. Der Typ nahm die Hände von ihrem Busen und begann, ihr rechts und links damit auf den Hintern zu klatschen.

»Uhuuuu«, stöhnte Clara affig, wohl als Zustimmung zu seinen Zärtlichkeiten.

»Das reicht!«, brüllte ich und stürzte zum Bett.

Der glasige Blick des Typen streifte mich kurz, glitt dann aber wieder zurück zu den nackten Brüsten meiner Mitbewohnerin.

»Ach, hallo Mascha!«, sagte Clara völlig unbekümmert.

»Raus!«, flüsterte ich, dann flüchtete ich in die Küche. Drei Sekunden später war Clara auch da, paffend und völlig unbekleidet.

»Sorry«, sagte sie, »aber das ist der Kumpel von dem Typen, den ich mitgenommen habe. Aber der war zu besoffen und pennt nun in meinem Bett. Und der, der ihn abholen wollte, war halt auch ganz süß. Aber so direkt neben ihm wollten wir es dann nicht machen.«

Ich war nicht mehr wütend, ich war fassungslos. »Du schläfst mit dem Kerl, der seinen betrunkenen Freund von dir abholen wollte? Und weil der in deinem Zimmer liegt, ziehst du in meins um?«

»Meine Güte, ist doch nichts kaputtgegangen«, meinte Clara achselzuckend.

»Du hast eine viertel Stunde«, erwiderte ich eisig. »Dann sind beide Kerle verschwunden. Und danach müssen wir uns dringend mal unterhalten.«

»Boah, führ dich mal nicht so auf hier!«, blaffte Clara.

»Ich führe mich auf?«, blaffte ich zurück. »Ich?«

»Ja, total spießig!«

»Und du dich total nuttig!« Es war mir herausgerutscht, doch gleichzeitig bereute ich es nicht. Clara sah mich an und schluckte, dann drehte sie sich um und rauschte aus der Küche. Ich hörte, wie sie entschuldigend auf den Typen einredete. Bei dem fühlte sie sich also genötigt, sich zu entschuldigen, bei mir nicht! Ich kochte innerlich. Als sie die Tür hinter den Typen geschlossen hatte, ging ich zurück in mein Zimmer. Mein Bett war zerwühlt und die Bettdecke feucht von Schweiß. Auf dem Fußboden rollte eine leere Sektflasche zwischen Claras Unterwäsche herum. Und jemand hatte eindeutig meinen Nachttisch durchwühlt.

»Reden?«, hörte ich Clara fragen. Sie stand etwas unschlüssig auf der Türschwelle, bekleidet mit Jogginghose und verwaschenem T-Shirt.

»Ja«, sagte ich. Wir gingen in die Küche, ich setzte mich an den Tisch und Clara machte Kaffee. So fast ungeschminkt sah sie übernächtigt aus, mit Ringen unter den Augen und einer ungesunden gelblichen Gesichtsfarbe und Pickeln auf ihrer sonst so makellosen Haut.

»Ist es das alles wert?«, fragte ich. Clara öffnete den Mund, um zu protestieren.

»Warte!«, sagte ich. »Jetzt lass mich erst mal reden.« Clara ließ sich mit einem Plumps auf den zweiten Holzstuhl fallen und strich sich müde die zerzausten Haare aus der Stirn.

»Ich kann dein Verhalten nicht mehr ertragen. Nicht nur, dass ich den Eindruck habe, dass du völlig wahllos Männer mitnimmst, ich glaube auch, dass du diese Lebensweise nicht mehr lange durchhältst. Menschen sind tagaktive Wesen, weißt du? Im Übrigen dürftest du an der Uni mittlerweile so viel verpasst haben, dass du dir das Semester schenken kannst. Stattdessen malst du dich an, als gäbe es kein Morgen, und benimmst dich schlimmer als jeder notgeile Kerl. Nicht nur, dass die alle unser Bad verdrecken, ich habe auch einfach keine Lust, ständig so viele fremde Leute bei uns zu haben. Ab heute muss ich wohl auch noch mein Zimmer abschließen. So hatte ich mir unser WG-Leben nicht vorgestellt! Wann waren wir das letzte Mal zusammen unterwegs? Seit deiner Trennung kenne ich dich gar nicht mehr! Du kannst es dir überlegen: Entweder du schaltest einen Gang zurück oder wir lösen diese WG auf. Ich kann nicht mehr so leben, guck dir mal an, wie es hier überall aussieht. Und mit deinem unreifen Verhalten zwingst du mich in eine Mutterrolle, die ich gar nicht spielen will.«

Clara sagte eine Weile gar nichts, stattdessen sah sie auf die Tischplatte. »Ja okay«, sagte sie schließlich. Mehr nicht. Dann stand sie auf, nahm sich einen Kaffee und schlurfte aus dem Zimmer.

Clara und ich wohnen nicht mehr zusammen. Sie hat sich eine Weile zusammengerissen, doch dann fing alles wieder von vorne an. Ich lebe nun in einer sehr entspannten 4er-WG, alles Mediziner. Von Clara weiß ich, dass sie bei einem Typen lebt, mit dem sie aber nicht richtig zusammen ist. In der Uni habe ich sie schon ewig nicht mehr gesehen.

14. GESCHICHTE

In der Höhle des Bären

*Nora (24), Wirtschaftswissenschaftsstudentin, Dortmund,
über
Florian (26), Sozialpädagogikstudent, Dortmund*

Florian und ich lernten uns über Bekannte kennen. Er studierte Sozialpädagogik, obwohl sich seine Eltern BWL oder etwas Ähnliches als Studienfach gewünscht hatten, da er dann später mal ihre Firma hätte übernehmen können. Das erzählte er mir gleich am ersten Abend.

Wir dateten erst zum zweiten Mal, als er mich danach zu sich einlud. Zuerst war ich fasziniert, wie groß seine Wohnung war und wie viel Geld er zu haben schien. Erst im nächsten Moment erkannte ich die Unordnung, die überall herrschte. Chaos auf großem Raum sieht nicht ganz so verheerend aus wie Chaos auf kleinem Raum. Im Endeffekt kommt aber das Gleiche raus: Nichts steht an seinem Platz, überall klebt es ein wenig und alles wird erst nachgekauft, wenn es schon seit zwei Wochen dringend fehlt.

Ich, die in bescheidenen Verhältnissen aufgewachsen war, ließ mich von meiner Mutter beruhigen, dass junge Männer eher zu Unordnung neigten als Frauen gleichen Alters. Sie hielt Florian wegen des Geldes seiner Eltern für eine gute Partie. Und ich war nicht wirklich bereit, weiter über seinen mangelnden Sinn für Ordnung nachzudenken, denn erstens hatte ich mich ziemlich in Florian verguckt und zweitens räumte ich dann einfach ein wenig auf, wenn ich bei ihm war.

Einen Monat waren wir zusammen, da machte mich ein Wasserrohrbruch in meinem bescheidenen Wohnheimzimmer von einer Nacht auf die andere obdachlos. Florian bot mir grosszügig an, so lange bei ihm einzuziehen, wie die Reparaturen andauerten. Natürlich fand ich das tausend Mal toller, als wieder bei meinen Eltern in meinem ehemaligen Kinderzimmer zu wohnen. Ich nahm dankend an, ohne zu wissen, dass dies unser Ende bedeuten würde.

Erst in dieser Zeit fiel mir auf, dass er eigentlich nie zur Uni ging. Ich, die als Wirtschaftswissenschaftsstudentin einen straffen Stundenplan zu absolvieren hatte, stand meist um halb sieben auf, um zu duschen und mich für den Tag fertig zu machen. Florian lag dann noch im Bett, manchmal sogar noch bis ich mittags wieder bei ihm eintraf. Doch dies sollte nicht das eigentliche Problem sein: Zuerst fiel es mir nicht wirklich auf. Meist spazierte ich nur in ein Handtuch gewickelt in unser Schlafzimmer und suchte mir dort meine Klamotten für den Tag heraus. Florian überhäufte mich dann mit Komplimenten und ich liess mich geschmeichelt wieder ins Bett locken, nur um danach wieder verschwitzt und zerzaust im Bad stehen zu müssen. In den meisten Fällen reichte jedoch dafür die Zeit nicht und ich musste so zur Uni. Ungefähr nach dem achten Mal fing es an, mich zu nerven. Doch je mehr ich mich wehrte, desto hartnäckiger wurde er. Einmal stand ich extra früh auf, um danach Zeit zum Duschen zu haben. Da überraschte er mich nach dem zweiten Mal Duschen im Bad und drückte seinen gänzlich nackten und verschwitzten Körper an mich. Ich war mehr als genervt. Erst wollte er sich nicht abwimmeln lassen, so lange bis ich ihn ernsthaft anmotzte und er ziemlich beleidigt die Flucht ergriff. Klar hatte man zu Beginn einer Beziehung mehr Sex, aber erstens war es mir jetzt bereits schon zu viel und zweitens störte mich seine »Immer bevor sie aus dem Haus geht«-Taktik ganz gewaltig.

Beim Mittagessen in der Mensa erzählte ich meiner besten Freundin Sina von seiner komischen Marotte.

»Er markiert dich«, sagte sie, als würde sie übers Wetter reden, und stopfte sich eine übervolle Gabel Tomatensalat in den Mund. »Und er ist dauergeil.«

»Quatsch!«, erwiderte ich. »Er ist doch kein Tier. Machen Tiere so etwas überhaupt?«

Sina sah mich bedeutungsschwer an und kaute weiter.

»Ach das ist doch … das glaube ich nicht … jedenfalls nicht so komplett«, maulte ich.

»Aber er kriegt doch eigentlich nix auf die Reihe, oder? Räumst du auch bei ihm auf und so?«

»Was hat das eine mit dem anderen zu tun? Außerdem: Wenn ich einkaufe, bezahlt er immer.«

»Einkaufen wie Lebensmittel und Putzmittel einkaufen? Oder Einkaufen wie Klamotten und Schuhe einkaufen?«

»Ersteres«, sagte ich etwas kleinlaut.

»Du hast es schon wieder getan«, sagte sie.

»Was?«

»Dich unter Wert verkauft.«

»Nein! Er ist … er war am Anfang … « Dann fiel mir nichts mehr ein.

»Ja?«

»Er ist süß! Na ja, irgendwie halt auf so 'ne vertrottelte Art.«

»Na wenn dir das reicht.«

»Und er lässt mich bei sich wohnen!«

»Na klar, weil er jetzt die Putzfrau umsonst bekommt und für Sex nicht mal mehr die Wohnung verlassen muss.«

»Du tust ihm unrecht, hör auf damit.«

Sina zuckte mit den Schultern und machte sich wieder mit teilnahmsloser Miene über ihren Salat her.

Abends auf dem Weg nach Hause stellte ich fest, dass sich ihre radikalen Worte doch fester in meinen Kopf gesetzt hatten, als mir lieb war. Als ich die Haustür aufschloss, wehte mir abgestandene Luft entgegen: eine Mischung aus alten Socken, Fertiggerichten und Sex. Florian lag auf der Couch und guckte eine Talkshow.

»Hallo, mein süßer Schatz, wie war es in der Uni?«, säuselte er.

»Gut«, sagte ich reserviert. »Und wie war's bei dir?«

»Och, ich war nicht. Keine Lust. War eh nur 'ne Vorlesung.«

»Ach so, verstehe.« Ich stieg über ein Paar achtlos auf den Boden geworfene Sneakers.

»Na komm doch mal her zu mir!« Er winkte mich einladend zu sich. »Ich habe heute ganz oft an dich gedacht und dann hab ich jedes Mal sofort 'nen Ständer bekommen!« Na toll und genauso roch es hier auch in der Bude. Ich seufzte frustriert.

»Ich hole mir eben was zu trinken«, überging ich seine Anzüglichkeiten. »Möchtest du auch was?«

»Schatz, ich glaube, ich habe die letzte Flasche Wasser vorhin leer gemacht.«

»Na toll.«

»Ja, tut mir leid. Ich wollte einkaufen gehen. Aber das können wir ja auch gleich zusammen machen, irgendwie war auch die Zeit voll schnell rum.« Ich seufzte und ging an ihm vorbei ins Schlafzimmer. Hier war das Bett ungemacht und nicht mal die Vorhänge waren aufgezogen. Ich riss das Fenster auf und atmete gierig die frische Luft ein. Wieder dachte ich an Sinas Worte.

»Schatzi, tut mir leid, echt ...« Florian war im Türrahmen erschienen. »Ich bestelle uns Pizza und dazu ein paar Flaschen Cola. Und dann machen wir es uns gemütlich, anstatt uns jetzt noch in 'nen Supermarkt zu quälen, okay? Wir könnten dabei nackt sein!«, zwinkerte er mir zu.

Ich drehte mich zu ihm um und fand das überhaupt nicht witzig. So zerknautscht wie er aussah, fand ich ihn nicht sonderlich attraktiv. Wie konnte er annehmen, dass ich in seinem Zustand – also ungewaschen, zerknittert und verpennt – überhaupt daran dachte, ihn scharf zu finden? Die ganze Sache begann, mich ganz gewaltig zu nerven.

Am nächsten Morgen wollte er wieder Sex, natürlich erst, nachdem ich ihm fertig zurechtgemacht Tschüss sagen wollte. Ich vertröstete ihn, indem ich Kopfschmerzen vortäuschte. Dann flüchtete ich zur Uni. Abends war ich mit Freundinnen verabredet, eine davon wollte ihren Geburtstag nachfeiern und einen lustigen Mädelsabend in unserer Lieblingskneipe veranstalten. Nach der Uni wollte ich mich kurz frisch machen und dann direkt weiter. Ich zog mich gerade vor dem Kleiderschrank um, da stand Florian plötzlich hinter mir. Wie ein Tintenfisch mit acht Armen begann er, mich überall zu befummeln. Eine Hand griff an meinen BH, die andere schob er unter meinen Rock.

»Hmmmm«, stöhnte er in mein Ohr. »Wo wollen wir denn hin?«

»Geburtstag feiern, das weißt du doch ...«, murmelte ich.

»Och, das ist aber schade. Guck mal, wie mein Schwanz auf dich abgeht, da habe ich gerade so ganz andere Dinge im Kopf.« Mit diesen Worten hatte er seinen bereits entblätterten Penis unter meinen Rock geschoben und wollte sich ungefragt in mich hineindrängen.

»Diese Dinge hast du doch ständig im Kopf!«, erwiderte ich patzig und schob ihn und sein klebriges Ding von mir weg.

»Was?« Florian hielt empört sein bestes Stück fest, während er mit aufgeknöpfter Hose und leicht krummer Haltung vor mir stand. Ich war sauer und nicht nur, weil er so behämmert aussah.

»Ja doch! Und wenn ich aus dem Haus gehen will, dann willst du es ganz besonders doll!«, meckerte ich. »Komm doch einfach mal mit, dann ersparen wir uns diese nervige Konversation.«

»Joa gut, dann komme ich eben mit«, sagte Florian total tiefenentspannt.

»Nein, heute nicht. Das ist ein Mädelsabend!«

»Siehste«, sagte Florian beleidigt, »du willst ja doch nicht, dass ich mitkomme!«

»Meine Güte, ich meinte zur Uni! Vielleicht weißt du ja noch, dass du eigentlich studierst. Ich meine, wenn du mal gerade nicht auf die Möbel aufpassen musst oder so«, schnaufte ich und griff nach meiner Handtasche. »Ich bin jetzt weg.«

»Ja, tschüss dann«, erwiderte Florian und schlurfte wieder ins Wohnzimmer.

Der Abend entpuppte sich zum Glück als spaßig, doch ich war nicht allzu spät wieder zurück, weil ich am nächsten Morgen früh Uni hatte. Als ich die Wohnung betrat, saß Florian auf der Couch und holte sich gerade einen runter.

Er war auf den Polstern ein Stück heruntergerutscht und hatte die Beine weit gespreizt, während er mit der Rechten seinen Schwanz bearbeitete und mit der Linken seine beiden Hoden fest im Griff hatte. Er sah kurz zu mir auf, guckte dann wieder auf den Fernseher und machte weiter. Wie von selbst wanderten meine Augen hinüber zum Bildschirm. Es lief eine *National Geographic*-Tierdoku, in der sich gerade zwei zottelige Braunbären paarten.

»Ähm, hallo?«, fragte ich, um sicherheitshalber auch noch verbal auf mich aufmerksam zu machen.

»Hallo«, sagte Florian und hörte einfach nicht auf.

»Was tust du da?«, fragte ich, obwohl es nicht zu übersehen war, was er da machte.

»Die Scheißbären haben mich so geil gemacht«, erwiderte er, offensichtlich verärgert über mein explizites Nachfragen.

»Die Bären?«, fragte ich matt.

»Ja, verdammt. Willst du vielleicht weitermachen?« Er hielt mir dreisterweise seinen Schwanz entgegen und guckte fragend.

»Tut mir leid«, sagte ich. »Leider habe ich mein Bärenkostüm nicht dabei!« Dann stürmte ich ins Schlafzimmer, um meine Sachen zu packen. Ich musste ganz dringend weg von hier. Der Typ war ja nicht ganz dicht unterm Pony. Als wir nur so dateten, war mir seine Dauergeilheit nicht so aufgefallen, aber seit ich fatalerweise bei ihm wohnte, war es echt unerträglich geworden. Ich klaubte meine Klamotten zusammen und rief meine Eltern an, die zum Glück noch nicht geschlafen hatten. Mein Vater versprach sofort, mich mit dem Kombi abzuholen. Ich war unendlich erleichtert.

»Wir passen nicht zusammen«, sagte ich noch zu Florian, bevor ich ging. »Danke, dass ich bei dir wohnen konnte, aber ich muss jetzt gehen, das war's.«

»Ja okay«, murmelte Florian und sah nicht mal vom Bildschirm hoch.

Ich habe nie wieder etwas von Florian gehört. Bekannte haben mir erzählt, dass er wohl eine neue Freundin hat. Ob sie schon weiß, auf was sie sich da eingelassen hat? Und ob sie vielleicht ein Bärenkostüm besitzt?

15. GESCHICHTE

Wenn die Chemie stimmt

*Inés (21), Pharmaziestudentin, Berlin,
über
Jakob (25), Chemiker, Berlin*

Das war es also. Endgültig. Immer wieder sah ich auf die Prozentzahl, die in der Spalte neben meiner Matrikelnummer stand: 53.

Knapp über der Hälfte und trotzdem zu wenig. Obwohl es Sommer war und angenehm warm in den Gängen des Instituts, wurde mir eisig kalt. Vier Semester Studium umsonst und nun?

Mit 65 Prozent hätte ich bestanden. Was sollte ich meinen Eltern sagen? »Mami und Papi, ich habe die Klausur das dritte mal nicht bestanden und werde nun zwangsexmatrikuliert.« Meine Güte, es klang fast wie etwas, das mit Gefängnis zu tun hatte. Pharmazie war meine allererste Wahl gewesen. Schon als kleines Mädchen hatte ich Apothekerin werden wollen. Es war mir egal, dass ich vielleicht mehr lernen musste als andere, die alles sofort durchschauten. Ich konnte mir nicht vorstellen, ein anderes Fach zu studieren. Doch was nun? Verzweifeln? Sich von allen bedauern lassen? Oder lieber direkt aus dem Fenster springen? Als mein Handy in meiner Umhängetasche vibrierte, wollte ich erst gar nicht rangehen.

»Ja?«

Es war meine beste Freundin Melanie. »Und hast du geguckt?«

»Ja.«
»Oh. Sag das bitte nicht ...«
»Doch.«
»Oh nein! Und was nun?«
»Ich weiß es nicht.«
»Süße, das tut mir so leid! Mach jetzt bitte keinen Unsinn, ja?«
»Nein, keine Sorge. Nur ich muss das jetzt erst mal in meinen Kopf kriegen. Ich melde mich heute Abend noch mal.«
»Okay! Pass auf dich auf. Ich denk an dich!«

Verstört ließ ich meine Hand mit dem Handy wieder in die Tasche gleiten. Ich musste weg von hier. Weg von der vertrauten Umgebung. Weg von der Uni, die mich rausschmeißen würde. Weg von allem, das meine Zukunft hätte sein können.

Zu Hause war es kühl und still. Meine Mutter arbeitete noch bis um 14 Uhr, mein Vater würde erst abends nach Hause kommen. Auf meinem Schreibtisch stapelten sich Lehrbücher. Bücher, die ich nun nicht mehr brauchen würde. Ich konnte den Anblick nicht mehr ertragen und plötzlich brach es aus mir heraus und ich fing an zu schluchzen. Doch noch während ich weinte, begann in meinem Kopf, eine Idee Gestalt anzunehmen. Ich musste wirklich weg von hier. Raus aus meinem Zimmer, raus aus der Stadt! Ich musste mich neu ordnen. Ohne enttäuschte Eltern, ohne mitleidige Freunde, ohne Briefe von der Universität.

Ich wischte mir das feuchte Gesicht mit dem Unterarm ab und straffte die Schultern. Ein Plan musste her. Ich hatte ein wenig Geld gespart und das würde mir nun sehr nützlich sein. Sofort dachte ich an Berlin. Dort hatte ich immer schon mal hinfahren wollen! Vor Aufregung lief ich in meinem Zimmer wie ein Tiger im Kreis herum, als ich begann, der fixen Idee Taten folgen zu lassen.

Vier Tage später saß ich im Zug nach Berlin. Ich war schon seit drei Jahren bei *couchsurfer.de* angemeldet, hatte schon zwei Mal Übernachtungsgäste gehabt und dieses Mal würde ich bei jemandem unterkommen. Laut Profil hieß er Jakob, war Student und ich hatte ihn ausgesucht, weil er aussah wie ein unkomplizierter Surfertyp und seine Wohnung direkt in Berlin-Mitte lag.

Als ich nach einer abenteuerlichen Suche mittels ausgedruckter Karte vor seiner Haustür stand, hatte ich zuerst doch ein mulmiges Gefühl, aber Jakob entpuppte sich als gut aussehender, sympathischer Typ mit einer für einen Single-Mann erfreulicherweise angenehm aufgeräumten und sauberen Wohnung. Sie war eher künstlerisch eingerichtet, mit Theaterplakaten an den Wänden, selbst angestrichenen Möbeln und vielen dicken Bildbänden in den Regalen. Ich vermutete, dass er irgendetwas Kreatives studierte, doch dann vergaß ich, ihn direkt danach zu fragen. Jakob war charmant, und ehrlich gesagt fand ich ihn ziemlich attraktiv, obwohl ich in meiner Situation eigentlich keinen Kopf für so etwas haben sollte. Das Foto aus dem Internet wurde ihm jedenfalls überhaupt nicht gerecht, denn er sah hundertmal besser aus. Und ich hatte den Eindruck, er fände mich auch ganz nett. In seiner Wohnung hatte ich sogar so etwas wie ein »eigenes« Zimmer, denn ich schlief im Wohnzimmer, in dem eine neuwertige und sehr bequem aussehende Schlafcouch stand. Ich erzählte ihm, dass ich mir unbedingt mal Berlin anschauen wollte, und er erklärte sich sofort bereit, ein bisschen den Fremdenführer für mich zu spielen. Drei Tage lang besichtigten wir Museen und typische Sehenswürdigkeiten für Touristen. Ich verstand mich wirklich gut mit ihm, obwohl es mir manchmal schwerfiel, meine Niedergeschlagenheit zu überspielen. Am darauffolgenden Freitagabend lud ich Jakob in ein kleines Restaurant in Prenzlauer Berg ein. Ich bestand auf der Einladung, denn schließlich wohnte ich umsonst bei ihm. Das Essen war wirklich ausgezeichnet, wir flirteten ein bisschen und zwischen uns knisterte es immer mehr.

»Warum bist du wirklich abgehauen?«, fragte Jakob plötzlich, sah mich ernst an und ich spürte, dass er längst hinter meine Maske des »unbekümmerten Sonnenscheins« geschaut hatte. Trotzdem zögerte ich. Sollte ich mit ihm, den ich erst ein paar Tage kannte, meine Probleme wälzen? Würde ich ihn damit nicht eher vergraulen?

»Es ist wegen der Uni«, sagte ich dann doch.

»Bist du durch eine Prüfung gerasselt?« Ich schüttelte den Kopf und schämte mich.

»Schlimmer?«, fragte er leise.

»Exmatrikulation«, flüsterte ich.

»Oh.« Jakob sah eher betroffen als genervt aus.

»Ja. So sieht's aus. Ich habe eine Klausur nun zum dritten Mal nicht bestanden. Dann ist leider Ende.« Ich stocherte mit der Gabel in den Resten meiner Spätzle herum. Das Thema machte mich traurig. Und was brachte es überhaupt noch, darüber zu reden?

Jakob schaute etwas unschlüssig auf seinen Teller. Eine Weile sagten wir beide nichts und ich begann prompt, meine Offenheit zu bereuen. Toll, die Stimmung zwischen uns war dahin. Was belud ich auch andere mit meinen Problemen, die sowieso nicht zu lösen waren.

»Und wie wäre es in einem anderen Land?«, durchbrach Jakob die Stille.

»Hm?«

»Oder vielleicht reicht auch ein anderes Bundesland!« Aufgeregt strich er sich die Haare aus der Stirn. »Hast du die anderen nötigen Scheine alle?«

»Ja.«

»Dann könntest du dich für ein höheres Fachsemester bewerben und hättest für den fehlenden Schein noch mal drei Versuche! Meinst du nicht, dass du es dann irgendwann schaffst?«

»Keine Ahnung. Vielleicht bin ich auch einfach zu blöd dafür«, sagte ich ziemlich entmutigt. »Und glaubst du wirklich, dass eine Exmatrikulation nur in dem jeweiligen Bundesland gilt?«

»Kann doch sein! Ich schau direkt mal nach, wenn wir zu Hause sind!« Jakob wirkte so enthusiastisch, dass ich lächeln musste.

»Ich will gleich noch etwas trinken gehen«, sagte ich. »Irgendwas mit viel Alkohol.«

»Du willst dich also amtlich betrinken, wenn ich das richtig verstehe«, grinste Jakob.

»Vielleicht. Es ist Freitagabend, da kann man so was ja durchaus mal machen.«

»Durchaus.«

Wenig später zogen wir weiter in eine kleine Bar. Ich wollte nicht zurück in die Wohnung, ich wollte nicht die Wahrheit wissen, denn so gerne ich Jakobs Idee genauso enthusiastisch weiterverfolgt hätte wie er, so glaubte ich doch nicht wirklich daran. Immer wenn er andeutete, ich hätte nun aber genug, bestellte ich einen neuen Drink. Das alles endete damit, dass er mich den halben Weg bis zu sich tragen musste, weil ich kaum noch laufen konnte. Vor der Haustür hing ich an seinem Arm und er versuchte aufzuschließen, ohne mich umfallen zu lassen.

»Schlaf … mit mir!«, formulierte ich angestrengt, aber durchaus motiviert.

»Das glaubst du ja wohl selber nicht«, antwortete Jakob ziemlich unbeeindruckt.

»Wieso nicht?«, jammerte ich, während er mich durch den Hausflur Richtung Treppe zog. »Ich habe mein Leben versaut, da kannst du mir wenigstens den einen Gefallen tun!«

»Ich schlafe nicht mit betrunkenen Frauen«, sagte Jakob und hob mich hoch, um mich die Treppe raufzutragen. »Und das mit deinem Leben kriegen wir auch schon wieder hin.«

Ich schmollte beleidigt an seiner Schulter. »Ich hasse organische Chemie!«

»Organische Chemie?«, fragte er ziemlich hellhörig für diese späte beziehungsweise frühe Uhrzeit. »Ist das das Fach, in dem du durchgerasselt bist?«

»Ja! Scheißfach, elendes ...«, nuschelte ich. Jakob schaffte es, die Wohnungstür aufzuschließen, ohne dass ich seitlich an der Wand entlang auf die Fußmatte rutschte. Dann zog er mir lediglich die Schuhe von den Füßen, legte mich auf die Schlafcouch und deckte mich sorgfältig zu.

»Du magst mich nicht«, jammerte ich und dann fing ich aus lauter Selbstmitleid an zu heulen.

»Schlaf jetzt«, sagte Jakob unnachgiebig, streichelte mir noch mal über die Haare, dann schloss er die Tür hinter sich.

Am nächsten Tag weckte mich ein Sonnenstrahl, der sich durch einen Spalt zwischen den Gardinen durch meinen Augapfel bis in mein Gehirn gebohrt hatte. Vorsichtig öffnete ich meine verklebten Lider. Oh Gott, war mir schlecht! Ich tastete mit meinen halbtauben Fingern über die Bettkante hinweg nach einem Eimer. Was für ein Glück: Dort stand einer! Beruhigt zog ich die Hand zurück und döste wieder weg.

Als ich das nächste Mal aufwachte, war mir immer noch schlecht. Allerdings nicht mehr so abgrundtief, kreiseldrehend graugrün schlecht, sondern eher so hellgrün schlecht. Und da Grün ja bekanntlich die Farbe der Hoffnung ist, richtete ich mich entschlossen auf und sah an mir herunter. Wo war mein schönes neues Oberteil geblieben? Stattdessen schlabberte ein viel zu großes, verwaschenes T-Shirt mit Muppetshow-Flockprint an meinem Körper. Ich hob die Decke. Hm, wenigstens war die Unterhose noch meine eigene. Ich ließ die Decke wieder sinken. Dann entdeckte ich meine Jeans, die sorgfältig gefaltet auf einem Stuhl lag. Darauf drapiert erblickte ich meine geringelten Söckchen. Ich hob beeindruckt die linke Augenbraue und in einem Moment überquellender Selbstüberschätzung fasste ich einen folgenschweren Entschluss: Ich würde aufstehen! Also schwang ich die Beine über den Bettrand und drückte mich hoch. Ich stand nicht mal richtig, da tanzten schon Sternchen vor meinen Augen, mein Magen machte einen Salto rückwärts und etwas in mir griff nach dem Rest meiner Eingeweide und machte einen ziemlich fiesen Knoten hinein. Ächzend kapitulierte ich vor so viel negativer Rückmeldung meines Körpers und ließ mich zurück auf die Matratze fallen. Alles drehte sich und ich versuchte, flach und ruhig zu atmen. Nie wieder Alkohol!

Irgendwann schlief ich zum Glück einfach wieder ein und wurde erst mitten in der Nacht wach, als meine Blase meinem Gehirn mitteilte, dass sie kurz davor sei zu platzen. Ich wankte durch eine stockdustere Wohnung ins Bad, danach fiel ich erneut wie ein Stein ins Bett.

Als ich das nächste Mal wach wurde, wurde es gerade hell. Schon wieder? Hatte ich wirklich den ganzen Samstag schlafend im Bett verbracht? Ich machte eine vorsichtige Bewegung und nein, schlecht war mir nicht mehr. Ich stand auf, zog mir etwas an und schlich ins Bad. Nachdem ich wieder gesellschaftsfähig war, schaute ich kurz in den Flur, doch die Tür zu Jakobs Zimmer war immer noch zu. Als mein Blick auf seinen Schlüsselbund fiel, der an einem Haken neben der Tür hing, kam mir eine Idee. Ich verließ das Haus, suchte mir einen Bäcker und kaufte allerlei Leckereien zum Frühstücken ein. Als ich wiederkam, war Jakobs Tür immer noch zu. Ich dekorierte alles in Körbchen und kochte Kaffee, klapperte mit ein paar Tellern und Tassen, doch nichts geschah. Schließlich schlich ich zur Tür und klopfte an. Nichts. Ich drückte die Klinke herunter und warf einen vorsichtigen Blick in Jakobs Zimmer. Sein Bett war ordentlich gemacht und ganz offensichtlich leer. Dann sah ich ihn. Mit unter dem Kopf verschränkten Armen war er vor seinem Computer über der Tastatur eingeschlafen. Ich ging ins Zimmer und berührte vorsichtig seine Schulter.

»Wie geht's dir?«, fragte er, kaum dass er die Augen aufgemacht hatte.

»Super! Nicht mehr schlecht, keine Kopfschmerzen! Und ich habe etwas zum Frühstücken gekauft!«

»Oh, das klingt gut!« Jakob sah durchs Fenster nach draußen, wo der wolkenlose Himmel einen perfekten Tag versprach. »Danach könnten wir einen kleinen Ausflug machen oder uns einfach in irgendeinen Park legen und uns ein bisschen sonnen!« Er stand auf, streckte sich ausgiebig und dann sah er mich ernst an. »Ich habe etwas herausgefunden zum Thema Exmatrikulation.«

»Nein«, sagte ich schnell. »Zuerst frühstücken!« Als wir in der Küche saßen, redete ich wie ein Wasserfall, nur damit er nicht auf dieses Thema zu sprechen kam. Danach brachte ich ihn dazu, ins Bad zu gehen, und ich räumte derweil die Küche auf.

»Ich weiß, dass du Angst hast«, sagte Jakob. Er stand in der Küchentür, hatte lediglich ein Handtuch um die Hüften gewickelt und sah so gut aus, dass ich seine Ansage einfach überhörte. Seine feuchten Haare klebten an seinem Kopf, er war frisch rasiert und er roch bis zu mir herüber zum Anbeißen. »Es ist eher etwas Positives, das ich herausgefunden habe.« Ich nickte leicht benebelt von seiner überaus körperlichen Präsenz.

»Komm mit!« Er bedeutete mir, ihm zu folgen. Ich lief hinter ihm her und schaute auf seinen nackten Rücken. »Hier!«, sagte er und reichte mir ein paar ausgedruckte Blätter. »Wenn du exmatrikuliert wurdest, kannst du dich ohne ZVS direkt bei den Unis für ein höheres Fachsemester bewerben. Wie sieht's mit deinem NC aus?«

»1,8«, sagte ich wie in Trance. Mein Leben war nicht vorbei. Und er hatte sich die Mühe gemacht, das herauszufinden. Ich sah ihn an. Er sah nicht nur gut aus, er war etwas Besonderes. Menschen wie ihn gab es nicht viele. Jakob bemerkte meinen Blick nicht, sondern redete munter weiter.

»Das ist doch ein super Schnitt! Damit bekommst du sicher woanders einen Platz. Jena, Marburg, Heidelberg, Kiel ... du hast 'ne Menge Auswahl.« Dann sah er zu mir hoch. »Oder Berlin. An der Freien Uni, da bin ich auch.« Sein Gesichtsausdruck war ernst, aber zurückhaltend, ja fast schüchtern.

»Oh«, brachte ich nur zustande.

»Und wir haben nicht mal Studiengebühren hier.«

»Wirklich?«

»Ja!« Jakob lächelte triumphierend. Ich schluckte und legte die Papiere entschlossen auf den Schreibtisch. Jakob sah irritiert zu mir herüber.

»Aber …?«, setzte er an. »Willst du aufgeben? Das darfst du nicht. Das klang jetzt vielleicht komisch mit Berlin und so, das ist natürlich Quatsch. Bleib in der Nähe deiner Freunde und Familie, es war nur so dahingesagt. Ich … weiß auch nicht, was das sollte. Tut mir leid und …«

Ich machte einen entschlossenen Schritt auf ihn zu und unterbrach seinen Redeschwall, indem ich ihm einen Finger auf die Lippen legte. »Könntest du einen Moment aufhören zu reden?«, flüsterte ich. Er nickte, immer noch mit meinem Finger auf dem Mund. Ich ließ meine Hand wieder sinken. »Habe ich sehr viel Unsinn erzählt, als ich betrunken war?«, fragte ich, obwohl ich noch ziemlich genau wusste, was ich gesagt hatte.

»Nein«, sagte Jakob tapfer und bemühte sich um einen möglichst harmlosen Gesichtsausdruck. Ich lächelte ihn an. Man sah ganz deutlich, dass er nervös war. Er lächelte zurück.

»Handtücher stehen dir wirklich gut«, sagte ich und wollte spielerisch daran zupfen. Leider zupfte ich etwas zu fest, denn gerade als ich meine Hand wieder weggenommen hatte, löste sich das Kunstwerk und Jakob zuckte vor Schreck zusammen.

»Ups«, hauchte ich. Ich wollte nicht hingucken, wirklich nicht, doch natürlich tat ich es trotzdem. Er war komplett rasiert bis auf einen kleinen Haarstreifen, der vom Bauchnabel aus knapp bis zur Leistengegend ging.

»Wenn du noch länger hinguckst, bekomme ich eine Erektion«, sagte Jakob und wie auf Kommando begann sein Schwanz zu pochen.

»Es macht dich an, wenn ich da hingucke?«

»Ich habe dann sofort Bilder im Kopf ... quasi das, was nach dem Hingucken kommen könnte.«

»Und was sind das für Bilder?«

»Na ja, hauptsächlich bist du nackt und ich auch, und ich, ich meine ... wir tun es bis zur Erschöpfung.«

»Wir könnten ein paar dieser Bilder nachspielen.«

»Nachspielen«, flüsterte Jakob tonlos.

»Nackt bist du doch sowieso schon. Und ich ...« Ich lächelte. »Ich könnte einfach ein bisschen was ausziehen.«

»Wenn du gerne spielst«, sagte Jakob heiser, »habe ich eine Idee.« Nackt, wie er war, stellte er sich so nah vor mich, dass unsere Körper einander fast berührten. Dann streiften seine Lippen mein Ohr, während er sprach, und die Härchen an meinem Nacken stellten sich auf vor Erregung.

»Wir gehen ein bisschen in den Park, das Wetter ist so schön. Wir legen uns auf eine Decke, unterhalten uns, aber es gibt keine Berührungen. Nur angucken. Und reden.« Ich nickte, unfähig zu sprechen. Ich spürte die Wärme seines Körpers und drehte meinen Kopf zur Seite, um seinen Lippen, die vorher an meinem Ohr gelegen hatten, etwas näher zu kommen. Erneut berührten wir uns nur fast.

»Wie findest du die Idee?«, flüsterte er und seine Unterlippe streifte die meine, als er sprach. Meine Lippen öffneten sich, ich tastete mit meiner Zunge nach ihm und er bewegte sich nicht. Ich leckte am Rand seiner Unterlippe entlang, versessen darauf, ihn zu berühren, zu schmecken und jeden Zentimeter seines Körpers zu erkunden.

»Ich weiß nicht«, erwiderte ich. »Gilt es jetzt auch schon? Das mit dem ›nur reden‹?«

Jakob lächelte, dann schüttelte er kurz den Kopf. »Es gilt erst in zwei Minuten.«

»Oh«, hauchte ich. Ich wollte ihn küssen, ich meine, ich musste ihn küssen! Er war nackt, seine Lippen lagen fast auf meinen und ich hatte nur noch zwei Minuten! Jakob griff zärtlich in mein Haar und sein Atem streifte warm über meinen Mund. Wer wen nun eigentlich zuerst geküsst hatte, konnte ich nachher nicht mehr sagen, ich glaube, wir fielen uns beide im gleichen Moment an. Ich legte meine Hände auf seine Hüfte. Seine nackte Haut fühlte sich herrlich an. Jakob schob seine Finger unter mein Shirt, während wir uns so heftig küssten, dass unsere Zähne aneinanderprallten. Ich würde ihn jetzt nicht mehr gehen lassen, ich konnte es nicht. In einem Moment riss ich mir mein Shirt über den Kopf, in dem anderen schaffte Jakob es, mir den BH-Verschluss auf dem Rücken mühelos aufzumachen. Barbusig und nur im Rock stand ich vor ihm. Seine Erektion war mittlerweile unübersehbar.

»Die zwei Minuten sind um«, keuchte Jakob.

»Nein, bestimmt noch nicht«, widersprach ich. Jakob schaute auf meine nackten Brüste und ich griff unter meinen Rock. Als er endlich hinsah, wedelte ich triumphierend mit meinem String herum.

»Das«, sagte Jakob und guckte betont leidend, »ist absolut unfair.« Ich schob stattdessen meine Hand zwischen den Bund meines Rockes und meine Haut und ließ sie so tief hineingleiten, dass er ahnen konnte, wo meine Finger sich gerade befanden.

»Du hast nichts von Fairness gesagt«, flüsterte ich. Jakob machte einen halben Schritt auf mich zu und griff unter meinen Rock. Seine Finger lagen auf meinen und folgten ihrer Bewegung.

»Wir verschieben den Ausflug in den Park«, sagte er.

»Och, wirklich?«

»Wir holen es aber nach.« Mit diesen Worten küsste er mich erneut, während seine Hand immer noch zwischen meinen Beinen lag. Vorsichtig zog ich meine Finger weg. Jakob machte weiter und ich ließ mein Becken dazu kreisen.

»Sind es solche Bilder, die du dann im Kopf hast?«, fragte ich.

Er nickte. »Und die habe ich schon im Kopf, seitdem ich dir das erste Mal die Tür aufgemacht habe.«

»Tsestsestses ...«, machte ich.

Jakob zuckte unschuldig mit den Schultern. »Ich kann ja nix dafür, dass du so gut aussiehst.«

»Na ja«, sagte ich scheinbar unbeteiligt. »Ich habe das Gleiche gedacht. Dich gesehen und es hat ›rums‹ gemacht.«

Jakob lächelte unwiderstehlich und dann küsste er mich wieder, während er mir gleichzeitig den Rock herunterzog. Gemeinsam ließen wir uns auf das Bett fallen. Jakob beugte sich über mich und küsste meinen ganzen Körper, bei meinen Lippen beginnend bis hinunter zu den Fußknöcheln, was bei mir ein ganz besonderes Prickeln verursachte.

»Hast du Gummis?«, fragte ich, weil ich nicht länger warten wollte. Jakob grinste und rollte sich hinüber zu seinem Nachttisch, der ziemlich selbstgebaut aussah. Als er so weit war, wollte ich mich unbedingt auf ihn setzen, wollte sein Gesicht sehen, seinen schönen Oberkörper und das Gefühl genießen, mit ihm machen zu können, was ich wollte.

Alles, was darauf folgte, ließ nicht vermuten, dass wir es hier zum ersten Mal taten. Unsere Bewegungen waren fließend, griffen ineinander wie Zahnräder, wir beschenkten uns gegenseitig und nahmen doch gleichzeitig so viel vom anderen. Jakob war zärtlich und grob zugleich. Es war eine faszinierende Mischung aus lustvoller Gier und zärtlicher Verführung. Mir kam es vor, als kannten sich unsere Körper bereits. Jakob gab mir die Zeit, die ich brauchte, und als ich zum Höhepunkt kam, ließ auch er sich endlich gehen. Verschwitzt und sehr zufrieden krabbelte ich wenig später von ihm herunter und kuschelte mich an ihn heran.

»Berlin ist echt so toll!«, sagte ich atemlos. Jakob lachte und legte einen Arm um mich.

»Vielleicht sollte ich versuchen, hier einen Platz zu kriegen.«

»Wirklich?«

»Ja ... also ich meine ...« Ich sah in sein Gesicht. »Es soll jetzt nicht so aussehen, als ob ich ...«

»Doch!«, sagte Jakob entschlossen. »Warum denn nicht?«

In meinem Bauch begann es zu kribbeln. Er wollte es auch.

»Was studierst du eigentlich?«

Jakob zögerte erst, dann lächelte er breit. »Dafür wirst du mich hassen oder lieben. Oder wahrscheinlich beides!«

»Ich verstehe nicht«, lächelte ich etwas unsicher zurück.

»Chemie, ich studiere Chemie. Ich bin fast fertig und habe schon ein Thema für die Promotion.«

»Was?«, hauchte ich. »Du?« Damit hätte ich nie gerechnet. Er sah nicht so aus, seine Wohnung sah nicht so aus und überhaupt! Chemie! Er? Nie!

»Das war jetzt ein Witz, oder?«

»Nicht doch!«

»*Du* bist einer von denen? Einer von der dunklen Seite?«

»Ja«, sagte Jakob. »Einer aus dem Feindesland. Organik ist fast mein Spezialgebiet.« Ich sah, dass er sich ein Lachen nur mühsam verkneifen konnte.

»Na toll, mit dem Feind im Bett«, seufzte ich.

»Mit einem durch körperliche Zuwendung gefügig gemachten Feind, der im Übrigen dafür sorgen wird, dass du deine Klausur bestehst«, erwiderte er trocken und dann kitzelte er mich von oben bis unten durch. Ich kicherte, quietschte und irgendwann bekam ich vor lauter Lachen keine Luft mehr. Jakob ließ von mir ab und sah mich ernst an.

»Ich freu mich«, sagte er. »Hoffentlich klappt das mit dem Platz hier.«

»Ich auch«, sagte ich. »Und für einen von der dunklen Seite bist du echt nett.«

Ich habe mich an der Freien Uni in Berlin beworben und einen Platz bekommen. Meine Eltern waren einverstanden. Dadurch dass es in Berlin keine Studiengebühren gibt, gleichen sich so die Kosten für meinen Wohnheimplatz zum Glück ganz gut aus. Mein Leben geht also tatsächlich weiter. Jakob und ich sind ein Paar und dank seiner Hilfe habe ich diese elende Organikprüfung tatsächlich bestanden.

16. GESCHICHTE

Runen und Elfen

Patrizia (24), BWL-Studentin, Bochum,
über
Joscha (22), Ur- und Frühgeschichtsstudent, Bochum

Im Hörsaalzentrum war es gähnend leer. Genervt schaute ich auf meine Armbanduhr. Der Zirkus hier sollte noch bis 20 Uhr dauern, nun war es halb sechs und es war anzunehmen, dass selbst auf dem Friedhof gerade mehr los war. Eigentlich empfand ich den Schülerinformationstag als sinnvoll und hatte mich sofort bereit erklärt mitzumachen, aber wer hätte vor einem halben Jahr ahnen können, dass es heute knapp 30 Grad werden würden. Dementsprechend »riesig« war der Andrang jener Schüler, die die Gesellschaft von Informationszettel verteilenden Studenten einem spaßigen Tag im Freibad vorgezogen hatten: Circa vierzig Leute hatte ich gezählt. Und die verteilt auf mittlerweile knapp acht Stunden. Ich war ein wenig frustriert.

Mein Kommilitone Michi hatte sich träge auf einem wackligen Klappstuhl ausgestreckt und die Augen geschlossen. Das Metallgestänge ächzte, als Michi gemütlich schmatzend noch ein Stückchen tiefer rutschte. Meine Laune sank ins Bodenlose. Ich hatte bereits aus Langeweile mehrmals sämtliches Informationsmaterial akribisch geordnet und zu adretten Stapeln geschoben, doch nun war eindeutig nichts mehr zu tun. Also ließ ich mich neben meinen dösenden Kommilitonen auf einen

Stuhl plumpsen und riskierte einen Blick auf den Stand schräg gegenüber: »Archäologie« hatte jemand ein wenig schief auf ein Transparent gemalt, das nun hinter dem Stand an der Wand hing. Hinter dem Tisch standen zwei Typen, von denen keiner so aussah, wie man sich einen waschechten Archäologen vorstellt: Weder ein Schlapphut mit der Haut einer Klapperschlange als Zierde noch ausgebeulte, schlammverschmierte Lederhosen oder gar eine Machete an der Seite. Beide trugen Jeans und Oberhemden und wirkten eher so, als wollten sie ins Büro, als sich mit kannibalischen Eingeborenen irgendwo im Dschungel um ein goldenes Artefakt zu prügeln. Als sie meinen Blick auffingen, grinsten beide synchron und ich lächelte halbherzig zurück. Aufgrund meiner leichten Kurzsichtigkeit konnte ich sie leider nicht so scharf erkennen, wie ich es mir gewünscht hätte. Und meine Brille hatte ich aus Eitelkeit zu Hause gelassen. Dann sah ich, wie der eine zu dem anderen etwas sagte, dann schwenkte er mit einem Kaffeebecher und winkte einladend zu mir herüber, während der andere eine große, grüne Thermoskanne unter dem Stand hervorzauberte. Kaffee! Was für eine grandiose Idee! Ich sprang begeistert auf und ging zu ihnen hinüber.

»Oha«, sagte der Dunkelhaarige und lächelte gewinnend. »Sie sieht von Nahem ja noch viel hübscher aus.« Sein dunkelblonder Kommilitone, dessen sonnenverbrannte Haut sich über den Konturen seines scharfgeschnittenen Gesichts spannte, nickte zustimmend.

»Die Mittelmeersonne«, sagte er entschuldigend zu mir. »Ich war auf einer Ausgrabung in Tell el-Burak. Faszinierend, die Levanteküste, aber diese Sonne!

»Aha«, sagte ich vage, während ich einen genaueren Blick auf seine sich pellende Nasenspitze vermied.

Der Dunkelhaarige füllte derweil einen Becher mit Kaffee und reichte ihn mir dann an. »Wohl bekomm's. Wie heißt du eigentlich?«

»Patrizia. Und ihr?« Der Dunkelhaarige gefiel mir wirklich gut. Ich stehe auf große Männer. Wobei es für einen Mann nicht schwer ist, größer zu sein als ich, denn ich messe nur knapp 156 Zentimeter. Doch er hier, er war richtig groß. Und er hatte breite Schultern. Seine Haut war hell und die schwarzen Haare bildeten einen Wahnsinnskontrast zu seinen grünen Augen. In meinem Bauch und durchaus auch etwas tiefer fing es an zu kribbeln.

»Das ist David, Bereich Klassische Archäologie. Und ich heiße Joscha, Bereich Ur- und Frühgeschichte.«

»Das gehört beides zur Archäologie?«, fragte ich.

»Ja.«

»Und du bist also eine BWLerin?«, grinste der dunkelblonde David.

»Das Schild ist nicht zu übersehen, oder?«, grinste ich zurück. Joscha lächelte nicht mit, sondern betrachtete mich sehr genau. David schob mir eine Kekspackung rüber, während er sich selbst einen kleinen Butterkringel in den Mund stopfte.

»Du siehst gar nicht aus wie eine«, sagte er dann angestrengt kauend.

»Wieso?«

»Na, ich dachte, die rennen alle im Kostümchen rum.«

Ich überlegte, ob ich ihnen nun auch von meiner klischeehaften Vorstellung der Archäologenschaft erzählen sollte, beließ es aber dann nur bei einem nachsichtigen Kopfschütteln. Dann sah ich zu Joscha. Als sich unsere Blicke trafen, begann es in meinem Unterleib zu pochen. Er machte mich an, obwohl er einfach nur herumstand. Mein Körper reagierte so heftig auf ihn, dass es mir schwerfiel, mich zurückzuhalten. Ich wollte ihn anfassen, ausziehen, küssen. Ich wollte unter ihm liegen, seinen großen Körper auf mir spüren und seine Hände überall auf meiner Haut fühlen. Wie er wohl nackt aussah? Geistesabwesend benetzte ich meine Lippen. Joscha sah auf meinen Mund und schluckte hart.

Hinter uns war wohl unbemerkt ein Verantwortlicher aufgetaucht, denn plötzlich erklang eine Stimme: »Schluss für heute! Vielen Dank! Und bitte die Tische und Stühle wieder ordnungsgemäß wegräumen!«

»Na endlich!«, seufzte David und griff nach dem letzten Keks. Ich hatte schon seit geraumer Zeit auf diese erlösenden Sätze gewartet, aber plötzlich waren sie mir gar nicht mehr recht. Was sollte ich nun tun? Die beiden würden ihren Stand abbauen und verschwinden. Und dann? Das durfte nicht sein. Joscha sollte nicht gehen! David hatte sich mittlerweile von uns weggedreht und seinen Stuhl zusammengeklappt.

»Patrizia!«, erschallte es zu allem Überfluss auch noch hinter meinem Rücken.

»Ja, Michi, ich bin doch gleich da!«, rief ich hastig über die Schulter.

»Mach hin, ich will noch in den Biergarten!«

»Jaja!«

»Dein Freund?«, fragte Joscha.

»Was? Nein, wir sind nur Bekannte.«

»Joscha, beweg dich«, sagte David. »Wir wollen alle nach Hause, oder?«

Joscha nickte, wenn auch zögerlich.

»Wie wäre es, wenn wir die Stühle wegbringen würden?«, sagte er zu mir. Ich nickte sofort, während David ein klein wenig verwirrt aus der Wäsche guckte. Der große Joscha wäre auch sicherlich in der Lage gewesen, die beiden dürren Klappstühle allein zu tragen. Als wir losgingen, sah ich noch aus dem Augenwinkel, wie er grinsend den Kopf schüttelte. In dem Kabuff, wo die Stühle lagerten, war es muffig und eng. Joscha nahm mir meinen Klappstuhl aus der Hand und stellte ihn neben seinen in eine Ecke. Dann sah er mich an, als suchte er in meinem Gesicht nach einer Antwort. Ich konnte den Blick nicht von seinen grünen Augen lösen.

»Du …«, setzte er an und im selben Moment stand eine Gruppe Leute, ebenfalls mit Stühlen bewaffnet, vor dem Eingang des Raumes.

»Ey, ihr müsst da rauskommen, sonst ist es zu eng«, sagte ein Rastalocken-Typ genervt. Auf seinem Shirt stand »Philosophie rules« und er roch bis zu mir rüber nach Schweiß.

»Nur keine Hektik, Mann«, sagte Joscha arrogant.

»Wir könnten auch noch meine Stühle holen«, sagte ich schnell. Dann wären die anderen wieder weg und wir hätten vielleicht den Raum für uns. Joscha nickte und sah irgendwie erleichtert aus.

Am Stand war Michi schon dabei, unser Infomaterial in einen großen Karton zu packen.

»Wir bringen die Stühle weg«, sagte ich zu ihm.

»Alles klar!«

Als Joscha und ich erneut an dem Abstellraum ankamen, war er erfreulicherweise menschenleer. Schnell stellten wir die Stühle zur Seite. Es war unglaublich, wir waren wie zwei Magnete. Es war schon jetzt völlig klar, dass wir es tun würden. Egal wie, egal wo, aber die körperliche Anziehungskraft war einfach zu groß, um ihr zu widerstehen. Und da ich zurzeit sowieso Single war, hatte ich auch nicht das Problem eines potenziellen schlechten Gewissens.

»So, Herrschaften, vielen Dank. Auf geht's nach Hause!« Ein grauhaariger Altachtundsechziger mit Nickelbrille und Karottenjeans war im Türrahmen erschienen und klimperte mit einem Schlüsselbund. Joscha seufzte genervt und wir schlichen mit hängenden Köpfen nach draußen. Verdammt, warum war es so schwierig!? Plötzlich spürte ich eine Hand an meinem Oberarm.

»Patrizia, warte mal kurz.« Ich blieb stehen, während Joscha sich vor mir aufbaute. Er suchte ganz offensichtlich nach den richtigen Worten.

»Wir müssen noch etwas machen«, sagte er schließlich etwas ungelenk. »Ach, was rede ich da. Ich meine, sollen wir noch was trinken gehen? Vielleicht in der Innenstadt? Oder magst du ins Kino? Oder ...«

»Egal was«, unterbrach ich ihn. »Hauptsache mit dir, das wäre toll.« Es war mir tatsächlich egal, was wir vorher machten, denn das »Danach« stand schon fest. Eigentlich hätten wir uns auch direkt ein Bett suchen können. Joscha streckte seine Hand nach mir aus und strich über mein Haar.

»Hast du vielleicht Hunger? Ich wohne nicht weit von hier, meine Eltern haben ein Haus und ich habe dort eine Einliegerwohnung. Ich könnte uns einen Snack machen, nach diesem anstrengenden Tag.«

»Ja, es war wirklich ein sehr anstrengender Tag!«, lachte ich. »Die vielen Leute! So viel zu tun!«

»Okay, dann ist es abgemacht!« Joscha legte einen Arm um mich. Schnell verabschiedeten wir uns von unseren feixenden Kommilitonen, dann fuhren wir mit der Bahn zu Joscha. Das Haus seiner Eltern entpuppte sich als Jugendstilvilla in einem parkartigen Garten. Joschas Wohnung hatte einen eigenen Eingang seitlich am Haus. Innerhalb kürzester Zeit zauberte er uns frische Bruschettas und machte dazu eine Flasche Rotwein auf. Ich beobachtete ihn, wie er Geschirr aus dem Schrank holte, als mir etwas aus dem Ausschnitt seines Oberhemds entgegenblitzte.

»Hast du eine Kette um?«, fragte ich neugierig.

»Hm? Oh, das meinst du ...« Joscha griff an seinen Hals, als hätte er vergessen, dass dort etwas war. »Das nennt man Torque, ein keltischer Halsschmuck, der von Frauen wie Männern getragen wurde. Traditionell aus Bronze oder Gold gefertigt. Meiner ist allerdings nur aus Bronze«, lächelte er.

»Und den hast du auf 'ner Ausgrabung gefunden?«

»Nein, man darf nichts behalten. Das ist eine Nachbildung eines Originalfunds aus einem Museum.«

»Interessant«, sagte ich höflich, fand den Halsschmuck jedoch eigentlich etwas gewöhnungsbedürftig.
»Essen ist fertig!«
»Super!«
Nach unserem Snack schlug Joscha vor, mir den Garten zu zeigen. Weil es noch angenehm warm war, nahm er direkt eine Decke zum Hinsetzen mit. Draußen war es wunderschön. Ein ungewöhnlich großer Vollmond erleuchtete die Nacht und irgendwo quakten ein paar Frösche. Der Garten war wirklich riesig und ziemlich verwinkelt. Es gab unzählige Bereiche, umrahmt von hochgewachsenen Büschen, die komplett uneinsehbar waren. Über neugierige Blicke von Nachbarn mussten wir uns keine Gedanken machen, denn die nächsten Häuser, ebenfalls umrahmt von großzügigen Grundstücken, waren einfach zu weit weg. Joscha suchte uns ein lauschiges Plätzchen, dann begann er, mich zu küssen, und ehe ich mich versah, war ich nackt bis aufs Höschen. Ich war von ihm hingerissen und ziemlich scharf zugleich. Er war der perfekte Verführer.
»Zieh dich auch aus«, flüsterte ich ihm zu. Er lächelte und stand auf. Das Gras raschelte zu seinen Füßen, die Luft war warm und roch nach dem vielen Grün um uns herum. Ich fand es schrecklich romantisch. Als Joscha jedoch sein Oberhemd auszog, stockte mir der Atem. Er war über und über mit seltsamen Symbolen tätowiert. Beide Arme hinab bis zu den Ellenbogen, den Oberkörper hinunter bis zum Bund seiner Jeans und von den Schultern reichten die Zeichen bis hinunter zum Rücken. Zwar war nicht die komplette Haut bedeckt, doch wie sich diese aneinandergereihten Schriftzeichen über seinen Körper schlängelten, war fast unheimlich.
»Was sind das?«, hauchte ich.
»Runen«, antwortete Joscha. Die ganze Szene hatte etwas Surreales. Hinter ihm schien groß und mattgelb der Mond, wie eine müde Laterne, die ein Riese in längst vergangenen Zeiten

in den Himmel gehängt hatte. Joschas Gesicht lag im Schatten, nur die Konturen seines Körpers waren wie hell umrandet. Die schwarzen Zeichen auf seiner blassen Haut schienen sich zu bewegen, bis mir auffiel, dass Joscha einfach nur schnell und angespannt atmete.

»Ist alles okay?«, flüsterte er.

»Ja, sicher doch«, murmelte ich schüchtern. Joscha bewegte sich und sein Halsreif blitzte einmal kurz auf. Okay, es war wirklich unheimlich. Ich lag hier fast nackt mit einem praktisch Unbekannten, der wirkte, als wäre er einer mythologischen Zwischenwelt entsprungen. Wahrscheinlich würde ich nach dem Sex sofort schwanger sein und ein magiebegabtes Kind bekommen, das ich dann in die Druidenschule schicken müsste.

»Patrizia, was ist denn plötzlich?«, fragte Joscha sanft und ließ sich neben mir nieder.

»Ich ...«, begann ich und wusste dann aber doch nicht, was ich sagen sollte.

»Machen dir meine Tätowierungen Angst?«, fragte er leise. »Du bist auf einmal so komisch.« Er streichelte mir liebevoll über den Kopf, dann strich er meine Wange entlang hinunter bis zu meinem Kinn. »Wir können uns auch wieder anziehen und reingehen, wenn du magst, das hier ist ja kein Zwang.« Ich schüttelte nur den Kopf. Ich wollte nicht reingehen. Und jetzt, als er so nah neben mir saß, kehrte das Prickeln in meinem Körper zurück. Er sah so gut aus und von Nahem noch so viel besser! Ich strich über seine runden Schultern, dort wo schwarze Farbe tief in seine Haut eingedrungen war, doch ich spürte keine Unebenheit. Dann berührte ich den matt glänzenden Halsreif. Er war warm und erschrocken zog ich die Hand zurück. Joscha lachte und griff danach.

»Du bist ja doch ein kleiner Angsthase!«, lächelte er. »Das ist ganz normal, Metall nimmt die Körperwärme an und ist so immer etwas warm, besonders wenn es so nah auf der Haut liegt.«

»Ach so«, murmelte ich und schämte mich ein bisschen für meine Unkenntnis der physikalischen Eigenschaften von Metall. Joscha umfasste mein Kinn, dieses Mal etwas bestimmter, und dann sah er mir ernst ins Gesicht.

»Ich mag es, wenn du so guckst«, sagte er. »So etwas verschreckt.« Er ließ mein Kinn los, nahm meine Hand und legte sie auf den Reißverschluss seiner Hose. Ich spürte eine steinharte Erektion.

Mir gefiel es auch irgendwie, dieser Gedanke, dass er mich hier überrascht haben könnte und sich nun meiner bedienen würde. Ich hatte schon immer eine leicht devote Neigung gehabt und ich mochte es, wenn ich beim Sex nicht die Führung übernehmen musste. Ich stand auf große, breite Männerkörper, die mich begruben, wenn sie auf mir lagen. Wie wäre es nun wohl, von eben so einem Exemplar in freier Natur vernascht zu werden? Dieser Gedanke versetzte mein Blut in Wallung.

»Ich weiß wirklich nicht, was Sie hier zu suchen haben«, begann ich zögerlich. »Ich möchte hier einfach nur ein wenig sitzen und mich entspannen. Gehen Sie bitte«, fügte ich dann noch hinzu.

Joscha sah mich an und sein Mund verzog sich zu einem überheblichen Lächeln. »Ah, sieh da, was haben wir denn da«, flüsterte er dann. »Eine kleine Elfe, so ganz allein im Dunkeln.«

»Ich wünsche keinerlei Gesellschaft«, sagte ich hoheitsvoll und drehte ihm die Schulter zu. Ich sah noch, wie Joscha die Zähne bleckte und im nächsten Moment war er über mir. Mit seiner Hand an meinem Hinterkopf fiel ich weich nach hinten auf die Decke. Seine Lippen lagen auf meinem Mund, während er an meinem Höschen zerrte, und sein Penis drückte an meinem Oberschenkel. Ich spürte, wie sehr ihn dieses kleine Rollenspiel anmachte, also presste ich meine Lippen aufeinander und wollte den Kopf von ihm abwenden. Joscha hielt mich gerade fest genug, um mir nicht wehzutun, dann drängte er seine Zunge in meinen Mund und küsste mich wild und leidenschaftlich. Als er dann an dem Bund seiner Hose nestelte, nutzte ich die Gelegenheit, so zu tun, als wolle ich davonkrabbeln. Joscha lachte dunkel und hielt mich mühelos an meinem linken Knöchel fest, während er seine Jeans abschüttelte. Dann hörte ich es knistern, als er wohl ein Kondom hervorsuchte.

»Verschwinden Sie!«, sagte ich und wollte mich scheinbar losreißen.

»Wer allein im Dunkeln herumspringt, muss mit so etwas rechnen«, knurrte Joscha, zog meine beiden Waden auf eine Höhe nebeneinander und ehe ich mich versah, kniete ich und reckte ihm meinen nackten Hintern entgegen. »Und ganz besonders, wenn man so hübsch ist wie du!«

Ich spürte, wie er näherkam. Oh Schande, dieses Spiel hatte mich so scharf gemacht, ich hätte nie gedacht, dass ich auf so etwas so abgehen würde. Joscha drang von hinten in mich ein und seine Hände griffen in mein Haar. »Du kommst öfter hierher, ich habe dich schon ein paarmal beobachtet, das wusstest du wohl noch nicht, hm?«, keuchte Joscha. »Dann habe ich mir jedes Mal vorgestellt, wie es wäre, das hier mit dir zu machen.«

»Verschwinden Sie endlich«, erwiderte ich, obwohl ich ganz bestimmt nicht wollte, dass er sich jetzt plötzlich in Luft auflöste. Joscha beugte sich über mich, seine Brust berührte meinen Rücken.

»Gefällt es dir?«, flüsterte er nah an meinem Ohr. Ich nickte.

»Kannst du so auch kommen?« Ich schüttelte den Kopf.

»Aber mach erst mal weiter«, sagte ich leise und schloss die Augen. Joscha fiel zurück in seine Rolle und nahm mich weiter ungestüm von hinten. Irgendwann zog er meine Beine nach hinten und ich landete auf dem Bauch. Sofort war er wieder über mir, schwer und groß begrub er mich unter sich. Es machte mich fast noch mehr an als unser Elfenspiel. Ich stöhnte, während Joscha sich auf mir bewegte. Er war schon kurz davor gewesen zu kommen, doch offensichtlich hatte er sich gut im Griff. In dieser Stellung wäre ich es wohl, die nicht mehr allzu lange durchhalten würde. Mein Körper klebte an der Decke, rieb sich daran und Joscha hielt einen konstanten Rhythmus, der mich langsam, aber sicher ziemlich wahnsinnig machte. Joscha ließ seinen Kopf an meine Halsbeuge sinken und verbiss sich in der zarten Haut dort.

»Na, jetzt gefällt es der kleinen Elfe wohl doch«, keuchte er.

»Ja«, seufzte ich. »Ja, es gefällt mir, mach genau weiter so.« Joscha hielt den Takt, drang aber immer noch tiefer in mich ein.

»Ich komm gleich«, flüsterte ich.

»Na dann komm mal«, erwiderte Joscha und biss erneut zu. Ich stöhnte, weil er mich so perfekt im Griff hatte. Ich spürte, wie sein Becken meine Pobacken rhythmisch vor sich herschob, fühlte seinen großen Körper über mir und seine Zähne in meinem Fleisch. Und dann kam ich. Joscha gab einen zufriedenen Laut von sich, zog mich dann wieder hoch auf alle viere und griff nach meinen Hüften. Er stieß tief in mich rein und dann wurde er immer schneller. Ich hörte ihn keuchen, fast hob er mich an den Beckenknochen ein Stückchen hoch, so sehr presste er mich immer wieder an sich. Er stöhnte noch einmal lange und ziemlich laut, dann hielt er mich ganz fest und ich fühlte, wie sein Schwanz in mir zuckte. Nachdem er wenig später aus mir hinausglitt, strich er die Decke glatt und legte sich lächelnd neben mich.

»Das war wunderschön«, sagte er und streichelte mein Gesicht.

»Fand ich auch«, erwiderte ich.

»Hast du morgen schon was vor?«

»Vielleicht?«, kicherte ich. »Ich kenne da so einen Garten, da sitze ich gern im Dunkeln herum.«

»Oh, den kenne ich auch«, grinste Joscha. »Vielleicht treffen wir uns ja da.«

»Vielleicht …«

Joscha und ich haben uns doch nicht wiedergesehen. Als die Gier nach körperlicher Befriedigung gestillt war, fanden wir den anderen nur noch halb so attraktiv. Diese unglaubliche Anziehungskraft war einfach weg. Ein klassisches Strohfeuer, wenn auch ein sehr außergewöhnliches.

17. GESCHICHTE

Perversen-Abend

Linda (23), Tourismusstudentin, Worms,
über
»Zickenzähmer«

Im Internet war ich zufällig auf ein Forum gestoßen, das damit warb, ein reines Frauenforum zu sein. Ich fand die Idee sofort gut. Dort könnte man sich bestimmt total ungezwungen über allerlei Weiberkram unterhalten. Also meldete ich mich an und wählte als Pseudonym den Namen meines Hamsters. »Pauline« fand ich sowieso viel schöner als »Linda«. Als Profilfoto nahm ich einen Schnappschuss aus dem letzten Sommerurlaub. Ich mit Spaghettiträgertop, sonnengebräunter Haut und großem Strohhut. Ich fand, das Bild passte perfekt: sympathisch und nicht aufgesetzt. Direkt danach stürzte ich mich in die Untiefen des Forums.

Fünf Minuten später hatte ich die erste private Nachricht in meinem Postkasten. Etwas überrascht klickte ich auf »Lesen«. Wer hatte mir wohl geschrieben? Ich hatte mich weder irgendwo vorgestellt, noch sonst etwas unternommen.

»Verkaufst du auch getragene Unterwäsche?«, stand da. Mehr nicht. Mein zunächst paralysierter Blick glitt zum Feld »Absender«: »MaikBoss76« war der fragwürdige Verfasser. Ich klickte die Nachricht weg und schloss das Browserfenster. Was ging denn hier bitte ab?

Am nächsten Morgen hatte ich sieben neue Nachrichten in meinem Postfach. Die erste war von einem »Hugo1956«: »Ich will deine Muschi lecken«, war der aussagekräftige Text. Mit ausdruckslosem Gesicht öffnete ich die nächste Nachricht, dieses Mal von »BiMäuschenKöln«. Zumindest gab es eine Anrede: »Hi!«, stand da. »Wir sind ein aufgeschlossenes Paar, sportlich und nett. Da du ja neu hier bist, wollten wir dich direkt mal fragen, ob du eventuell Lust auf ein Treffen zu dritt hast?« Ich verbot mir, näher über diese Einladung nachzudenken, stattdessen öffnete ich die nächste Nachricht. »Lust auf einen erotischen Chat? Mach mal mehr Fotos rein!«, kam von »Sucka81«.

So ähnlich ging es dann weiter. »WinnieliebtWindeln« schrieb: »Nacktfotos?«, wobei mir unklar war, ob er mir welche schicken wollte oder ob er gerne welche von mir hätte. Dann folgten noch zwei Klassiker zum Thema getragene Unterwäsche von »Turbohannes81« und »LongAlex«. Nachricht Nummer acht stellte jedoch alle bisherigen in den Schatten: »Hier mein Fragebogen, ausgefüllt zurückschicken!«, schrieb »Zickenzähmer«. Es folgte eine Liste mit Fragen, die mich blass werden ließen:

1. BH-Größe?
2. Hattest du schon mal Sex in der Öffentlichkeit?
3. Magst du es, dich Männern zu zeigen? (z.B. in der Sauna)
4. Gefällt es dir, wenn Männer dich wie ein Sexobjekt behandeln?
5. Trägst du im Sommer Unterwäsche?
6. Bist du intimrasiert?
7. Befriedigst du dich selbst? Wenn ja, wie oft pro Woche und wie?
8. Hast du dich schon mal befriedigt, während jemand dabei war?
9. Hast du dich schon mal mit etwas Ausgefallenem befriedigt? (Flasche, Banane, Gurke etc.)

10. Hast du Sexspielzeug? Wenn ja, welches?
11. Wirst du beim Sex sehr feucht?
12. Hattest du schon mal Sex mit mehreren Personen?
13. Hattest du schon mal Sex mit einem Schwarzen?
14. Hattest du schon mal Sex mit deiner besten Freundin?
15. Dürfte man dir beim Sex zuschauen?
16. Verhütest du beim Sex?
17. Wenn du verhütest, könnte man dich auch ohne Gummi...?
18. Hattest du schon Analsex?
19. Magst du gern Blowjobs?
20. Darf der Mann in dir kommen?
21. Magst du Sperma?
22. Hast du schon mal gestrippt?
23. Gibt es Nacktfotos von dir?
24. Hast du dich schon mal bei der Selbstbefriedigung oder beim Sex gefilmt?
25. Gibt es Internetseiten, auf denen man dich sehen kann? Wenn ja, Link schicken!

Nach dem Überfliegen dieser Nachricht kontrollierte ich zur Sicherheit, ob ich nicht doch im falschen Forum gelandet war. Aber da stand immer noch ganz deutlich als Slogan: »Superfrauen.de – Ein Forum nur für uns!« Ich überlegte, ob ich den Admins einen neuen Spruch empfehlen sollte. Meine Empfehlung: »Perverse.de – Hier sind die Normalen das Problem!« Ich schaltete meinen Computer aus und als ich im Bus zur Uni saß, überlegte ich, wer von den Fahrgästen hier heimlich auf getragene Unterwäsche stand.

Nach einem langen Tag an der Uni machte ich einen letzten Versuch und loggte mich wieder ein. Nur drei neue Nachrichten, ich war fast erleichtert. »Suche Frau, die mich anspuckt«, schrieb mir »GeilerWolleGelsenkirchen«.

»Hast du Lust zu modeln? Suche Aktmodelle«, schrieb »Photographer73«. Die letzte Nachricht war von »CunniLover«: »Freund? Wenn nein: Melden! Wenn ja: Egal! Bock auf 'nen Typen, der dich mal so richtig verwöhnt? Eckdaten: 31, 1,80, 87, 26.« Ich seufzte und klickte auf »Ausloggen«.

»Also dem letzten Typen würde ich einfach mal zurückschreiben«, sagte Charlotte, während sie sich ein Gummibärchen nach dem anderen in den Mund schob. »Die Zahlen sehen doch eigentlich ganz gut aus. Besonders die letzte.« Aufgrund der Forums-Ereignisse hatte ich meine beiden Freundinnen am nächsten Tag spontan nach der Uni zu mir eingeladen. Nun klebten wir alle drei vor meinem PC und schauten uns die diversen Nachrichten an. Es war fast wie ein virtueller Zoorundgang: überall exotische Vorlieben, seltene Neigungen und hemmungsloses Balzen im Internetdschungel.

»Krass, die Welt ist voller Perverser!«, gackerte Viktoria.

»Ich kann es auch immer noch nicht glauben«, meinte ich.

»Vielleicht wäre das ein Thema für eine Bachelorarbeit!«, lachte Viktoria.

»Und was genau?«

»Na das anonyme Ausleben von Sexualität im Internet.«

»Wahnsinn«, sagte Charlotte unbeeindruckt. »Vor zehn Jahren wäre das vielleicht noch ein Brüller gewesen, aber heutzutage? Gibt es nicht sogar schon Bücher zu dem Thema?«

»Glaube ich auch«, sagte ich, obwohl Viktoria schon beleidigt guckte.

»Lass uns mal diesen Fragebogen durchlesen!« Charlotte sah so begeistert aus, als hätte sie noch nie etwas Spannenderes erlebt. »Schon der Nickname ist ein Witz. Ich möchte nicht wissen, wie der in echt aussieht.«

»Also wie ›WinnieliebtWindeln‹ aussieht, will ich auch nicht unbedingt wissen«, erklärte ich.

»Iiiihh!«, kicherte Viktoria. »Bestimmt voll der Gesichtsselfmeter!«

»Ja! Und wohnt noch bei Mutti, hat zwanzig Kilo Übergewicht und einen winzigen Schreibtisch mit einem klapprigen PC darauf«, spann ich weiter.

»Speckige Halbglatze, fleischige Unterlippe und 'ne Frau-mit-Einhorn-Flagge überm Bett!«

»Und Fußballbettwäsche!«

»Und im wirklichen Leben kann er Frauen beim Sprechen nicht in die Augen gucken«, ergänzte Charlotte noch. »Los, klick jetzt mal die Nachricht von ›Zickenzähmer‹ an!«

»Okay, wenn du unbedingt willst«, meinte ich.

Beim Anblick des Fragebogens verschlug es meinen Freundinnen dann doch die Sprache.

»Uff!«, schnaubte Viktoria, als sie mit dem Lesen fertig war.

»Sieht aus wie ein Castingbogen für einen Porno«, murmelte Charlotte. »Eben. Los, wir gucken ein bisschen Fernsehen«, sagte ich und wollte den PC ausmachen.

»Nein, nein, nein! Wir verarschen ihn, dass sich die Balken biegen. Beantworten die Fragen übertrieben bescheuert, damit er sich wie ein Volltrottel vorkommt!«, schlug Charlotte enthusiastisch vor.

»Ja! Das macht bestimmt Spaß!«

»Du bist überstimmt«, grinste Charlotte.

»Na gut. Aber bitte nicht alle. Das wäre mir echt zu bescheuert.«

»Okay, wir sagen und du tippst! Zuerst Frage 3: Magst du es, dich Männern zu zeigen? Schreib: Ja, ich liebe es zu zeigen, was ich habe, damit Männer sofort merken, was für ein intelligentes und witziges Mädchen ich bin.«

»Wirklich?«

»Nun mach schon!« Charlotte hatte vor Aufregung ganz rote Bäckchen. »Und zu Frage 4: Gefällt es dir, wenn Männer dich wie ein Sexobjekt behandeln?, schreibst du: Ja natürlich, dafür sind Frauen ja da. Wir sind selbst schuld, dass die Männer immer so rattenscharf sind, denn hätten wir keine Brüste und Wackelpopos, würden sie uns ja gar nicht anschauen. Und weil ich immer ein schlechtes Gewissen wegen meiner riesigen Brüste habe, schlafe ich mit jedem, der mich will. Quasi als Entschuldigung.«

»Soll ich dir mal was sagen?«, bemerkte ich. »Deine Antworten sind aber auch nicht ohne ...«

»Wieso?«, fragte Charlotte und guckte wie eine Heilige.

»Ich will Frage neun beantworten, das ist die mit der ausgefallenen Selbstbefriedigung«, sagte Viktoria.

»Dann schieß mal los.«

»Am liebsten nehme ich meine Barbie. Sie ist hautfarben, das gefällt mir!«

Charlotte und ich sahen Viktoria an.

»Wir wollen ihn verarschen, Schatzi, und keinen Tatsachenbericht abliefern«, sagte Charlotte. Ich musste mir ein Lachen verkneifen.

»Ich hab was Besseres!« Charlotte beugte sich über meine Schulter und diktierte: »Mir ist immer alles zu klein. Habe es zuletzt mit einer Kastenbackform versucht, aber da haben die Ecken zu doll gekratzt.«

»Oh nein, das ist zu bescheuert!«, lachte ich, tippte aber trotzdem.

»Quatsch, jemand, der so schmerzfrei ist, kann auch einiges einstecken. Weiter mit Frage 16: Verhütest du beim Sex? Antwort: Nein, wieso denn? Man kann doch nur vom Petting schwanger werden. Und Frage 21: Magst du Sperma? Hier als Antwort: Ja klar, total gern. Habe auch immer welches im Kühlschrank, falls mal Freundinnen spontan vorbeikommen.«

»Ich will auch endlich eine Frage beantworten!«, quengelte Viktoria.

»Dann denk bitte an unsere Intention!«, bemerkte Charlotte.

»Jahaaa ...«, sagte Viktoria genervt. »Ich nehme Frage 15: Dürfte man dir beim Sex zuschauen? Antwort: Ja, ich mag es, wenn man mir zuschaut beim Sex, deshalb habe ich auch keine Jalousien an den Fenstern. Mein Nachbar von gegenüber hat mal erzählt, dass er die Plätze auf seinem Balkon vermietet und mir eigentlich Provision zahlen müsste, das habe ich aber abgelehnt, weil es mir ja einfach so 'nen Spaß macht.«

»Perfekt!«, lachte Charlotte. »So, jetzt schicken wir ihm die Antworten.«

»Meint ihr nicht, dass der total sauer wird? Dass wir ihn verarschen, ist so offensichtlich«, gab ich zu bedenken.

»Ach Quatsch. Vielleicht regt er sich ein bisschen auf, aber seine Fragen sind ja auch die reine Frechheit.«

»Gut, ihr habt es so gewollt«, sagte ich und drückte auf »Senden«.

»Meinst du, wir bekommen schnell eine Antwort?«, fragte Viktoria.

»Bestimmt, der Typ ist doch garantiert ein PC-Junkie ohne ein Leben auf der anderen Seite seiner teppichbezogenen Türschwelle«, antwortete Charlotte. Sie sollte recht behalten: 15 Minuten später hatte ich eine neue Nachricht von »Zickenzähmer«. Ich zögerte. Irgendwie war ich nicht mehr so übermütig.

»Was ist, wenn er uns wüst beschimpft? Oder uns droht? Oder meine IP-Adresse rausfindet und dann weiß, wo ich wohne! Ich glaube, ich lösche die Mail lieber ungelesen.«

»So ein Quatsch«, sagte Charlotte. »Was soll er schon groß machen? Und Kraftausdrücke bestätigen uns doch nur sein unterirdisches Niveau.« Sie griff nach der Maus und klickte auf »Öffnen«. Gespannt drängten wir uns nebeneinander und guckten neugierig auf den Bildschirm.

»Wow, geil!«, stand da. »Du versautes, kleines Strohhut-Luder! Endlich mal 'ne Frau nach meinem Format! Habe endkrass abgespritzt. Danke dafür und noch 'nen schönen Abend wünscht ›Zickenzähmer‹!«

An solchen Tagen bedauere ich, dass ich keine Webcam an meinem PC habe: Zu gern hätte ich ein Foto von unseren drei blöden Gesichtern gemacht.

18. GESCHICHTE

Hammergeil

*Franziska (23), Jurastudentin, Frankfurt am Main,
über
Mike (24), Heizungsbauer, Frankfurt am Main*

Mike passte überhaupt nicht in mein Beuteschema. Eigentlich stand ich auf den klassischen Akademikertypen: groß und schmal, kühl und überlegen und Kleidung Marke Understatement. Doch dann lernte ich Mike auf dem Weg zur Uni kennen: Eigentlich hatte ich noch tanken müssen. Da ich aber wie immer zu spät dran war, dachte ich, das klappt schon, und fuhr mit meinem Auto direkt Richtung Uni. Knapp zwei Kilometer vor dem Ziel war mein Tank dann leer. Mein Wagen gluckste ein paarmal, dann rollte er nur noch. Ich schaffte es gerade so, ihn an den Straßenrand zu manövrieren.

Was für ein Mist! Und gerade heute war es so ungünstig wie nur eben möglich. In der Vorlesung, die in einer halben Stunde beginnen sollte, hatte ich schon zweimal gefehlt. Wenn ich ein drittes Mal fehlte, würde ich aus der Veranstaltung fliegen! Ich hielt noch unschlüssig mein Lenkrad fest, da kam hinter mir ein Auto zum Stehen. Ein Typ in weißen Trainingshosen stieg aus und kam mit lässig federndem Gang zu mir herüber. Ein eng sitzendes Vollsynthetikshirt mit perligem Glanz betonte seinen muskulösen Oberkörper. Die spacige große Sonnenbrille verdeckte sein halbes Gesicht.

Oh Hilfe, ein Assi!, dachte ich noch, da klopfte es schon an meine Fensterscheibe.

»Brauchst du Hilfe?«, fragte der Typ und schob sich die getönten Gläser Richtung Stirn. Ich kurbelte das Fenster herunter.

»Mein Benzin ist alle«, erwiderte ich peinlich berührt.

»Oh«, sagte er und kratzte sich an seiner linken Kotelette, die ebenso wie die rechte zu einem kunstvollen Muster rasiert war. »Vielleicht 'nen Ersatzkanister im Kofferraum?«

»So etwas besitze ich nicht.«

»Hm.« Er schien nachzudenken. »Weißt du was, ich fahre eben zur nächsten Tankstelle und hole so 'nen Fünf-Liter-Kanister voll.«

»Wirklich?«, fragte ich ungläubig.

»Ja, klar!«, sagte er, wobei er das »A« in dem »Klar« unverhältnismäßig in die Länge zog.

»Das ist wirklich außergewöhnlich nett!«, sagte ich.

»Kein Thema, Schätzchen.« Mit einem simultanen Zucken beider Augenbrauen ließ er die Sonnenbrille auf die Nase rutschen und lief dann zurück zu seinem Wagen. Ich schaute seinem vorbeibrausenden Auto hinterher und fragte mich, ob er wohl tatsächlich zurückkommen würde.

Und er kam wirklich wieder. Zum Dank für seinen selbstlosen Einsatz lud ich ihn am nächsten Abend zu meinem Lieblingsitaliener ein. Mein Helfer trug wieder Trainingshosen, dieses Mal allerdings in Schwarz, aber mit jeweils drei weißen Streifen auf jeder Seite. Er erzählte mir, dass er Heizungsbauer war, dass er gern nach Malle reiste und total auf Fußball stand. Ich weiß nicht, ob es ein Hauch Abenteuerlust meinerseits war, doch als er mich am Ende des Abends fragte, ob wir uns noch mal verabreden wollten, stimmte ich zu. Es dauerte nur knapp zwei Wochen und wir landeten im Bett, nachdem wir ein paar ziemlich spaßige Dates hinter uns hatten. Mike war immer so gut drauf! Noch mit niemandem vor ihm hatte ich so viel gelacht.

Unsere erste Nacht war grandios und begann damit, dass wir in seiner Wohnung waren und er während eines Films an meinen Zehen zu lutschen begann. Ich war fassungslos, so etwas hatte noch niemand bei mir gemacht. Mike saugte an meinem kleinen Zeh und mir wurde ganz anders. Ich ließ zu, dass er mir den Rock hochschob, nachdem er sich zu meinen Kniekehlen hochgearbeitet hatte. Ohne lange zu fackeln zog er mir das Höschen herunter.

»Krasses Teil!«, sagte er und hielt es in die Höhe.

»Wieso?«

Mike wedelte es herum wie eine Fahne. »Was ist denn das für'n Stoff?«

»Ähm … Baumwolle?«

»Ist Unterwäsche nicht immer aus so 'nem Spitzenzeug?«

»Nein, nicht immer.«

Mike betrachtete mein Höschen interessiert. »Das ist aber nicht so'n String-Dings, oder?«

»Nein, kein String-Dings …«, sagte ich, die Ruhe in Person.

»Ach egal«, sagte Mike, ließ meine Unterhose in die nächste Ecke flitschen und vergrub sein Gesicht zwischen meinen Beinen. Ich japste vor Überraschung, aber auch vor Wohlgefallen. Während er meine Muschi so gekonnt leckte, als hätte er mal eine Fortbildung zu diesem Thema besucht, zerrte er weiter an meinen Sachen herum, bis er mich so weit hatte, dass ich sie freiwillig auszog.

Ich lag nackt auf seiner Couch und Mike schob hemmungslos seine Zunge in alle meine Körperöffnungen. Mir war ganz schwindelig vor Schock und Erregung. Er schmatzte und seufzte, lutschte und saugte und gleichzeitig streichelte er mich am ganzen Körper.

»Oh … du schmeckst so hammergeil«, gurrte er.

»Öhm … danke«, hauchte ich. Mike grinste kurz, dann tauchte er wieder ab.

»Huch!«, quietschte ich, denn nun nahm er noch seine Finger dazu. Meine Güte, was er da alles mit mir machte ... gleichzeitig! Hoffentlich würde man mir das später nicht ansehen, dachte ich verschämt. Mike jedoch leckte einfach immer weiter und bald war es mir nicht mehr möglich, mich darum zu sorgen, wie ich wohl gerade aussah oder was für absonderliche Laute ich von mir gab: Alles in mir brannte, loderte und es war so herrlich warm zwischen meinen Beinen.

»Na komm ruhig«, flüsterte Mike. Dann schob er einen dritten Finger in mich rein und ich kam wie auf Bestellung. Ich glaube, ich habe ihm fast die Ohren geprellt, so fest habe ich meine Oberschenkel an seinen Kopf gepresst. Mike stand auf und zog sich in Windeseile ebenfalls aus. Dabei wischte er sich einmal verschmitzt guckend mit dem Arm den Mund ab und ich guckte schnell weg.

»Du bist so süß!«, sagte er daraufhin.

Er suchte nach einem Kondom, dann stand er wieder vor mir neben der Couch. Sein durchtrainierter Körper war wirklich sehenswert. Ich schaute ihn noch an, da sagte er schon: »Weiter gehts!«

»Wie jetzt ... aber ich bin doch schon ... ich meine, du wolltest doch unbedingt, dass ich ...«, stammelte ich.

»Süße«, sagte Mike und ließ sich auf die Couch plumpsen, »Frauen können mehrmals, deshalb bist du ja auch gekommen und nicht ich.«

»Öhm ...«

»Na hoppi!«, sagte Mike und bedeutete mir, mich auf sein ziemlich steifes bestes Stück zu setzen.

»So?«

»Frauen können so total leicht kommen!« Mit diesen Worten zog er mich auf sich drauf. Ich war natürlich noch total feucht zwischen den Beinen, aber eigentlich machte ich nur mit, weil Mike so überzeugend war und ich kein Spielverderber sein wollte. Mike schloss genießerisch die Augen, als ich mich auf ihm niederließ.

»So ... und jetzt machst du so.« Er umfasste sanft mein Becken und bewegte mich auf und ab. »Und dabei drückst du dich eng an mich dran.«

Ich tat, was er sagte, und siehe da, nach ein paar Bewegungen begann das Prickeln plötzlich wieder. Ich war noch dabei, mich darüber zu wundern, da begann Mike, an meinen Brustwarzen zu saugen. Meine Erregungskurve schoss in luftige Höhen, während ich Mike zwischen meinen Brüsten stöhnen hörte. Er griff erneut nach meinen Hüften und drückte mich noch näher an sich heran. Ich senkte den Kopf und wir küssten uns so lange, bis wir beide fast keine Luft mehr bekamen. Keuchend drückte ich Mikes Kopf wieder zwischen meine Brüste, was er als Aufforderung verstand, dieses Mal etwas härter daran zu knabbern. Wieder gab ich einen animalischen Laut von mir, doch mittlerweile war es mir egal. Ich wollte nicht mehr aufhören. Nie wieder von ihm runtergehen und er sollte nie wieder von mir ablassen. Als ich kam, war ich so laut wie noch nie zuvor. Für Mike war es das Zeichen, dass er nun auch kommen konnte. Er schnaufte und stöhnte, presste mich noch zweimal hart auf sich drauf, dann ließ er den Kopf nach hinten fallen und ein Zucken durchlief seinen Körper.

Ich selbst war schweißnass, mein Blut raste durch meinen Körper, meine Haare waren zerzaust und das Make-up war ruiniert. Es war mir alles egal. Dies war die Nacht, in der ich verstand, warum alle Leute immer so verrückt nach Sex waren.

Die nächsten Wochen verbrachten wir unsere Dates hauptsächlich mit Sex. Als meine Freunde darauf drängten, Mike endlich mal kennenzulernen, gab ich nach. Und sie waren erwartungsgemäß so gar nicht angetan von ihm. Allein sein Kleidungsstil war ja wie gesagt sehr gewöhnungsbedürftig. Als ich an einem Samstag mal mit ihm bummeln gehen wollte, sah er so unmöglich aus, dass ich mich dafür entschied, zu Hause zu bleiben. Auch ins Theater konnte ich nicht mit ihm. Und als ein Bekannter mich scherzhaft in den Arm nahm, sagte Mike: »Pass mal auf, Alter, fass meine Schnitte nicht so an!« Der ungläubige Blick meines Bekannten galt nicht Mike, sondern mir.

Kurze Zeit später begann man, uns systematisch auszugrenzen. Und mit Mikes Freundeskreis und mir wollte es auch nicht so richtig klappen. Die meisten Mädels waren sonnenstudioverbrannt, grell geschminkt und entweder tiefschwarz oder weißblond gefärbt. Sie waren nett und ich glaube, wir haben uns alle Mühe gegeben, aber trotzdem sind wir nicht richtig warm miteinander geworden. Sie sprachen über Kunstnägel, eine Miss-Ibiza-Wahl oder den neuen »hammersüßen Azubi« im Büro, ich wälzte Gesetzbücher, bevorzugte gedeckte Farben und Klamotten ohne übermäßigen Stretchanteil.

Der Anfang vom Ende hatte begonnen, bevor Mike und ich es realisiert hatten. Wir trennten uns im Guten. Aber manchmal, wirklich nur manchmal, denke ich nachts im Bett daran, wie es wäre, noch einmal mit Mike so richtig abzugehen.

19. GESCHICHTE

Der Umzug

*Mirija (24), Ägyptologiestudentin, Würzburg,
über
Julian (23), Musikwissenschaftsstudent, Würzburg*

»Clemens Wilmenrod hat mir meine Kindheit versaut«, sagte meine Mutter und energisch wendete sie ihre berühmten Frikadellen. Ich grinste zwar, innerlich wunderte ich mich aber doch ein wenig über ihre ungewohnt deftige Ausdrucksweise. Sie ist Professorin für Bürgerliches Recht und verbal eher immer etwas förmlich.

»Der Fernsehkoch?«, hakte ich deshalb interessiert nach.

»Genau der«, schnaufte sie und auf ihrer Stirn bildete sich eine verdrießliche Falte. »Meine Güte, wenn ich daran denke! Nie werde ich dieses unsägliche ›Reiterfleisch‹ vergessen. Widerlich! Aber die Krönung war der ›Goldene Fisch‹! Meine Eltern haben freitagabends immer seine Sendung geguckt. Dann sind sie die ganze Woche lang in die unterschiedlichsten Feinkostgeschäfte gefahren, um die Zutaten zu besorgen, damit sie am Wochenende seine Rezepte nachkochen konnten. Igitt, dieser ›Goldene Fisch‹ bestand hauptsächlich aus Curry, ich hatte als Kind noch jahrelang panische Angst vor diesem Gewürz.«

»Aber jetzt geht's wieder?«, fragte ich lächelnd, weil neben der Schüssel, in der das Hackfleisch war, eine Dose mit Curry stand.

»Na ja«, sagte sie und schielte nach der Gewürzdose. »Es wird langsam besser.« Wir mussten beide lachen und als wir uns wieder eingekriegt hatten, waren auch die Frikadellen fertig. Als sie so weit ausgekühlt waren, dass man sie transportieren konnte, musste ich auch schon dringend los. Es war kurz vor zehn an einem Samstagmorgen und meine Freundin Tessa zog an diesem Tag in ihre erste WG. Gerade als ich gehen wollte, erschien Papa mit erwartungsvollem Gesicht in der Küche, wahrscheinlich angelockt von den Wohlgerüchen.

»Es gibt nix«, sagte Mama und nahm ihre Schürze ab. Darunter trug sie Shorts und ein Polohemd. Aha, sie wollte also noch Golf spielen. »Warum hast du dich noch nicht umgezogen, Jochen?«

»Aber ...«, erwiderte Papa in seinen Gartenklamotten und guckte mit unverhohlener Gier auf mein Frikadellentablett. Ich schenkte ihm eine, weil nur Männer morgens um zehn schon Frikadellen essen können, dann trabte ich zur Bahn.

Als ich vor Tessas neuem Heim ankam, war sie schon da und ihre zukünftigen Mitbewohnerinnen Arline und Elena auch. Sie studierten alle Biologie und hatten sich im ersten Semester im Tutorium kennengelernt. Wenig später beschlossen sie, eine WG zu gründen, und ich wusste, dass ihre Eltern sich noch nicht ganz entschieden hatten, wie sie das finden sollten. Die drei wirkten ganz schrecklich aufgeregt und es waren schon ein paar freiwillige Helfer vor Ort. Die Mädels hatten einen klapprigen alten Kastenwagen gemietet, weil der am billigsten war, dazu kamen noch zwei Privat-PKWs, die bis an den Rand vollgestopft waren. Als ich erfuhr, dass das nur die erste Fuhre sein sollte, fragte ich mich, wie viel Zeug die drei Mädels zusammen wohl besaßen und ob das alles in die Wohnung passte. Viel Zeit zum Nachdenken blieb mir aber nicht, denn schon hatte Tessa mir den ersten Karton in den Arm gedrückt. Na dann mal los.

Ich lief schwer beladen die Treppen hoch, da kam *er* mir mit einer Gruppe anderer Umzugshelfer entgegen. Er gefiel mir sofort. Helle Haare, ausdrucksvolles Gesicht, schlanke Figur, groß. Ich stehe auf schlacksige Kerle, für mich sind muskelbepackte Arme kein notwendiges Attribut von Männlichkeit. Fast hätte er mich angerempelt, doch er konnte im letzten Moment noch ausweichen – ich hingegen hätte nichts gegen einen kleinen Unfall mit ihm gehabt. Er schenkte mir ein Lächeln, das eine Entschuldigung und vielleicht auch ein Ausdruck von Neugier sein konnte. Ich lief die Treppen weiter hinauf und grinste in mich hinein.

Die Wohnung erwies sich als großzügig, aber ziemlich marode. Die Wände waren nur halbherzig verputzt und irgendjemand hatte versucht, Laminat zu verlegen. Fußleisten gab es keine und die Fensterrahmen sahen so aus, als würden sie den nächsten Sturm nicht überstehen. Doch als ich Tessas stolzes Gesicht sah, verkniff ich mir jede Bemerkung. Ich lief die Treppen wieder hinunter, da kam er mir mit einer Kiste entgegen. Seine Augen waren das Blaueste, das ich je gesehen hatte. Er guckte, ich guckte und in diesem Moment war es irgendwie um mich geschehen. Wow.

Als ich ihm erneut auf der Treppe begegnete, streifte er mich leicht. Ich hielt die Luft an und krallte meine Hände in den Pappkarton, der schwer gegen meinen Oberkörper drückte. Oben in der Wohnung klopfte mein Herz so stark, dass ich glaubte, alle um mich herum müssten es hören. Auf dem Weg nach unten traf ich ihn wieder, er trug ziemlich mühelos einen zusammengerollten Lattenrost. Ich lächelte ihn an und wollte etwas sagen, doch da lächelte er zurück und ich vergaß meinen Namen.

Als ich Tessa unten am Wagen traf, konnte ich es nicht länger aushalten und musste sie nach ihm fragen.

»Wer ist der große Blonde?«

»Welcher große Blonde?«, fragte Tessa abwesend und wühlte in ein paar Kästen mit Werkzeug.

»Na der ganz Große, ganz Blonde!«

»Ach so!«, Tessa schob sich ziemlich profimäßig zwei Spachtel in den Jeansbund und schaute amüsiert zu mir auf. »Den meinst du! Der ist, wenn ich das richtig verstanden habe, der Bruder eines Freundes von Arline. Findest du ihn gut?«

Ich nickte sehnsüchtig.

»Na dann ran an den Speck!«, lachte Tessa und kniff mir freundschaftlich in die Seite.

»Na ja, mal gucken«, sagte ich, schnappte mir einen Karton und verschwand wieder Richtung Treppenhaus.

Der Blonde und ich wiederholten unser Spiel noch ein paarmal: lächeln, näher als nötig aneinander vorbeilaufen – und atmen nicht vergessen! Mein Herz ratterte wie eine Dampflok und das nicht nur wegen der elenden Treppensteigerei. Doch irgendwann rief Arline »Mittagspause!« in den Hausflur.

In der provisorischen Küche hatte sie auf einem Tapeziertisch die mitgebrachten Köstlichkeiten arrangiert: Es gab einen italienischen Gemüseeintopf, den man auch kalt essen konnte, verschiedene Salate, kleine Schnitzel und Mamas Frikadellen. Die Männer stürzten sich auf das Fleisch wie eine Horde Piranhas. Der Blonde stapelte sich die kleinen Frikadellen auf einen Teller voller Kartoffelsalat und ertappte mich dann dabei, wie ich ihn versonnen anschaute. Er lächelte zwar, aber kam nicht näher. Er traute sich nicht, ich allerdings auch nicht, und das ärgerte mich gewaltig. Wie es sich wohl anfühlen würde, ihn anzufassen?

Viel zu früh war die Pause wieder vorbei und es ging weiter. Ich brauchte einen Plan und ganz dringend etwas mehr *Mut*!

Als er mir das nächste Mal kistenschleppend entgegenkam, fiel mein Blick auf ein Stückchen nackte Haut, das zwischen seinem Jeansbund und dem Shirt hervorblitzte. Er war schon ein wenig verschwitzt, seine Haare klebten leicht an seiner Stirn, doch das machte ihn nur attraktiver. Ich stellte mir vor, dass er vermutlich genauso aussah, nachdem er Sex gehabt hatte. Schon waren wir auf gleicher Höhe und wie von selbst fanden meine Finger die nackte Stelle und ich strich kurz darüber. Auweia, was hatte ich da gerade gemacht! Er zuckte, drehte den Kopf und ich stürzte davon, ohne noch mal zurückzuschauen.

Am Umzugswagen schnappte ich mir einen Berg zusammengelegter Gardinen, der so hoch war, dass er mein Gesicht halb verdeckte. Hoffentlich hielt der Blonde mich jetzt nicht für eine verkappte Irre. Zum Glück schaute er mich nicht an, als er mir entgegenkam. Ich tauchte zur Sicherheit noch weiter hinter den Gardinen unter. Mist, ich hab's verbockt, dachte ich noch, als plötzlich eine Hand sanft über meine Hüften strich. Nur wie ein Hauch, aber doch so merklich, dass es kein Zufall gewesen sein konnte. In meinem Kopf explodierte eine Flut von Bildern, die nicht unbedingt als jugendfrei zu bezeichnen waren. Er hatte mich angefasst! Wirklich! Er fand mich auch gut! Ich wollte vor Freude hüpfen, doch dafür waren die Treppen zu steil und die Gardinen zu schwer.

Etwas später war er jedoch plötzlich weg. Ich lief wie ein kopfloses Huhn herum, bis mir auffiel, dass eines der Autos fehlte.

»Ja, da sind welche weggefahren, die wollten noch mal in den Baumarkt wegen Steckern und so 'nem komischen Werkzeug, mit dem man Löcher für Wasserhähne machen kann«, sagte Tessa, während sie halb im Innern eines Kleiderschranks verschwunden war, um Schrauben anzubringen. Mir war völlig egal, was sie machten, Hauptsache, er kam wieder. Wie in Trance trug ich Sachen, baute Ikea-Regale zusammen und hängte Gardinen auf. Wir waren fast fertig und Arline hatte auf dem Balkon schon den Grill angefeuert, da kamen sie zurück. Endlich! Sofort legte Arline Fleisch aus einer Kühlbox auf den heißen Rost. Eine halbe Stunde später funktionierte die Spüle und ich hatte genau gesehen, wie der Blonde sich bei der Arbeit nach mir umgeschaut hatte. Oooh ... ich will ihn, ich will ihn, ich will ihn!

Leider passierte den ganzen Abend gar nichts, abgesehen von sehnsüchtigen Blicken. Ich hatte keinen Hunger; er aß für zwei und hatte doch kein Gramm Fett auf den Rippen. Tessa schaute mich fragend an, ich zuckte nur mit den Schultern. Ich schaffte es nicht! Er wollte bestimmt auch gern mit mir reden, aber ich traute mich nicht, einfach rüberzugehen. Und er sich ganz offensichtlich auch nicht. Ich nuckelte an meinem dritten Bier, er hatte nur eins getrunken und danach nur Cola.

Draußen war es bereits dunkel und da es nur in der Küche und im Bad Licht gab, war es ziemlich duster. Das Bier machte mich müde. Als ich mal musste, hob er interessiert den Kopf, doch eigentlich hatte ich schon aufgegeben. Ich legte mir mein Sweatshirt über die Schultern, weil es kühl geworden war, und schlich durch den dunklen langen Flur, als ich auf einmal eine Hand an meiner Schulter spürte. Erschrocken wich ich an die Wand zurück.

»Hallo«, sagte der Blonde heiser.

»Hi«, hauchte ich. Mein Herz überschlug sich, er war so nah und er hatte mich wieder angefasst. Wir standen voreinander, ich spürte seine Aufregung und ich wusste, dass er mir gefolgt war, weil er geglaubt hatte, ich ginge nach Hause. Ich wollte ihn berühren, mich an ihn pressen, ihn küssen. Sein Blick streifte über mein Gesicht. Erst jetzt bemerkte ich, dass er leicht zitterte. Er wollte nicht, dass ich gehe. Er wollte ... Was wollte er? Sein Atem roch nach Cola, süß und verführerisch. Ich schaute im Halbdunkel auf seinen Mund, er kam einen halben Schritt näher, ich hob ein wenig den Kopf und wollte, dass er es tut ... jetzt sofort. Meine Lippen öffneten sich wie von selbst, sein Kopf beugte sich zu mir herunter. Er zitterte immer noch. Meine Hand legte sich um seine Taille und dann berührten sich unsere Lippen. Ich hielt die Luft an. Er bewegte zart seinen Mund auf meinem und meine Zunge traf auf seine. Ich schmeckte die Cola und ihn, seine Zunge umkreiste die meine, mein Körper drängte sich ihm entgegen. Er seufzte in meinem Mund und seine Hände streichelten über meinen Hals. Die Wand an meinem Rücken gab mir Halt und ich war froh darüber, denn meine Knie waren weich und meine Oberschenkel wie aus Butter.

Meine Hände wanderten unter sein Shirt zu seinen schmalen Hüften und über die warme, weiche Haut. Ich schob ihm mein Becken entgegen, weil ich noch mehr von ihm spüren wollte. Er griff in mein Haar und mein Pulli rutschte mit leisem Rascheln von meinen Schultern. Unsere Küsse wurden tiefer, inniger und unsere Lippen verschmolzen komplett miteinander. Genau das hatte ich mir den ganzen Tag gewünscht. Nur war es noch viel schöner. Er neigte den Kopf und ich tat es ihm gleich. Sein Kuss wurde noch leidenschaftlicher, ich spürte die Erektion unter seiner Jeans. Meine Hände wanderten nun über sein T-Shirt, hinauf zu den weichen Haaren in seinem Nacken, meine Finger streichelten die Haut seiner Halsbeuge und ich spürte, wie das Herz in seiner Brust hämmerte.

Seine Zunge drängte sich in meinen Mund und ich hielt schon wieder die Luft an, weil ich nicht wollte, dass es jemals aufhörte. Er strich mit der Hand über meinen Hals, dann ließ er seine Lippen folgen, küsste die Haut, knabberte, leckte und in meinem Bauch tanzten Schmetterlinge. Doch so lange konnte ich mich nicht von seinen Lippen trennen. Gierig zog ich seinen Kopf wieder zu mir, wir keuchten beide vor Erregung und zwischen meinen Beinen pochte es wie verrückt. Er drückte mich enger an die Wand, doch dann hörte er plötzlich auf und schaute mich an. Ich zitterte und mein Brustkorb hob und senkte sich in schnellem Rhythmus.

»Wenn wir so weitermachen, dann schlafen wir gleich miteinander«, sagte er. »Entweder im Bad oder in diesem Flur oder sonstwo.« Er stellte mir die Frage, die darauf folgen musste, absichtlich nicht. Ich verstand ihn und nickte. Er nahm meine Hand und zog mich von der Wand weg. Mein Körper berührte den seinen, er legte beide Arme um mich und zog mich nah an sich heran.

»Lernst du Frauen eigentlich immer so kennen?«, fragte ich. Ich spürte, wie er schmunzelte.

»Nein, eigentlich nicht.«

»Sollen wir noch ein bisschen zu den anderen gehen?«, fragte ich. Er nickte. Mein Körper kribbelte noch, aber irgendwie anders. Ich war glücklich. Und schrecklich verknallt.

»Wie heißt du eigentlich?«, fragte ich, als wir durch den Flur liefen.

»Julian«, sagte er lachend. »Und du heißt Mirija.«

»Woher weißt du das?«

»Ich habe meinen Bruder gefragt und der hat Arline gefragt.«

»Ich hab auch gefragt, aber deinen Namen konnte man mir nicht sagen.«

»Echt?«

»Ja!«

Julian lachte und sein Arm lag immer noch um meine Schultern, als wir die Küche betraten. Tessa hob einen Daumen, Arline zwinkerte mir zu und ich strahlte wie Las Vegas bei Nacht.

Julian und ich sind seit drei Semestern ein Paar. Es war die berühmte Liebe auf den ersten Blick, von der ich eigentlich nicht geglaubt hatte, dass es sie gibt. Die Mädels-WG existiert übrigens auch noch. Mittlerweile ist sie sogar bewohnbar und richtig gemütlich.

20. GESCHICHTE

Night-Fever

*Hannah (20), Ethnologiestudentin, Köln,
über
Casper (21), Psychologiestudent, Köln*

Ich liebe Karneval. Ich habe mich schon als Kind fast jeden Tag verkleidet. In meinem Kinderzimmer hatte ich eine große Truhe, die vollgestopft war mit ausrangierten Sommerkleidern meiner Mutter, alten Schuhen, Hüten und jeder Menge bunten Tüchern. Doch irgendwann begann ich, mich für Jungs zu interessieren, und das Verkleiden wurde plötzlich doof.

Heute verkleide ich mich nur noch an Karneval, obwohl ich letztes Jahr eine peinliche Erfahrung machen musste:

Ich wollte mit Freundinnen zur Rosenmontagsparty an der Uni. Kostümiert war ich als Saturday-Night-Fever-Diskoschönheit. Aus einem Secondhandshop hatte ich eine tief sitzende goldfarbene Lurex-Stretchhose mit mörderischem Schlag und eine orangefarbene Rüschenbluse mit Pluderärmeln. Dazu trug ich ausrangierte Plateau-Sandaletten von meiner Mutter – Originale aus den Siebzigern. Um den Kopf mehrere Lederbänder, eine große Sonnenbrille am Ausschnitt und gigantische goldene Plastikohrringe. Ich fand, ich sah richtig schön verrückt aus.

Wir waren kaum eine Stunde dort, da lernte ich Casper kenne. Lustigerweise waren wir beide im Siebziger-Look verkleidet, was er auch als Aufhänger genommen hatte, um mich anzusprechen. Er war allerdings nicht wie ich als wandelnde Diskokugel unterwegs, sondern trug ein beigefarbenes Oberhemd mit Blumenrankenmuster, das er knapp bis zum Bauchnabel offengelassen hatte, und dazu eine dunkelgrüne Kordschlaghose, die so unverschämt tief saß, dass es hauptsächlich ein Ledergürtel war, der das Nötigste bedeckte. Um den Hals trug er mehrere Silberketten mit diversen Anhängern. Mit einem Lederband hatte er seine braunen Haare gebändigt, die ihm so glatt wie gebügelt auf die Schultern fielen. Im Vergleich zu seinem authentischen Auftritt musste ich aussehen wie etwas, das aus einem Genlabor entwischt war.

Dank meines beträchtlichen Caipirinha-Konsums war ich ziemlich enthemmt und schnell war klar, dass wir beide es später noch tun würden. Casper schränkte deswegen sogar seinen Alkoholkonsum ein. Immer wenn wir uns ansahen, grinsten wir verschwörerisch, und die anderen schüttelten nur die Köpfe. Schon bald konnten wir es nicht mehr aushalten und wollten abhauen. Wir hatten beschlossen, zu ihm zu gehen, da er in der Nähe der Uni wohnte.

Ich war mittlerweile so betrunken, dass auch der kurze Spaziergang durch die kalte Luft nicht viel an meinem Zustand änderte. Caspers Haus war komplett dunkel. Er führte mich durch mehrere Gänge und Türen und ich konnte nichts erkennen.

Dann endlich zündete er eine Kerze an und ich sah ein ordentlich gemachtes Bett. Casper griff nach mir wie nach einer Puppe und begann, an meinen Klamotten zu zerren. Ich war so alkoholisiert, dass es mir so vorkam, als würde ich neben mir stehen und die ganze Szene von außen betrachten.

»Ey, du ziehst mich aus«, kicherte ich.

»Ganz genau«, sagte Casper und schon stand ich mit blankem Hintern in seinem Zimmer. Er gab mir einen Schubs, ich fiel nach hinten auf sein Bett und Casper zerrte nun an seinen eigenen Klamotten. Die schweren Plateau-Sandaletten hingen unbequem an meinen Füßen und ich wollte sie abstreifen.

»Nee, lass!«, sagte Casper. »Ist viel geiler so.«

»Okay«, sagte ich und kicherte schon wieder. Casper war nun gänzlich nackt und suchte wohl nach Kondomen. Ich, ziemlich rollig von dem Alkohol, rekelte mich auf dem Bett herum und säuselte: »Ja komm doch endlich ...«

In diesem Moment drehte Casper sich um und hielt triumphierend ein Gummi hoch. Einen Moment später stürzte er sich aufs Bett und dann direkt auf mich drauf. Wir knutschten eine Weile wild rum, bis Casper sich zwischen meine Beine drängte und nun endlich in mich reinwollte. Ich spreizte die Schenkel weit und als er endlich da war, wo sein Spielzeug hingehört, stöhnte ich laut.

»Psst!«, machte Casper und hielt in seiner Bewegung inne.

Ich störte mich nicht daran, sondern griff nach seinen Hinterbacken, um ihn noch tiefer in mir zu spüren. In Verbindung mit Alkohol bin ich nicht nur extrem rollig, ich kann auch immer superschnell kommen. Ich stöhnte also weiter und Casper hörte zum Glück nicht mehr auf.

Ich schwöre, ich war zweieinhalb Sekunden davor zu kommen, da machte Casper auf einmal: »Uff!«, und brach auf mir zusammen. Ich hielt noch fassungslos die Luft an, da rollte er sich schon von mir herunter.

»Hallo?«, fragte ich empört, doch bekam keine Antwort. »Sag mal«, begann ich erneut, »was war denn das für 'ne Vorstellung?« Ich bekam wieder keine Antwort. Dann hörte ich ein Schnarchen. Casper war eingeschlafen!

Am nächsten Morgen wachte ich auf und wusste zunächst nicht, wo ich war. Es schien sehr früh zu sein, denn es war noch nicht richtig hell. Irgendwo im Haus hörte ich, wie Stühle gerückt wurden. Ich drehte mich um und da lag Casper. Sein Lederband hing ihm schief am Kopf und er hatte den rechten

Daumen im Mund. Sofort war ich hellwach, setzte mich im Bett auf und sah mich um. Ein Bett, ein Schrank, ein Schreibtisch, Poster an den Wänden und hellblauer Teppichboden. Es sah aus wie ein Kinderzimmer! Hatte Casper nicht etwas von »eigener Wohnung« erzählt? Obwohl ... sicher war ich mir nicht – dieser schreckliche Alkohol!

»Morgen«, murmelte eine Stimme hinter mir.

»Sag mal, wohnst du noch zu Hause?«, fragte ich grußlos.

»Nee ... na ja, jedenfalls nicht so richtig.«

»Das verstehe ich jetzt nicht. Entweder man wohnt noch zu Hause oder eben nicht.«

»Also ...«, sagte Casper und schob sich das tiefhängende Lederband aus der Stirn.

»Ach egal!« Ich stand auf und begann, mich anzuziehen. »Ich haue jetzt ab. Es ist zum Glück noch nicht richtig hell, da sieht niemand meinen unmöglichen Aufzug.

»Ähm«, murmelte Casper und kratzte sich am Kopf. Ich beachtete ihn nicht weiter, sondern band meine zerzausten Haare mit ein paar Lederbändern zusammen und hoffte inständig, dass mein dramatisches Augen-Make-up nicht allzu katastrophal verschmiert war.

»Ähm ...«, machte Casper noch mal und ich sah leicht genervt zu ihm rüber.

»Lässt du mich raus?«

»Klar!« Casper rollte sich aus dem Bett, zog sich ein paar Shorts über und öffnete die Zimmertür.

Wir standen direkt vor einer Treppe, die wir durch einen dunklen Gang hinaufgehen mussten. Wieso wusste ich das nicht mehr? Ich dachte noch über diese äußerst verdächtige Wohnsituation nach, da öffnete Casper die an die oberste Treppenstufe angrenzende Tür und plötzlich war es so hell, dass ich geblendet die Augen zukniff.

»Morgen, Mama. Morgen, Papa«, sagte Casper.

Ich riss die Augen auf und fand mich in einer großen Wohnküche wieder. Sie war komplett in Weiß gehalten, mit blau-weißem Zwiebelmustergeschirr hinter blitzblankem Glas und jeder Menge teuren Küchengeräten aus gebürstetem Edelstahl. An einem großen Esstisch saßen zwei Personen mittleren Alters. Die Frau trug eine hellblaue Bluse, eine mehrreihige Perlenkette und ihr helles Haar war in typischer »Schaut her ich bin reich«-Manier gesträhnt. Der Mann trug ein Oberhemd, ebenfalls hellblau. Sein ergrautes Haar war modisch kurz geschnitten und auf seiner Nase saß eine randlose Arztbrille mit goldenen Bügeln. Beiden hatte es offensichtlich die Sprache verschlagen. Die Frau ließ das Marmeladenbrötchen, das sie eben noch zum Mund führen wollte, wieder sinken. Dann warf sie mir einen Blick zu, der von meinen plateaubesohlten Schuhen bis zu meinen großen Plastikohrringen hinaufwanderte und mir körperlich wehtat.

»Morgen, mein Junge«, sagte der Mann. Die Frau nahm mit angewidertem Gesichtsausdruck endlich ihre Augen von mir.

»Und wie war die Party?«, fragte sie ihren Sohn.

»Och, ganz gut« nuschelte Casper.

»Und wie ich sehe, hast du jemanden kennengelernt?«

»Öhm…« Casper warf mir einen kritischen Blick zu, sah dann wieder zu seiner Mutter und guckte schließlich auf seine nackten Zehen.

»Möchtest du sie uns vielleicht vorstellen?«, fragte sie und ihr eisiger Blick sagte: Schmeiß sie sofort raus, sonst enterben wir dich!

»Das ist Hannah«, sagte Casper ziemlich wertungsfrei. »Sie wollte eigentlich gerade gehen.«

»Ja! Ich muss wirklich los!«, stotterte ich und unter meiner dicken Make-up-Schicht fühlte ich, wie meine Wangen glühten. Caspers Mutter nickte huldvoll und wandte sich wieder ihrem Marmeladenbrötchen zu. Wir waren entlassen.

»Meine Güte, wie peinlich!«, zischte ich, als wir endlich im Flur standen.

»Ja, sorry«, sagte Casper schulterzuckend.

»Tschüss!« Ich stürzte aus der Haustür. Erst als ich den langen Weg bis zum Gartentörchen entlanglief, bemerkte ich, in was für einem Anwesen ich genächtigt hatte. Doch das war mir in diesem Moment egal, ich wollte nur noch weg.

Eines habe ich von diesem Erlebnis jedoch gelernt: Immer wenn ich jetzt jemanden kennenlerne, frage ich ganz genau nach, ob er noch bei Mami und Papi wohnt. Und ja, dazu gehören auch Souterrain-Wohnungen ohne eigenen Eingang!

21. GESCHICHTE

Erfrischungstuch

*Lilija (20), Modestudentin, Düsseldorf,
über
Jörn (21), Physikstudent, Göttingen*

Oh Gott, sie haben dich in die Wildnis verbannt«, schoss es mir durch den Kopf, als ich von der Landstraße abbog und mit meinem Auto direkt in ein großes Schlagloch krachte. Der schlammige Feldweg, der zu dem abgelegenen Gehöft führte, verlangte den Stoßdämpfern meines Minis wahre Höchstleistungen ab. Was hatte ich hier bloß verloren? Bisher war mein Leben doch ganz gut verlaufen! Na ja, sagen wir, zumindest seitdem ich mit meiner Mutter von Kroatien nach Deutschland geflohen war.

Ich bin drei Jahre alt gewesen, sie war gerade zwanzig geworden. Zu diesem Zeitpunkt besaßen wir nicht viel mehr als das, was wir an unseren Körpern trugen. Doch meine Mutter war hübsch und klug und ein halbes Jahr später hatte sie einen Ehemann, ein großes Haus und ein eigenes Auto. Davor hatte sie als Putzfrau in einem Krankenhaus gejobbt. Nun arbeitete sie natürlich nur noch für meinen Vater, obwohl man das nicht »Arbeit«, sondern »Ehe« nennt. Ich führte seitdem ein finanziell sorgenfreies Leben, hatte die richtigen Freunde und wurde auf die richtigen Partys eingeladen. Als ich mit meinem Studium begann, verdreifachte sich jedoch die Anzahl der Partys, und ich begann, munter zu koksen, um ja alles mitnehmen zu können.

Als Folge meines ausschweifenden Lebensstils rasselte ich durch sämtliche Klausuren. Ich fand das nicht weiter schlimm und wollte das verlorene halbe Jahr unter der Rubrik »Eingewöhnungssemester« verbuchen. Leider war mein Stiefvater ganz anderer Meinung. Und da meine Mutter nichts zu melden hatte, befand ich mich von Anfang an auf verlorenem Posten. Nachdem er auch noch Drogen in meinem Zimmer gefunden hatte, beschloss er, dass es für mein psychisches und physisches Wohl am besten wäre, mich während der Semesterferien einen Monat zu seinem Cousin aufs Land zu schicken.

»Um wieder ins Leben zurückzufinden«, wie er es nannte. Ich hingegen fand »Party« als Synonym für »Leben« nicht schlecht.

Und da war ich nun. Während ich Richtung Bauernhof fuhr, begann ich zu rechnen: Mein Vater war 23 Jahre älter als meine Mutter. Wenn dieser Cousin nur ungefähr in seinem Alter war, musste er um die sechzig sein. Na wunderbar. Urlaub bei Rentnern. Meine Freunde reisten nach Australien, Ibiza oder Bali – ich saß im Siegerland.

Zum Glück entpuppten sich Onkel Gustav und Tante Selma als freundliches altes Ehepaar. Ich hatte ein eigenes Zimmer mit Bad direkt unter dem Dach und sogar einen eigenen Fernseher. Als ich am Abend in der gemütlichen Wohnküche saß, klingelte es plötzlich an der Tür und Tante Selma zwinkerte mir verschwörerisch zu.

»Ah, das wird Besuch für dich sein. Der Jörn ist in deinem Alter und ein ganz reizender Bursche. Seine Mutter arbeitet auf unserem Hof. Sie wohnen im Nachbarhaus.« Na toll, man hatte mir einen Animateur organisiert.

»Ja los, Mädchen, geh hin und lernt euch mal kennen!« Tante Selma zog mir beherzt den Stuhl unterm Hintern weg und schob mich zur Haustür.

»So und nun viel Spaß!«, sagte sie, öffnete die Tür, gab mir einen kleinen Schubs über die Schwelle, kicherte dabei und schloss die Tür. Toll. Und was nun? Vor mir stand ein Riese und lächelte. Jörn war geschätzte 2,50 Meter groß und genauso breit, hatte die Kniescheiben eines Elefantenbabys und trug unmögliche Klamotten. Seine Prinz-Eisenherz-Frisur schmeichelte seinen kantigen Gesichtszügen in keinster Weise.

»Haste mal Lust auf 'nen DVD-Abend?«, fragte er, nachdem er sich leicht nuschelnd vorgestellt hatte.

»Oh bitte«, blaffte ich ihn an. »Ist das hier bei euch auf dem Land eine Variante von ›Soll ich dir mal meine Briefmarkensammlung zeigen‹?«

»Jetzt weiß ich, warum sie dich weggeschickt haben«, erwidert Jörn erstaunlich schlagfertig – er machte den Effekt allerdings damit zunichte, dass er sprach wie auf Valium: langsam, gedehnt und nicht besonders deutlich.

»Ach!«, konnte ich nur wütend erwidern, weil mir nichts Passendes einfiel.

»Soll ich dir ein bisschen die Gegend zeigen?«, startete Jörn einen zweiten Versuch.

»Die Gegend?«, japste ich. »Die Gegend? Das ist ja wohl ein Witz! Nur Felder, Wiesen und Traktoren. Kennst du eine Wiese, kennst du sie alle! Bezahlen sie dich, damit du mich nervst?«

Jörn kräuselte die Lippen, was bei einem so großen Mann äußerst seltsam aussah. Dann guckte er erst nach oben, als wollte er nachdenken, dann kurz zu mir und schließlich auf seine Schuhe. Ansonsten blieb jegliche Art von Reaktion aus.

»Kein Interesse«, sagte ich deshalb deutlicher und bedeutete ihm mit einem Kopfnicken, dass er entlassen war. Was Jörn natürlich nicht verstand.

»Dann könnten wir vielleicht ...«, begann er.

»Nein!«, unterbrach ich ihn energisch. »Wer auch immer dich auf mich angesetzt hat, es gibt kein ›wir‹. Gab es nicht, gibt es nicht, wird es nie geben. Ich bleibe auf meinem Zimmer, bis der Monat rum ist, und dann bin ich blitzschnell wieder weg von hier. Wünsche noch einen angenehmen Tag!« Mit diesen Worten drehte ich mich um.

»Wir könnten auch ...«, hörte ich Jörn noch sagen, dann knallte ich die Tür zu. Hilfe, ich wollte weg von hier! Die Hölle war kein schwefelstinkendes, flammendes Inferno mit verzweifelten Seelen und glutäugigen Dämonen: Sie war ein einsiedlerischer Bauernhof im Siegerland mit zu viel Natur und einem valiumgedopten Spinner in augenkrebserzeugenden Klamotten.

Die nächsten zwei Wochen schmollte ich auf meinem Zimmer. Meistens blieb ich sogar im Bett liegen und starrte durch das winzige Dachfenster in den wolkenlosen Himmel. Tante Selma war verzweifelt.

»Geht es dir nicht gut, bist du krank?«, fragte sie sorgenvoll.

»Ich habe Heuschnupfen«, erwiderte ich, um irgendetwas vorzuschieben.

»Ja, da gibt's doch Tabletten heutzutage! Hast du denn keine vom Arzt bekommen? Sonst fahren wir hier zu einem Arzt.«

»Die gibt es rezeptfrei in der Apotheke.«

»Hast du denn welche dabei?«

»Ja klar!«

»Und warum hockst du dann am helllichten Tag auf deinem Zimmer?«

»Lass mich, okay?«

»Hilf mir doch ein bisschen, bei der Arbeit bekommt man den Kopf frei!«

»Ich will nicht. Das Landleben ist nichts für mich.«

»Du kennst das Landleben doch gar nicht.«

»Ich will nach Hause.«

»Ach Kind ...«, seufzte Tante Selma, strich mir über die Haare und zog meine Bettdecke glatt. Dann stand sie auf.

»Magst du morgen vielleicht mitkommen? Wir fahren in die Stadt, Besorgungen machen. Wir könnten ein Eis essen gehen.«

»Ach nein ...«, murmelte ich und badete in Selbstmitleid. Tante Selma schloss kopfschüttelnd die Tür.

Am nächsten Morgen hörte ich, wie sie um halb neun losfuhren. Da ich es kaum noch in meinem Zimmer aushielt, war ich dankbar, mal ohne Beobachtung durchs Haus spazieren zu können. Ich hatte mir gerade ein Brot mit Honig gemacht, da klingelte es. Ich erstarrte zuerst und schlich dann auf Zehenspitzen zur Tür. Es klingelte noch mal und ich zuckte erschrocken zusammen. Schließlich drückte ich zögerlich die Klinke herunter. Es war Jörn. Wieder in kurzen, zerbeulten Hosen aus taschentuchdünner Baumwolle und in einem zerknitterten T-Shirt mit Tribalaufdruck.

»Was willst du denn?«, fragte ich seufzend.

»Bist du krank?«

»Nein?«

»Ist dir nicht langweilig?«

»Klar ist mir langweilig.«

»Dann lass uns 'ne Runde spazieren gehen!«

Gut, mir war wirklich langweilig, und das nicht erst seit vorgestern. Ich war zwei Wochen lang nicht aus dem Haus gegangen. Das Wetter war hochsommerlich. Ich hatte sogar flache Schuhe dabei. Vielleicht könnte ich einfach so tun, als würde ich allein herumlaufen und Jörn wäre gar nicht da. Also nickte ich.

»Warte, ich zieh mir eben Schuhe an und hol meine Tasche.« Ich rannte nach oben, zog meine silbernen Sneakers an und griff nach der riesigen Chloé-Tasche, in der sich alles Überlebenswichtige befand und die ich meiner Mutter bei unserem letzten Mutter-Tochter-Bummel aus dem Kreuz geleiert hatte.

Unser Spaziergang verlief weitestgehend wortlos, zum Glück. Wir gingen eine Landstraße entlang, die von blühenden Feldern gesäumt wurde, bis Jörn auf einen kleinen Weg abbog, der in einen angrenzenden Wald führte. Überall stand das Gras einen halben Meter hoch und es dauerte nicht lange, bis ich einen endlosen Niesanfall bekam. Jörn führte mich zu einem Baumstumpf, auf dem ich mich niederlassen konnte. Mit tränenden Augen und tropfender Nase musste ich ein ziemlich elendes Bild abgeben und er schaute ein wenig mitleidig auf mich herunter.

»Hast du keine Medikamente dagegen?«

»Hab ich heute morgen vergessen zu nehmen«, murmelte ich und suchte in den Untiefen meiner Tasche nach meinen Heuschnupfenmitteln.

»Warum hast du eigentlich so eine riesige Tasche dabei?«, wollte Jörn wissen.

»Das ist zur Zeit modern.« Genervt wühlte ich weiter, doch die Tabletten blieben verschwunden. »Ach verdammt noch mal!« Wütend drehte ich die Tasche um und der Inhalt purzelte auf das Gras zu meinen Füßen. Und da waren sie! Ich schluckte gleich zwei auf einmal, verabreichte mir Nasenspray und begann, den Inhalt wieder einzuräumen.

»Oh, ein Erfrischungstuch«, sagte Jörn.

»Was? Ach so. Ja, das habe ich dazubekommen, als ich mir auf dem Weg hierher an einer Tankstelle ein Sandwich gekauft habe.« Ich sah zu ihm hoch und bemerkte, dass sein Blick immer noch auf das zitronengelbe Päckchen gerichtet war.

»Möchtest du es haben?«, fragte ich, weil er so sehnsüchtig guckte.

»Ja, gerne!« Erstaunlich flink für seinen massigen Körper hatte Jörn sich gebückt, das Päckchen aufgehoben und aufgerissen. Fast ehrfürchtig breitete er das Tuch dann aus, presste es komplett auf sein Gesicht und atmete dreimal tief ein. Ich beobachtete ihn mit einer Mischung aus Verwunderung und Faszination. Und im nächsten Moment befand ich mich auf Augenhöhe mit einem riesigen Ständer. Und wenn ich riesig sage, meine ich riesig. Ich starrte auf die unübersehbare Beule unter seiner dünnen Hose, guckte dann hoch und unsere Blicke trafen sich, als Jörn gerade das Erfrischungstuch genießerisch von seinem Gesicht gleiten ließ.

»Wie erfrischend ...«, murmelte er.

»Das sehe ich«, sagte ich und guckte auf seine Lenden. Jörn lief so rot an, dass seine Haut fast violett schimmerte. Dann kräuselte er wieder die Lippen, sagte aber nichts. Das Erfrischungstuch fiel aus seiner Hand auf den Boden, während sein bestes Stück leider nicht daran dachte, wieder kleiner zu werden.

»Schon mal überlegt, Pornodarsteller zu werden?«, fragte ich, um die Situation zu entkrampfen.

»Nee, wieso?«

»Vergiss es.«

Es war unglaublich: Der Typ war ein Volltrottel, eine optische Zumutung, doch beim Anblick seines beeindruckenden Ständers schrie meine Muschi laut »Hier! Hier!«, ohne dass mein Verstand sich dagegen wehren konnte. Ich fühlte, wie es zwischen meinen Beinen zu pochen begann. Was nun? Ich hatte seit zwei Monaten keinen Sex mehr gehabt, war seit über zwei Wochen im Niemandsland gefangen und dieser Kerl trug ein äußerst interessantes Spielzeug mit sich herum.

»Ich erzähle es niemandem, wenn ich mal mit dir schlafen kann«, sagte ich, bevor mein Verstand mich davon abhalten konnte. Jörn kratzte sich grübelnd am Kinn.

»Wo ist da der Nachteil für mich?«

Ich seufzte. »Komm, wir gehen nach Hause.«

Jörn hielt das Ganze wohl für einen Scherz, aber nur, bis wir zu Hause waren und ich eine konkrete Zeit für unser Treffen ausmachen wollte. Er wurde erst bleich, dann rot und dann kräuselte er wieder nur stumm die Lippen. Bevor ich ihn deshalb noch geschüttelt hätte, sagte ich einfach »Um 22 Uhr in der großen Scheune, sei pünktlich und bring Gummis mit« und verschwand im Haus. Der Plan war gut, doch wo bekam ich jetzt so auf die Schnelle Erfrischungstücher her? Da ich nicht so indiskret sein wollte, in fremden Schubladen herumzuwühlen, musste ich warten, bis meine Gastgeber wieder da waren. Ich erzählte Tante Selma von meinem angeblichen Reinlichkeitsfimmel und meiner Verabredung mit Jörn, der »mir mal die Tiere zeigen wollte«. Tante Selma war erfreut über mein neu erwachtes Interesse am Landleben und krempelte ihr Schlafzimmer auf der Suche nach Erfrischungstüchern von unten nach oben um. Schließlich kam sie mit einem kleinen flachen Tütchen, das aussah, als stamme es noch aus den Fünfzigern, zu mir. Die Verpackung war an den Rändern schon etwas dunkel angelaufen und apart mit kleinen Lavendelzweigen bedruckt. Hoffentlich »funktionierte« es noch.

Als ich mich um zehn zu meiner Verabredung aufmachte, sah man mir wohlwollend nach. Mein Erfrischungstuch und ich hatten ein Date, und ich hoffte, es würde genauso grandios werden, wie es mir vorhin durch den dünnen Stoff hindurch versprochen worden war. Ich fragte mich, wie die beiden alten Leutchen gucken würden, wenn sie wüssten, dass ich keine Unterwäsche unter meinem leichten Sommerkleid trug.

Jörn saß schon im Stroh und sah wieder bescheuert aus. Offensichtlich hatte er es für nötig gehalten, sich »schick zu machen« und seinen massigen Oberkörper in ein etwas zu kleines Karo-Hemd gequetscht. Ich sah genau, dass er flach atmete, um nicht die Knopfleiste zu sprengen.

»Kein Knutschen, kein Gelaber«, sagte ich zur Begrüßung. Jörn nickte ergeben und schielte auf meinen Busen, als ich mich neben ihm niederließ.

»Und anfassen?«, fragte er daraufhin.

»Du mich oder ich dich?«

Jörn guckte verwirrt und kräuselte die Lippen.

»Na gut«, sagte ich, weil er wohl nicht weiterwusste. »Du darfst meinen Busen anfassen. Aber vorsichtig. Hast du so was schon mal gemacht?«

»Natürlich!«, sagte Jörn beleidigt und zeigte damit zum ersten Mal eine Emotion.

»Ich hoff's«, gab ich zurück und zog das verpackte Erfrischungstuch hervor. Jörn starrte wie elektrisiert darauf und sagte: »Oh, ein Erfrischungstuch.« Mal wieder.

»Überraschung«, trällerte ich und er wollte gierig danach greifen.

»Ausziehen.«

»Ach ja«, sagte Jörn. »Und ich hab auch noch 'ne Decke dabei!« Er sprang auf, breitete eine große karierte Wolldecke aus, legte ein paar Kondome darauf und dann zog er sich splitternackt aus. »Du nicht?«, fragte er. Ich nickte und zog mir das Kleid über den Kopf. Jörn guckte mich an, doch es rührte sich nichts. Ich reichte ihm sein Erfrischungstuch.

»Und wie ... ?«, begann er.

»Ach so.« Über das »Wie« hatte ich noch gar nicht nachgedacht. Am einfachsten wäre es, er würde sich auf den Rücken legen, dann könnte ich selbst bestimmen, wie und wann und so weiter. »Auf den Rücken«, sagte ich also. Jörn ließ sich wie ein Klotz umfallen, streckte sich lang aus und ich setzte mich auf seine nackten Oberschenkel. »Jetzt das Tuch!«

Sofort riss er die Packung auf und eine Wolke von Lavendel und Zitrone erfüllte die Luft. Jörn legte das Tuch auf sein Gesicht, atmete tief ein und sofort wurde sein ohnehin großer Penis noch sehr viel größer. Wahnsinn! Ich riss ein Kondom auf, um es auf seinen Schwanz zu stülpen. Allein der Anblick von diesem Ding ließ mich feucht werden. Ich rutschte höher und dirigierte den Penis zwischen meine Beine. Als die Eichel mich berührte, seufzte Jörn erwartungsvoll. Da er das Tuch überm Gesicht hatte, war sein Anblick eigentlich ganz nett. Jörn hatte einen breiten Brustkorb, kräftige runde Oberarme und eine Haut zart wie ein Baby. Hatte er Klamotten an, mochte man denken, er wäre etwas moppelig. Nun sah ich jedoch, dass er einfach nur kompakt gebaut war und dabei eher muskulös als speckig. Ich stützte mich auf ihm ab und ließ mich etwas tiefer sinken. Die Stimulation war phänomenal. Ich rutschte noch ein wenig weiter nach unten und er war halb in mir drin. Jörn tastete erstaunlich vorsichtig nach meinen Brüsten und umfasste sie jeweils mit der ganzen Hand.

»Wunderschön«, hörte ich ihn stöhnen. Ich bewegte mich langsam auf ihm und ließ ihn dabei immer tiefer in mich gleiten.

»Du meine Güte«, stieß ich hervor, dann saß ich komplett auf ihm drauf. »Du meine Güte!« Meine Muskeln zogen sich zusammen, meine Oberschenkel zuckten, ich glitt hinauf und hinunter und wusste, ich würde schneller kommen als je zuvor. »Du meine Güte!«

»Ich liebe diesen Geruch«, brummelte Jörn und dann kam ich auch schon: heftig und in absoluter Rekordzeit.

»Oh«, sagte er. Ich zitterte wie Espenlaub, Jörn hatte immer noch dieses Erfrischungstuch auf dem Gesicht und er war ganz offensichtlich noch nicht gekommen. Vorsichtig löste ich mich von ihm und setzte mich neben ihn auf die Decke. Weil ich ziemlich zufrieden war, griff ich nach seinem Schwanz und spielte ein bisschen daran herum. Jörn jedoch zog mich zu sich und legte meine Hände auf das Tuch über seinem Gesicht.

»Halt es fest«, sagte er. »Wenn es für dich okay ist, zieh es ganz stramm.«

»Okay«, erwiderte ich. Jörn begann, es sich selbst zu machen, während ich diesen Lavendellappen auf seinem Gesicht fixierte. Er atmete tief ein und noch mehr Blut schoss in seinen Penis, denn er wurde noch größer. Ich spannte das Tuch über seinen Wangen und Jörn stöhnte vor Verzückung. Er rieb weiter an seinem Schwanz und sein Rhythmus wurde immer schneller. Dann bäumte er sich plötzlich auf, das Tuch rutschte von seinem Gesicht und ich kippte ins Stroh. Als ich mich aufrichtete, saß Jörn auf der Decke und sah ziemlich fertig, aber zufrieden aus. Er grinste mich an und ich grinste zurück.

»Morgen, gleiche Zeit?«, schlug ich vor. Jörn nickte. Ich hoffte nur, dass ich tagsüber irgendwie in die nächste Stadt kam, um Erfrischungstücher zu kaufen.

Bliebe zu erwähnen, dass die nächsten zwei Wochen wirklich nett wurden. Jörn und ich hatten auf eine besondere Art und Weise zueinander gefunden. Erst nach meinem Aufenthalt erfuhr ich, dass er ein Einser-Student mit Astrophysik-Stipendium in Göttingen war, der nur in den Semesterferien seiner Mutter bei der Arbeit auf dem Hof half. Mein Stiefvater war erfreut zu hören, dass wir uns laut Tante Selma so prächtig verstanden hatten und dass sich seine Idee mit der Reise aufs Land so positiv auf mich ausgewirkt hatte. Schließlich erhöhte er mein Taschengeld beträchtlich.

In den nächsten Semesterferien fahre ich übrigens wieder hin, als Single sollte man solche Möglichkeiten grundsätzlich wahrnehmen. (Ich kokse zwar immer noch ein bisschen, aber meine Klausuren packe ich dieses Mal bestimmt.) Wenn ich da bin, hat Jörn mir versprochen, fahren wir mal zusammen in die Stadt. Und dann schicke ich ihn als Erstes zum Friseur. Und danach gehen wir für ihn einkaufen: coole Klamotten und natürlich Erfrischungstücher!

22. GESCHICHTE

Reibeisen

*Johannes (24), Sportstudent, Köln,
über
eine Bekanntschaft*

Mit ein paar Jungs vom Uni-Fußball war ich auf einer Rock-Party in einem der kleineren Clubs von Köln. Ich war schon ziemlich angetrunken, da stand plötzlich ein Mädchen vor mir und tat so, als würde sie mich kennen. Ich brauchte eine Weile, um zu kapieren, dass ich sie von StudiVZ kannte. Dort hatte sie zwar Fotos von sich reingestellt, auf denen war aber immer nur ihr Gesicht zu sehen gewesen. Als sie nun in all ihrer Pummeligkeit vor mir stand, war ich nicht nur ziemlich überrascht, sondern es war mir regelrecht unangenehm.

Ich wimmelte sie ab und trank mit den Jungs weiter. Doch sie beeindruckte meine Abfuhr anscheinend gar nicht. Immer wieder kam sie an und irgendwann war ich so voll, dass es mir egal war. Ihr Gesicht war eigentlich ganz süß und mit ihrem Emo-Make-up und den vielen Schleifchen im Haar sah sie ein bisschen aus wie ein kleines Tier aus einem japanischen Comic. Ich griff in ihre schwarze Mähne und wir machten ein bisschen rum. Dann begann sie, an meinem Schwanz zu reiben. Ich war so blau, dass ich meine Hose öffnen wollte, doch sie stoppte mich und zerrte mich in eine dunkle Ecke zu einem Barhocker. Dort holte sie meinen Schwanz raus und begann, daran herumzumachen. Zwar etwas grob und zu fest, doch es war noch okay. Ich war sowieso geil und dass es so öffentlich passierte, machte mich noch mehr an. Ich sagte ihr, dass sie schneller werden solle und sie rieb wie eine Weltmeisterin, als mich plötzlich ein Schmerz durchzuckte. Ich entriss ihr mein bestes Stück, sie guckte ein bisschen irritiert, doch als es besser wurde, ließ ich sie weitermachen. Die Art, wie sie mich dabei anguckte, gefiel mir, obwohl es aussah, als hätte sie es sich aus einem Porno abgeschaut: Sie leckte sich über die Lippen, schaute mich aus halb geschlossenen Augen an und sagte ständig »Oh ja«, und zwar ganz lang gezogen. Wäre ich nur drei Tequila nüchterner gewesen, hätte ich mich erstens geschämt und sie zweitens bestimmt ausgelacht für diese Vorstellung.

Dann tat es wieder weh.

Man kann ja als Kerl so betrunken sein, wie man will, bei Schmerzen am wichtigsten Körperteil wird es immer ernst: Ich schob sie von mir weg und stürzte mit halb offener Hose in die Herrentoiletten, wo ich mich ziemlich beunruhigt sofort in einer freien Kabine einschloss. Erleichtert stellte ich fest, dass nichts zu sehen war. Als ich wieder rauskam, war sie immer noch da, meine Jungs waren allerdings ohne mich abgehauen. Es war bereits kurz vor fünf und der Club war so gut wie menschenleer.

Ich weiß nicht mehr, wie sie es geschafft hat, aber ich ging mit ihr nach Hause. Wir brauchten bestimmt eine Stunde bis zu ihr und ich wusste nachher nicht mal mehr, in welchem Teil der Stadt ich mich überhaupt befand. In der Wohnung war es eng, es roch nach getragenen Turnschuhen und neben ihrem Bett stand ein Hamsterkäfig. Das kleine Vieh rannte in seinem Rädchen, als würde es bezahlt dafür. Wir landeten im Bett, doch ich bekam keinen hoch, weil es plötzlich doch wieder wehtat. Sie glaubte wohl, es wäre ein Vorwand, um nicht mit ihr schlafen zu müssen, und machte einfach weiter an mir herum. Ich versuchte, die Zähne zusammenzubeißen, weil ich eigentlich auch endlich wollte, und dann plötzlich klappte es doch. Sie machte mir ein Gummi drauf und als sie sich auf mich setzte, sah ich erst das ganze Ausmaß ihrer Körperfülle. Jedes Röllchen schwabbelte. Mag ja sein, dass viele Kerle das für begehrenswert und »griffig« halten, ich als Sportstudent stehe aber auf durchtrainierte Frauen. Und sie war das komplette Gegenteil. Ich dachte noch, hoffentlich erfährt das hier niemand, da begann sie, mich zu reiten, als gäbe es kein Morgen. Alles an ihr wackelte, das Bett quietschte und der Hamster ratterte dazu in seinem Laufrad. Ich wünschte mich plötzlich ganz weit weg.

Sie zog wieder ihre »Porno-Azubi«-Nummer durch, indem sie ihre Brüste knetete, züngelte und stöhnte. Plötzlich zerriss mich ein Schmerz im Penis und vertrieb den letzten Rest Geilheit. Ich keuchte, sie nahm an, es wäre wegen ihr, und krallte sich in meine Brust, um mich noch härter zu reiten. Jetzt jaulte ich laut auf.

»Geil, oder?«, japste sie.

»Nein!«, stöhnte ich.

»Ja, find ich auch!«, juchzte sie, weil sie offensichtlich überhaupt nicht zugehört hatte.

»Runter!«, sagte ich panisch und schob sie gleichzeitig von mir. Sie verlor das Gleichgewicht, fiel zur Seite und knallte gegen die Wand. Ich richtete mich auf und riss mir das Gummi runter. Wegen der Erektion konnte ich aber keine Veränderungen feststellen. Draußen war es mittlerweile hell und ich drehte mich in Richtung der Jalousien, um besser sehen zu können. Hinter mir hörte ich sie grummeln, doch ich kümmerte mich nur um mich. Verdammt, was war das nur?

Da es sowieso schon viel zu spät beziehungsweise früh am Morgen war, zog ich mich an und wollte gehen. Sie war beleidigt. Als mein Handy klingelte, stürzte ich grußlos zur Tür und verließ fluchtartig ihre Wohnung. Am Telefon war mein bester Freund, der wissen wollte, wie die Nacht mit dem wild entschlossenen Mädel gewesen war. Ich versuchte noch zu dementieren, doch als er hörte, wie die Haustür hinter mir ins Schloss fiel und ich die Treppe runterlief, wusste er, dass ich nicht zu Hause war. Also erzählte ich ihm von dem Sex, aber nicht von meinen Schmerzen. Zu Hause untersuchte ich mich gründlich. Die Eichel war feuerrot und geschwollen, und es pikste ganz grässlich. Ich googlete alles, was mir dazu einfiel, stieß jedoch nur auf ekelige Bilder, die alles nur noch schlimmer machten.

Ich hoffte auf »natürliche Genesung«, weil ich mir nicht vorstellen konnte, zu einem Arzt zu gehen und die Umstände zu erklären. Ich schmorte noch zwei Tage in quälender Ungewissheit, löschte meine pummelige Bekanntschaft aus der Freundesliste bei StudiVZ und dann endlich wurde es langsam besser. Nach drei weiteren Tagen machte ich einen vorsichtigen »Funktionstest« und war sehr erleichtert, dass ich keine bleibenden Schäden davongetragen hatte.

Meinem Penis geht es unverändert gut, etwas jedoch ist von jener Nacht übrig geblieben: die Geschichte von dem notgeilen, pummeligen Emo-Mädchen, die meine Kumpels bei jeder Gelegenheit zum Besten geben.

23. GESCHICHTE

Bettina

Sabine (22), Politikstudentin, Mannheim,
über
Martin (24), VWL-Student, Mannheim,
und
Bettina (22), VWL-Studentin, Mannheim

Ich hatte überhaupt keine Lust auf eine Party mit Martins schicken VWL-Kommilitonen. Und ganz besonders hatte ich keine Lust auf Bettina. Denn die war nicht nur reich, sondern sah auch noch so aus, dass jede normale Frau sich automatisch minderwertig vorkam: klitzeklein, klapperdürr und trotzdem mit riesigen Brüsten. Große Augen, niedliche Stupsnase, kleines Kinn, gebleichte Zähne und blonde, lange Wallehaare. Sie war die perfekte Mischung aus Spielzeug und Trophäe und deswegen konnte ich sie nicht ab. Es war mir egal, ob sie witzig, charmant oder intelligent war. Wenn sie die Uni-Gänge auf ihren hohen Absätzen entlangklapperte, umgab sie eine schillernde Aura weißblonder Unschuld und Männer jeden Alters vergaßen alles um sich herum.

So auch der Mann an meiner Seite. Fragte ich ihn, ob er seinen Blick denn nicht endlich von ihr abwenden könne, stellte er sich dumm.

Um es auf den Punkt zu bringen: Mein Ego und ich legten keinen Wert auf eine Party mit ihr.

Natürlich gingen wir trotzdem. Unser Gastgeber war ein typischer VWLer im Preppy-Look: sandfarbene Hose mit Bügelfalte, Hemd in Hellblau (natürlich gebügelt) und ein dunkelblauer Pulli um die Schultern geknotet. Seine Haare waren ordentlich gekämmt und mit einem akkuraten Seitenscheitel geteilt. Wenigstens schien er ein sehr netter Kerl zu sein.

Irgendwann tauchte dann auch Bettina auf, nachdem Martin, wie ich meinte, knapp eine Stunde ziemlich erfolglos Ausschau nach ihr gehalten hatte. Innerlich war meine Laune bereits auf dem Nullpunkt. Martin grinste breit und gab ihr Küsschen. Ich schätzte derweil, dass die Kinderjeans, in der sie steckte, zusammengenäht nicht mal gereicht hätte, einen meiner Oberschenkel vollständig zu bedecken. Die rosa Bluse, die sie trug, hatte sie bestimmt aus der Babyabteilung! Nur die Handtasche mit dem Emblem einer sehr teuren Lederwarenfirma musste aus einem Erwachsenengeschäft sein und dementsprechend unpassend wirkte sie an ihrem dünnen Unterärmchen.

»Hi«, grüßte sie mich kurz, aber durchaus freundlich. Ich grüßte reserviert zurück und kam mir im nächsten Moment fast ein wenig kindisch vor. Martin glotzte ihr erst auf den nicht vorhandenen Hintern und dann auf die sehr vorhandenen Brüste.

»Irgendwie geht's mir nicht so gut«, sagte ich zu ihm, als sie wieder verschwunden war.

»Echt? Was haste denn?«, fragte er ziemlich unwillig. Offensichtlich passte es ihm nicht, dass wir auf einer Party waren und es mir frecherweise nicht gut ging.

»Ich habe ein bisschen Kopfschmerzen.«

»Kopfschmerzen. Jetzt?«, fragte er ungläubig.

»Ja!«

»Hast du deine Tabletten dabei?«

»Nein. Aber manchmal hilft ja auch Pfefferminztee, ich frage mal diesen Carsten, ob der so etwas dahat.«

»Okay.« Martin blieb ungerührt sitzen und griff nach einer Schüssel mit Tortilla-Chips.

Die nächsten Stunden verbrachte ich mit Teetrinken, während Martin abwechselnd Mixbier und Tequila in sich reinschüttete und die Mischung mit Chips komplettierte. Mir ging es immer schlechter und eigentlich hätte ich nach Hause gehen sollen. Mein Freund wollte davon nichts wissen und empfahl mir stattdessen, unseren Gastgeber zu fragen, ob ich mich in seinem Schlafzimmer etwas hinlegen könnte.

»Geht es dir so schlecht?«, fragte dieser nach meiner zweiten seltsamen Bitte an diesem Abend. Er hatte schon bei meiner Frage nach Pfefferminztee etwas komisch geguckt.

»Ich habe so Kopfschmerzen!«

»Migräne?«, fragte er mitfühlend. »Meine Mutter hat das auch. Das muss ganz scheußlich sein.«

»Auch, ja, aber ich hoffe, es bleibt nur bei den normalen Kopfschmerzen.«

Carsten zeigte mir sein Schlafzimmer und dankbar legte ich mich in den kühlen, dunklen Raum. Ich schlief zuerst auch tatsächlich ein, doch dann wurde ich wieder wach, weil die Schmerzen immer stärker wurden. Lichtblitze zuckten vor meinen geschlossenen Augen und als ich mich bewegte, wurde mir so schlecht, dass ich glaubte, mich übergeben zu müssen. Ich quälte mich aus dem Zimmer, um Martin zu suchen, und das helle Licht im Flur stach mir in die Augen. Mein Freund war nirgendwo zu finden. Nicht im Wohnzimmer, nicht in der Küche oder im Bad. Vielleicht war er ja kurz zum Auto gegangen, um sich neue Zigaretten zu holen.

Schon als ich die Wohnungstür öffnete, hörte ich Geräusche im Hausflur, die von weiter oben kamen. Ohne das Licht anzumachen, schlich ich vorsichtig eine halbe Treppe nach oben und von dort aus sah ich sie: Sie küssten sich nicht, sie aßen sich auf. Martin hatte sie hochgehoben und an die Wand gedrückt.

Selbst in dem spärlichen Licht, das nachts durch die Milchglasfenster des Hausflurs drang, leuchtete ihr helles Haar wie eine Fackel. Martins Jeans und Shorts waren zu seinen Füßen runtergelassen, ihre Jeans lag auf den Fliesen neben ihrer Bluse. Sie war komplett nackt und ihre übergroßen Brüste quollen seitlich von Martins Oberkörper hervor. Die beiden wirkten gar nicht mehr wie zwei Personen, sondern schienen miteinander verschmolzen zu sein. Es war ein wahrlich animalischer Anblick. Ich konnte gar nicht wegschauen. Beide schnauften und stöhnten zwischen schier endlosen Küssen. Martin war wie entfesselt und schien seine Umgebung gar nicht mehr wahrzunehmen. Ich hätte nie gedacht, dass er zu so viel Leidenschaft fähig wäre.

Plötzlich machte es in meinem Verstand klick und eine Stimme sagte: Hör auf zu glotzen, dein Freund vögelt gerade eine andere!

»Martin?«, hauchte ich. Natürlich hörte er mich nicht.

»Martin!« Dieses Mal schrie ich, und zwar so laut, dass irgendjemand im Haus das Treppenlicht anmachte. Die gekrümmte Haltung meines halbnackten Freundes in OP-artiger Beleuchtung, ließ erneut Übelkeit in mir hochkriechen. Martin drehte seinen Kopf in meine Richtung und seine Stimme klang schrecklicherweise total ruhig.

»Ach, Sabine«, sagte er.

»Was soll das?«, kreischte ich.

»Es ist aus«, sagte Martin.

»Was?«

»Es ist aus. Schluss. Mit uns beiden ist Schluss. Würdest du bitte wieder gehen?«

All das sagte er so entspannt, als rede er übers Wetter. Mir wurde ein wenig schwarz vor Augen. Ich taumelte, krallte mich ans Geländer und dann kotzte ich mitten in den Hausflur. Tränen schossen in meine Augen und ich weinte und würgte gleichzeitig.

»Iiihhhh ...«, hörte ich Bettina noch quietschen, bevor ich davonstürzte, zurück in die Wohnung und zurück ins Bett. Ich heulte und gleichzeitig drohte mein Kopf zu explodieren. Dann kam Carsten ins Zimmer.

»Geht es dir schlechter? Soll ich Martin suchen, damit er dich nach Hause fährt?«

»Martin ... Hausflur ... Bettina!«, heulte ich, doch Carsten verstand nicht.

»Ich gucke mal, ob ich ihn finde!« Dann war er weg. Zwei Minuten später war er allerdings schon wieder da.

»Ähm«, stotterte er.

»Ich weiß!«, heulte ich und griff mir an die schmerzende Stirn. »Und mein Kopf tut so weh!«

»So geht das nicht weiter«, sagte Carsten besorgt.

»Ich will nicht mehr ...«, weinte ich, rollte mich in die Decke ein und zog mir das Kissen übers Gesicht. Als ich hervorblinzelte, war Carsten wieder weg. In meinem Kopf hämmerte es immer noch. Mittlerweile waren die Kopfschmerzen zu einem ausgewachsenen Migräneanfall geworden und meine Tabletten lagen zu Hause. Ich versuchte, möglichst regungslos zu liegen und tief und regelmäßig zu atmen. Es half zwar nur bedingt, doch irgendwann schlief ich aus Erschöpfung ein. Ich weiß nicht, wann es war, aber irgendwann berührte mich jemand an der Schulter und ich richtete mich vorsichtig auf. Eine Tablette berührte meinen Mund und jemand drückte mir ein Glas Wasser in die Hand. Ich schluckte, egal was es war, und wenig später wurden die Schmerzen deutlich besser.

Als ich am nächsten Morgen schmerzfrei aufwachte, sah ich das Päckchen Tabletten auf dem Nachttisch.

»Bevor du ins Koma gefallen wärst, bin ich lieber zu einer Apotheke gefahren, die Notdienst hatte. Die Tabletten haben sie mir da empfohlen.« Carsten stand im Zimmer, doch fast hätte ich ihn gar nicht wiedererkannt. Keine Spur mehr von dem Muttersöhnchen-Styling. Stattdessen trug er eine blaue Destroyed-Jeans und ein weißes Shirt. Auf seiner Nase prangte eine ziemlich angesagte Nerd-Brille und seine Haare standen strubbelig in alle Richtungen von seinem Kopf ab. An seinem rechten Handgelenk baumelten ein paar geflochtene braune Lederbänder mit großen Silberschließen.

»Wow!«, rutschte es mir ehrlich angetan heraus. Carsten sah zuerst etwas überrascht an sich herunter, dann grinste er breit. »Oh nee, du hast gedacht, ich sehe immer so aus wie gestern!« Ich nickte und guckte ihn immer noch begeistert an. Verdammt, wieso sah er plötzlich so gut aus?

»Um Himmels willen, nein ... ich musste gestern vor meiner Party noch zu meiner Mutter. Die hatte spontan beschlossen, ihren Geburtstag doch mit 'nem großen Familien-Kaffeetrinken zu feiern, und so kurzfristig konnte ich meine Party nicht mehr absagen. Danach war ich so im Stress, dass ich keine Zeit mehr zum Umziehen hatte, denn es standen schon die ersten Leute vor der Tür!« Er lächelte schief und ich schmolz dahin.

»War ein harter Abend gestern, hm?«, fragte Carsten plötzlich ernst.

Ich nickte und schluckte.

»Was ist mit ... ?« Carsten beendete den Satz wohl absichtlich nicht.

»Mit Martin?«, ergänzte ich. »Tja, er hat Schluss gemacht. Beim Vögeln übrigens ...«

»Beim Vögeln? Er hat mit dir geredet, während er mit ... ?«

»Ja, genau so war's.«

»Okay«, sagte Carsten. »Da hätte ich auch Migräne gekriegt.«

Ich berichtigte ihn nicht weiter bezüglich meiner gestrigen Kopfschmerzen, sondern lächelte ihn einfach nur an. Carsten lächelte liebevoll zurück. Und dann frühstückten wir zusammen.

Carsten und ich sind ein Paar geworden. Seit drei Monaten wohnen wir auch zusammen. Die Sache mit Bettina und Martin hielt nicht lange. Er hat danach ein paarmal bei mir angerufen, aber ich bin gar nicht erst rangegangen.

24. GESCHICHTE

Damenwahl

*Gerrit (22), Meteorologiestudent, Freiburg,
über
Claudio (22), Zahnmedizinstudent, Freiburg,
und
eine Kunstgeschichtsstudentin, Freiburg*

Mein Freund Claudio ist ein echter Aufreißer. Erstsemesterstudentinnen sind seine Lieblingsbeute, weshalb wir uns bevorzugt auf Erstsemester-Partys an der Uni tummeln. Bei ihm ist ganz viel Strategie dahinter, die er auch immer gern ungefragt zum Besten gibt: Er wartet, bis der größte Schwung an Leuten bereits wieder nach Haue gegangen ist, und dann hält er bewusst Ausschau nach Mädels, die sehnsuchtsvoll in irgendwelchen Ecken stehen oder mit denen einfach niemand tanzen will. Optische Ansprüche hat er nicht wirklich, außer sie haben tellergroße Warzen im Gesicht oder 200 Kilo Übergewicht. Er nennt sie »Last Night's Trash«, wobei ich die Bezeichnung nicht wirklich für sinnig halte, aber sie soll wohl auch nur cool klingen.

Ich finde Claudio ein klein wenig zu großkotzig, doch das sage ich ihm nicht. Das wäre unsouverän. Männer untereinander sagen nicht »Hör mal, ich finde es nicht richtig, dass du kleine Mädels abschleppst und sie danach als Müll bezeichnest«. Man klopft dem anderen auf die Schulter und sagt so intelligente Sachen wie »Geil, Alter« oder »Korrekt, Mann«.

Wer Frauen flachlegt, und das sehr regelmäßig, ist einfach ein Typ, dessen vielleicht fragwürdiger Charakter zweitrangig ist. Was zählt, sind die abgeschleppten Frauen. Und an genau so einer ist Claudio schon seit einer Stunde dran. Sie hat hellbraune Haare und einen Pony. Die seltsame Art von bis hinter die Ohren geschnittenem Betty-Page-Pony, die Männer jeden Alters abtörnend finden. Außer Claudio, wie es scheint. Ihr hellblaues Shirt hat Puffärmelchen und spannt etwas über den Resten ihres Babyspecks. Über dem Bund ihrer engen Jeans quillt ein Röllchen hervor, aber dafür hat ihr Dekolleté ganz anständige Ausmaße. Claudio spielt neckisch mit ihren Haaren und sie kichert. Er beugt sich nah zu ihr herunter und sie klimpert mit den Wimpern.

»Erstsemester Kunstgeschichte!«, hatte Claudio mir vorhin triumphierend zugeraunt, als sie mal eben zur Toilette war.

Genervt drehe ich mich weg. Es ist jedes Mal das gleiche Spiel. Er wird sie rumkriegen und wir haben wieder mal Besuch heut Nacht. Na ja, eigentlich hat nur er Besuch und ich liege im Nebenzimmer und versuche, nicht allzu viel hören zu müssen. Es ist schon nach vier und ich gähne verhalten. Dann endlich wollen »wir« los. Claudio, weil er sie endlich so weit hat, und ich, weil sowieso nix mehr los ist. Zu Hause höre ich sie kichern und lachen und ich mache den Fernseher an. Uralt-Serien wie *Das A-Team* aus den Achtzigern sind doch immer wieder ein Highlight.

»Dein Typ wird verlangt.« Claudio platzt in mein Zimmer, ohne anzuklopfen. Er trägt nichts außer einem Gummi aus durchsichtigem Schwarz, was ein bisschen so aussieht, als wäre sein bestes Stück angefault.

»Ey, zieh dir mal was an!«, raunze ich und versuche, ihn nicht noch mal anzugucken.

»Hör zu«, sagt Claudio ungerührt. »Sie will nur, wenn du mitmachst. Also los, hopp hopp!«

»Was?«, frage ich entgeistert.

»Keine Ahnung, was sie vorhat, los komm!«

»Nein.«

»Du musst!« Claudios Stimme hat einen bettelnden, ziemlich notgeilen Tonfall. Er will einen weiteren Schritt in mein Zimmer machen, doch ich hindere ihn mit einem drohenden Blick daran.

»Nur kurz«, sagt er sehr verbindlich. »Wenn es blöd ist, haust du sofort wieder ab.«

Ich denke an sie und ihr Dekolleté und wie sie wohl ohne was aussieht.

»Okay«, brumme ich gnädig und gehe mit Claudio mit.

Das Mädel ist schon total nackt und sitzt am Bettrand. Ihr Busen ist schneeweiß und leider irgendwie teigig. Ich stehe total auf schöne Brüste: knackig, prall und kess. Aber ihre Dinger sind für ihr Alter schon viel zu schlapp und die Brustwarzen sind groß wie Untertassen.

»Hallo«, piepst sie und lächelt sektselig.

»Hallo«, sage ich etwas verhalten und im gleichen Moment ist sie schon übers Bett auf mich zu gekrabbelt und hat mein linkes Ei im Mund. Ganz. Ich bin in der Klemme und meine Knie werden ganz weich. Sie hingegen lutscht und saugt mit wachsender Begeisterung. Claudio starrt uns gebannt an, einen Hauch von Eifersucht im Blick.

Sie umgreift meinen Penis mit der Linken und schiebt die Haut hinauf und hinunter. Okay, sie hat keine Ahnung. Bevor ich sie stoppen kann, ändert sie ihr Programm und stülpt plötzlich ihren Mund über meinen Schwanz. Claudio keucht vor Empörung, doch sie macht unbeirrt weiter, hat die Stirn kraus gezogen und schnauft vor Anstrengung. Mir ist ziemlich klar, dass ich gerade ungeschützten Oralverkehr habe, doch ich kann mich einfach nicht rühren. Sie hat es zwar noch nicht so richtig drauf, doch scharf macht es mich trotzdem. Er steht jedenfalls wie 'ne Eins.

Nun hat Claudio endgültig genug vom Zusehen, denn er krabbelt aufs Bett und will sie wohl ungefragt von hinten nehmen. Er greift nach ihren Hüften, doch sie drängt ihn mühelos weg.

»Hau ab!«, zischt sie.

»Ja aber ...«, stottert Claudio ziemlich überrascht.

»Setz dich irgendwohin und hol dir von mir aus einen runter!«, blafft sie. Claudio trollt sich beleidigt und ich kann nicht anders, als mich ein bisschen über sein dummes Gesicht zu freuen. Was auch immer hier gerade abgeht, mir gefällt's!

Sie zieht mich zu sich aufs Bett und hält mir ein Gummi entgegen. Claudio sitzt auf der Couch und reibt an seinem Schwanz herum, wenn auch nur sehr halbherzig. Er guckt ziemlich angepisst. Sie legt sich flach auf den Bauch und spreizt die Schenkel. Ich schaue auf ihren runden Hintern und das weiche Fleisch zwischen ihren Beinen und will ganz dringend in sie hinein. Sie hilft mir ein bisschen, dann schiebt sie ihre Hand an ihrem Bauch entlang zwischen ihre Beine. Ich spüre, wie sie ihre Muschi reibt, während ich mich in ihr bewege. Claudio auf der Couch schnauft beleidigt wie ein zurückgewiesener Schoßhund.

Dann geht es plötzlich ziemlich ab. Sie biegt sich mir entgegen und seufzt ungeniert laut. In ihr drin ist es total eng und ihre Kontraktionen massieren meinen Schwanz. Claudios Unmut scheint verflogen zu sein, denn er reibt ekstatisch an seinem besten Stück herum. Sie stöhnt und beschleunigt unseren Rhythmus, während sie meinen Schwanz so richtig in die Mangel nimmt. So etwas habe ich noch nie erlebt. Und ich kann deswegen auch nicht mehr lange.

»Jetzt gleich!«, flüstert sie, mehr zu sich selbst als zu mir. Ich werde noch schneller, mein Becken klatscht an ihren Hintern und der wackelt im Takt. Oh Schande, ist das geil. Dann kommt sie. Ihre Muskeln quetschen meinen Schwanz, sie quietscht ganz laut und ihr Körper windet sich. Alles in ihr zuckt und dann komme ich auch. Eine Sekunde später spritze ich gefühlte zweieinhalb Liter ins Gummi. Für Claudio hat es leider nicht gereicht. Sein bestes Stück steht noch und er ist definitiv noch nicht gekommen. Und deshalb ist er jetzt sauer. Er springt auf und kommt zu uns.

»Bin ich jetzt endlich mal dran?«, fragt er, und das nicht gerade freundlich. Das Mädel schiebt mich von sich runter und dreht sich zu ihm.

»Du bist gar nicht dran«, sagt sie total locker.

Claudio guckt, als wollte er das Gehörte nicht glauben. »Moment mal«, setzt er an, doch sie unterbricht ihn ganz gelassen.

»Du, ich war auf *ihn* scharf, nicht auf dich. Da du aber so dermaßen überengagiert warst und er sich gar nicht gerührt hat, bin ich zum Anschein mit dir mitgegangen, nachdem du erzählt hast, dass ihr zusammenwohnt.« Claudio ist so perplex, dass er nichts zu erwidern weiß. Ich grinse endorphin- und testosterontrunken. Das Mädel hüpft vom Bett, klaubt ihre Sachen zusammen und beginnt, sich anzuziehen.

»Aber was wäre gewesen, wenn Gerrit nicht gewollt hätte?«, fragt Claudio dann.

»Dann wäre ich gegangen«, erklärt sie kurz und wirft ihm einen Blick zu, der beweist, dass sie es ganz sicher auch getan hätte. Claudios Adamsapfel hüpft betroffen.

»War sehr nett«, sagt sie zu mir, dann greift sie nach ihrer Jacke.

Wir hören, wie die Wohnungstür im Flur knallt, dann ist sie weg. Plötzlich fällt mir auf, dass ich mitten in Claudios Bett sitze, und das ziemlich nackt. Hektisch springe ich auf, nicke ihm noch mal zu und verschwinde in mein Zimmer. Als ich im Bett liege, lächle ich ins Dunkel. Der arme selbstverliebte Claudio! Wenn das mal kein Denkzettel von einem so gar nicht unschuldigen Mädchen war!

25. GESCHICHTE

Nachhilfe

*Eveline (21), Biologiestudentin, Bochum,
über
Max (25), Mathematiker, Bremen*

Wenn eines so richtig peinlich ist, dann ist es, ein Fach zu studieren, in dem man schon an den Grundlagen zu scheitern droht. Bei mir als angehender Biologin war es so mit der leidigen Mathematik. Unser Dozent war ein gelangweilter Mathematiker, der seit 15 Jahren dazu verdammt war, Naturwissenschaftsstudenten die nötigen Grundlagen zu verklickern. Dementsprechend enthusiastisch war er bei der Sache: Er kritzelte die ganze Tafel voll, sagte dann »Klar!?« und verteilte Hausaufgabenzettel. Diejenigen, die nix kapiert hatten, trauten sich nicht nachzufragen; diejenigen, die sowieso alles wussten, brauchten nicht nachzufragen. Ich gehörte zur ersten Gruppe.

Mein Vater hatte die Idee mit der Nachhilfe. Und erklärte sich netterweise auch gleich bereit, den Spaß zu bezahlen. Mein Freund, der Theaterwissenschaften studierte, war erleichtert, denn er hatte mir auch nicht helfen können.

Ich suchte am Schwarzen Brett nach einer passenden Anzeige und wurde tatsächlich fündig. Ich rief die Nummer an und der Typ und ich verabredeten uns zu einer Probestunde, wie er es nannte. Er hieß Max, war fast mit seinem Mathestudium fertig und hatte eine Apartmentwohnung direkt im Unicenter. Mein

Freund bestand darauf, mich zur ersten Stunde zu bringen, weil er befürchtete, ich würde sonst nicht hingehen.

Das ganze Drama begann, als Max die Tür öffnete. Er war über 1,80 Meter groß, schlank, hatte das kantige Gesicht eines römischen Feldherrn und eine gerade, arrogante Nase.

»Ich gebe nur Einzelunterricht«, sagte er zur Begrüßung. Mein Freund lachte und berichtigte die Situation, während ich in Max' dunkelblauen Augen versank.

»Dein Freund?«, fragte Max, als er die Tür hinter uns geschlossen hatte, und ich nickte nur.

Max erwies sich als geübter und gut organisierter Nachhilfelehrer. Er sah sich die Übungszettel an, erstellte daraufhin Aufgaben, die ich ihm vorrechnen musste, und ich bekam sogar Hausaufgaben auf.

Er konnte gut erklären und ich kapierte bei ihm mehr als in der gesamten Oberstufe. Ob er auch etwas für mich empfand, keine Ahnung. Ich jedenfalls stand jeden Mittwoch mit rasendem Herzen vor seiner Tür. Er hatte so etwas Strenges an sich, so eine Art natürliche Autorität, und ich hätte nie gedacht, dass ich so darauf abfahren würde.

Einmal hatte ich meine Hausaufgaben nicht gemacht, weil ich sie wegen der Geburtstagsfeier einer Freundin vergessen hatte. Max sah mich streng an und ich senkte automatisch den Blick. Jeden anderen hätte ich ausgelacht, doch durch ihn entdeckte ich eine Seite an mir, die ich bis dahin nicht gekannt hatte. Ein paar Nächte zuvor hatte ich geträumt, dass er vor einer Tafel stand und eine Klasse mit Schülern unterrichtete, bis ich schließlich erkannte, dass ich die Tafel war und nackt vor der ganzen Klasse stand. Der Traum hatte mich schockiert und erregt zugleich.

Es war das erste Mal, dass Max mich anfasste. Er griff nach meiner Hand und drückte mir einen Bleistift zwischen Daumen und Zeigefinger.

»Dann machst du die Aufgaben jetzt«, sagte er ruhig. Mir schlug das Herz bis zum Hals. Warum merkte er nicht, dass ich wahnsinnig in ihn verknallt war?

»Ich kann nicht«, flüsterte ich. Jetzt konnte ich mich erst recht nicht mehr konzentrieren.

»Wie geht es deinem Freund?«, fragte er plötzlich.

»Gut ...«, murmelte ich ausweichend.

»Steh auf«, sagte Max und ich stand auf den Füßen, bevor ich wusste, was ich tat. Würde er mich rausschmeißen? Max stellte sich vor mich und sein Blick wanderte über meinen ganzen Körper. Ich sah in sein markantes Gesicht. Hin- und hergerissen zwischen meinem Verlangen nach ihm und meinem Gewissen, wusste ich nicht, was ich tun sollte. Max hob die Hand und streichelte meine Wange, dann griff er nach meinem Kinn. Er zog meinen Kopf zu sich hoch und sah mir lange in die Augen. Wieder wollte ich den Blick senken, doch dieses Mal ließ er mich nicht. Max lächelte.

Als er begann, mir die Bluse aufzuknöpfen, schloss ich die Augen. Max zog mich komplett nackt aus. Ein kühler Windstoß kam durch ein geöffnetes Fenster und meine Brustwarzen zogen sich zusammen. Ich hatte immer noch die Augen geschlossen, als ich merkte, wie er meine Handgelenke hinter meinem Rücken kreuzte und sie mit etwas aus Stoff zusammenknotete. Ich zitterte und traute mich nicht, mich zu bewegen. Ich stand bei einem praktisch Fremden im Zimmer, ließ mich von ihm fesseln und war erregter als je zuvor in meinem Leben.

Als ich die Augen öffnete, stand Max wieder vor mir. Er hob mich mühelos hoch und trug mich zur Küchenzeile. Mit blankem Hintern saß ich kurz darauf auf der Arbeitsplatte und meine Füße baumelten herunter. Max griff in einen Schrank zu meiner Rechten und holte ein Glas Honig heraus. Er tauchte einen Finger hinein, verstrich das süße Zeug auf meinen Lippen und dann küsste er mich. Unsere Lippen klebten aneinander und

Max' Zunge verschwand tief in meinem Mund. Dann tauchte er gleich mehrere Finger in den Honig und bestrich damit meine Brüste, um dann alles ausgiebig abzulecken. Er knabberte an meinen Brustwarzen und ich stöhnte, obwohl es ein klein wenig wehtat. Max verteilte den Honig weiter auf meinem Körper, zuletzt rieb er ihn zwischen meine Beine und ließ dann seine Zunge folgen. Ich hatte die Oberschenkel weit gespreizt und mich nach hinten an die kalten Fliesen gelehnt. Mein ganzer Körper klebte, meine Hände waren immer noch hinten festgebunden und Max hielt meine Oberschenkel mit festem Griff.

Dann war er plötzlich weg. Ich hörte ihn im Bad hantieren und als er wiederkam, war er ebenfalls nackt und hatte ein Kondom über seinem Schwanz. Sein Körper war schön, leicht muskulös und nur wenig behaart. Max zog mich näher an den Rand der Arbeitsplatte und hielt mich fest, während er in mich eindrang. Er küsste mich hart, während sein Becken gegen die Holzverkleidung stieß und meine Muschi an seinem Unterleib rieb.

Er fasste erneut in den Honig und steckte mir zwei Finger in den Mund. Die Hälfte des Honigs rann mein Kinn hinab, die andere Hälfte lutschte ich ab. Max biss in das weiche Fleisch meiner Halsbeuge, während sein Becken einen konstanten Rhythmus hielt. Er zog mich noch näher und ich schloss die Augen. Ich spürte, wie Honig meinen Hals entlanglief. Max leckte das Rinnsal ab, während er mich immer weiter vögelte. Die Stimulation war unbeschreiblich, doch jedes Mal, wenn ich kurz davor war zu kommen, hörte Max auf. Es war antörnend und gemein zugleich. Er schaffte es, mich über eine Stunde hinzuhalten, dann ließ er mich kommen. Gleich danach zog Max mich von der Arbeitsplatte herunter, drückte mich auf die Knie und schob mir seinen immer noch harten Schwanz in den Mund. Mein Rücken und die Hände berührten die Küchenzeile, nach hinten konnte ich also nicht ausweichen. Und zur Seite erst recht nicht. Max hielt meinen Kopf fest und schob sein Becken vor. Wirklich gut Luft bekam ich nicht, doch es machte mich trotzdem an. Max stieß ein paarmal in meinen Mund und dann kam auch er. Er zitterte und ich ebenfalls. Dann griff er nach mir und zog mich hoch. Er küsste mich sehr zärtlich, befreite meine Hände und schickte mich zum Duschen.

Als ich eine halbe Stunde später wieder vor der Haustür stand, war ich immer noch ziemlich durch den Wind. Ungeschminkt und mit zerknitterter Bluse – Max hatte sie dreisterweise zum Fesseln benutzt –, aber mit einem euphorischen Grinsen und einer neu entdeckten Liebe zur Mathematik und ihren Folgen ging ich nach Hause.

Die Mathenachhilfe dehnten wir von diesem Tag an einfach auf zwei Stunden aus. Eine Stunde Unterricht, eine Stunde Sex.

Max und ich hatten ein Verhältnis, bis er ein Semester später mit seinem Studium fertig wurde und für einen Job nach Norddeutschland zog. Er ist nach wie vor der Einzige, mit dem ich so was gemacht habe.

26. GESCHICHTE

Safer Sex

*Florian (23), Jurastudent, Düsseldorf,
über
Katharina (22), Jurastudentin, Düsseldorf*

Katharina, Katharina, Katharina. Ich dachte nur noch an sie. Wie aus dem Nichts war sie zu Beginn des Sommersemesters aufgetaucht. Der Bekannte eines Bekannten wusste zu berichten, dass sie aus München hierhergezogen sei. Ich fand sie perfekt. Und sie war der Grund, warum ich seit nunmehr drei Wochen im Fitnessstudio schwitzte – wenn nichts mehr ging, dachte ich an sie und machte noch mal zehn Wiederholungen.

Wenn ich nachts Arme und Beine nicht mehr bewegen konnte vor Muskelkater, stellte ich sie mir nackt vor: Und plötzlich war der rechte Arm doch wieder zu gebrauchen.

Ich hatte das unglaubliche Glück, dass wir fast alle Kurse zusammen hatten. Sie war nicht nur hübsch, sondern auch schlau, was es für mich nicht unbedingt einfacher machte. Als ich sie dann eines Tages in einem silbernen SLK vorbeibrausen sah, rechnete ich mir endgültig keine Chancen mehr aus.

Ich gab mich weiter meinen Fantasien hin, nahm mir vor, sie unter »unerreichbar« abzuhaken, und irgendwann aufzuwachen und sie blöd zu finden.

Der Plan war gut, doch dann sprach sie mich an.

Es war in einem der Strafrecht-Kurse. Sie kam zu spät, entschuldigte sich nicht, nahm sich einen der Ersatzstühle und setzte sich direkt neben mich. Der Dozent guckte auf ihre hübsche Bluse und beließ es bei einem nachsichtigen Lächeln. Sie beachtete ihn nicht und knallte mir stattdessen ihre überdimensionale Tasche vor die Nase. Dann kramte sie in aller Seelenruhe darin herum, wobei sie sich zu mir herüberlehnte, da ihre Tasche ja auf meiner Seite des Tisches lag. Ich atmete ihr blumiges Parfum ein und wagte es nicht, sie anzuschauen. Schließlich schafften meine Augen es doch noch, unauffällig einen Blick auf ihr Profil zu erhaschen.

Zuerst zog sie ein mit bunten Glitzersteinchen verziertes Handy hervor. Dann folgte ein Mäppchen mit dem Logo einer sehr teuren Firma, aus dem sie einen rosafarbenen Kugelschreiber nahm. An dem Reißverschluss des Mäppchens baumelte eine kleine Katze – ebenfalls mit Glitzersteinchen. Auch ihr DIN-A4-Hefter war rosa, aber ohne Glitzer, dafür war er mit Stoff bezogen, in den silberne Fäden eingewebt waren. Zuletzt zauberte sie ein überdimensionales Brillenetui hervor, das ebenfalls mit einem Markenlogo bedruckt war. Die Brille mit durchsichtigen Kunststoffrändern wirkte sehr zierlich darin.

Sie stand ihr ausgezeichnet.

Katharina klappte ihren Ordner auf und schob ihre Tasche noch weiter in meine Richtung. Abgesehen davon, dass ich Luft für sie war, betrachtete ich mich als Glückspilz. Ich saß neben ihr, nein, besser: *Sie* hatte sich neben *mich* gesetzt!

Ich vergaß, mitzuschreiben. Hätte ich es versucht, wäre es sowieso nicht möglich gewesen, denn ihre Tasche lag ja auf meinem Hefter. Eine gute Viertelstunde war ich wie paralysiert und konnte keinen klaren Gedanken fassen. Was sollte ich tun? Ich wollte sie kennenlernen, unbedingt, doch was bloß sollte ich zu ihr sagen? Mit gängigen Anmach-Sprüchen würde ich kaum Erfolg bei ihr haben, zumal sie wahrscheinlich ziemlich oft angesprochen wurde und jeden einzelnen Spruch schon kannte. Über was sollte ich also reden? Übers Wetter? Über den Kurs? Oder doch lieber einen Frontalangriff mit einem Kompliment für ihr Aussehen wagen?

»Schönes Wetter, hm?«, brabbelte ich los und wollte mir im nächsten Moment schon auf die Zunge beißen. Was redete ich da? Wie sich jedoch zeigte, musste es mir nicht weiter peinlich sein, denn sie drehte nicht mal den Kopf in meine Richtung. Ich guckte also weiter auf ihre überdimensionale Tasche auf meinem Teil des Tisches und starrte ins Nichts. Das Ganze hätte noch gut enden können, wäre der Dozent nicht auf die glorreiche Idee gekommen, mir eine Frage zu stellen. Ich stotterte dummes Zeug, weil ich neben ihr einfach nicht denken konnte. Sie hob daraufhin ungerührt ihr zartes Händchen und beantwortete die Frage mühelos. Ich wünschte mir ein großes Erdloch, in dem ich unauffällig verschwinden könnte. Ich suchte gerade noch verzweifelt den Boden ab, da stupste sie mich an. Ich riss den Kopf hoch.

»Dieses Thema ist mein Spezialgebiet«, sagte sie und lächelte hoheitsvoll.

»Ich blicke da gar nicht durch«, murmelte ich und wurde rot. Sie musterte mich genauer und plötzlich blitzte in ihren Augen so etwas wie Interesse auf. Stand sie etwa auf Trottel?

»Ich könnte dir helfen«, sagte sie schließlich.

»Ach wirklich?«, hauchte ich.

»Ich könnte dir ein bisschen Nachhilfe geben.« Mir wurde heiß und kalt zugleich. Oh ja, bitte, sie durfte mir alles beibringen, was sie wollte! Ich nickte, sie sah mich ein zweites Mal interessiert an und dann lächelte sie.

Und das unmöglich Geglaubte wurde tatsächlich wahr: Wir verabredeten uns zur Nachhilfe und beim zweiten Treffen endete sie in einer ausgedehnten Knutscherei – von ihr ausgehend wohlbemerkt. Beim dritten Mal knutschten wir in ihrem schicken Auto mitten im Uniparkhaus. Ich klemmte mich zwischen Handschuhfach und Sitz und manövrierte mich zwischen ihre Beine. Katharina kicherte, doch als ich an den Knöpfen ihrer Jeans herumfummelte, hörte sie auf zu lachen. Ihre Brüste schauten aus dem heruntergezogenen BH hervor und die Brustwarzen waren gerötet von den Liebkosungen meiner Zunge.

»Was machst du da?«

»Ich könnte dich lecken?«, schlug ich vor.

»Na gut«, sagte sie und hob ihr Becken. Ich zog ihre Hose herunter, dann folgte der String. Gerade als ich den Kopf senken wollte, fing sie an, in ihrer Handtasche zu kramen.

»Warte«, sagte sie energisch. Ich dachte zuerst, es wäre ein Spiel, dass sie darauf stand, die Unnahbare zu spielen. Doch als sie mit einem Tuch vor meinem Gesicht rumwedelte, kam es mir doch komisch vor.

»Kathi, was ist das?«

»Ein Lecktuch!«

»Ein was??«

»Ein Lecktuch!«

»Ich soll daran lecken?«

»Dummerchen«, sagte sie und breitete es über ihrer Muschi aus. »Es ist wie ein Kondom, nur ein bisschen anders. So kannst du mich lecken, dir aber nichts holen, und ich mir auch nichts von dir.«

»Hm.« Vorsichtig leckte ich über das feuchte, kalte Ding. Es schmeckte widerlich.

»Ähm ...«

»Na, klar«, sagte Kathi. »Das hätte ich mir denken können. Frauen sollen an Gummis lutschen, aber wenn es mal andersherum ist ...«

»Kathi, nein, so war das nicht gemeint.«

»Doch!«

»Nein!«

»Jawohl!« Empört zog sie das Tuch von ihrer Muschi und schmiss das zerknüllte Ding in Richtung Fußraum. Es landete auf meinem Rücken.

»Sollen wir dann ohne Lecken weitermachen?«, fragte ich, immer noch ziemlich scharf.

»Vergiss es.«

»Ja, aber ...«

»Wir lassen einen Test machen. Du und ich. Und dann ohne Gummi oder Lecktuch.«

»Gute Idee ...«, murmelte ich etwas deprimiert und zwang meine Erektion wieder in den Keller. Kathi nickte hoheitsvoll, was sie wirklich gut konnte, und ich kam mir mal wieder vor wie ein Volltrottel.

Die Sache mit Kathi und mir ging nicht lange gut. Sie war doch 'ne kleine Zicke. Zu anstrengend. Und zu rosa. Und zu glitzernd. Die Geschichte mit dem Lecktuch erzähle ich aber immer noch sehr gern auf Partys, wenn der allgemeine Promillepegel hoch genug ist.

27. GESCHICHTE

Der Geschmack von Sandburgen

*Anni (23), Geschichtsstudentin, Bochum,
über
Tom (24), Politikstudent, Bochum*

Es gibt Tage, die sind einfach zu schön, um sie in der Bibliothek zu verbringen. Und heute war genau so ein Tag. Der Himmel war wolkenlos, es war noch nicht mal Mittag und schon richtig warm. Ideales Wetter, um im Park zu chillen, Freunde zu treffen oder einfach nur die Sonne zu genießen. Mit Flipflops an den Füßen stand ich an den Uni-Aufzügen und hatte ziemlich miese Laune. Der Grund war eine Hausarbeit in einem Hauptseminar, für die es einfach unmöglich schien, ausreichend Literatur aufzutreiben. Als der Aufzug kam, stieg hinter mir noch ein Typ ein, doch ich schaute nicht mal genau hin. Ich fühlte, wie er mich ansah, doch ich war leider so gar nicht in Flirt-Laune. Ich schaute einmal kurz hoch und lächelte, dann sah ich wieder weg. Wir stiegen auf der gleichen Etage aus und er folgte mir zu den Spinden vor der Bibliothek. Dann war er verschwunden.

Ich saß kaum an einem der langen Arbeitstische, da stand er plötzlich vor mir.

»Anni?«, fragte er. Ich sah überrascht in sein Gesicht. Diese grauen Augen, warum waren sie mir nicht sofort aufgefallen?

Und plötzlich kam alles wieder, die Erinnerungen überschlugen sich: Bilder, Stimmen, eine ganze Kindheit. Wir hatten schon im Sandkasten zusammen gespielt. Und viele Nachmittage im Garten verbracht, Kindergeburtstage gefeiert, Baumhäuser gebaut und im Sommer im Freibad getobt.

»Probier mal«, hatte der vierjährige Tom einmal gesagt und mir einen kleinen Plastiklöffel voller Sand unter die Nase gehalten. Wir hatten in seinem Sandkasten eine überdimensionale Burg gebaut und waren beide ziemlich stolz darauf gewesen. Ich weiß noch, dass ich es ekelig fand, ihn aber nicht enttäuschen wollte.

»Weiß nicht«, murmelte ich, machte aber dann trotzdem todesmutig den Mund auf.

»War nur Quatsch«, sagte Tom daraufhin und drehte den Löffel um. »Sand essen ist doch nur was für Babys.«

Wir beendeten die Grundschule zusammen und wechselten aufs Gymnasium. Ein halbes Jahr später zog er mit seinen Eltern nach Bayern. An unserem letzten gemeinsamen Nachmittag gab er einen aus, indem er uns bei unserem Lieblingskiosk Erdbeerlollis kaufte. Knallrote Lollis mit Brause, rote Münder, synthetischer Fruchtgeschmack und ein kindlicher, klebriger Kuss zum Abschied. Man verspricht, sich zu schreiben, man tut es auch eine Weile, aber dann kommt die Pubertät und das Leben dreht sich so schnell, dass man den anderen doch vergisst.

»Tom?«, fragte ich, obwohl ich es bereits wusste. Mein Gegenüber nickte, griff nach einem Stuhl und setzte sich mir gegenüber.

»Ich wusste es«, sagte er. »Mir ist es eingefallen, als ich oben aus dem Fahrstuhl gestiegen bin.«

»Das ist ja unglaublich«, flüsterte ich. Er sah so gut aus! Blonder Lockenkopf, sportliche Figur, groß. Auf seinen Wangen schimmerten goldige Bartstoppeln.

Ich ließ die Bücher Bücher sein und verbrachte mit Tom den Rest des Tages. Wir redeten, bis wir heiser waren. Nach dem dritten Cocktail in einer Bar gestand er mir, dass er sich als kleiner Junge immer fest vorgenommen hatte, mich mal zu heiraten. Ich wuschelte durch seine blonden Locken, er lachte, und bevor wir wussten, was wir taten, küssten wir uns. Ich erzählte ihm aber nicht, dass ich als kleines Mädchen meinen Vornamen mit seinem Nachnamen in mein Schulheft geschrieben hatte. Damals hatte ich noch an die große Liebe geglaubt. Daran, dass es auf der ganzen großen Welt nur einen einzigen Menschen gab, der für einen bestimmt war. Daran, dass man sich ganz bestimmt finden würde. Und daran, dass man für den Rest des Lebens zusammenbleiben würde.

Tom und ich knutschten, bis der Laden zumachte, dann zogen wir weiter in seine Wohnung, in der er seit einem Semester wohnte. Natürlich landeten wir im Bett. Ich bildete mir ein, dass ich ihn kannte und dass ich mich an den Geruch seiner Haut erinnerte. Und da war etwas Vertrautes. Tom zog mich aus und übersäte meinen ganz Körper mit Küssen. Seine Arme waren muskulös und seine Schultern herrlich breit. Der Junge, den ich vor langer Zeit so etwas wie geliebt hatte, wenn es das unter Kindern gab, war plötzlich ein Mann.

»Du hast mir gefehlt«, murmelte Tom. Er war angetrunken genau wie ich.

»Du mir auch«, erwiderte ich. Tom küsste mich erneut und sein harter Penis drückte sich an meinen Oberschenkel.

»Das ist so irre ...«

»Finde ich auch ...« Tom nestelte an seinen Klamotten, während ich an seinem linken Ohr knabberte. Er seufzte und dann endlich war er ebenfalls nackt.

Wir schliefen miteinander, doch es war kein leidenschaftliches Begehren oder wildes Übereinanderherfallen. Es hatte etwas Träges an sich, was nicht nur an der Hitze lag, die in Toms Wohnung herrschte. Tom war ein guter Liebhaber, er wusste mit dem weiblichen Körper umzugehen, und er war sehr zärtlich.

Aber ich war anfangs nicht so stark erregt, weil alles noch so unwirklich war.

Doch dann reagierte mein Körper plötzlich umso heftiger auf Tom. Ich stöhnte, kratzte seinen nackten Rücken und Tom drang noch tiefer in mich ein.

»Oh, Anni«, flüsterte er nah an meinem Hals. Er leckte an meiner Halsbeuge entlang und ich klammerte die Beine um seine Hüften, um ihn noch tiefer zu spüren.

»Hör nicht auf«, wisperte ich. Wir kamen fast gleichzeitig, Tom nur ein paar Sekunden vor mir. Danach lagen wir Arm in Arm auf seinem Bett und er war so euphorisch wie ich skeptisch. Eigentlich kannten wir uns doch gar nicht mehr. Am nächsten Morgen wachte ich neben ihm auf und fühlte mich fast, als hätte ich einen Kater. Ich ließ ihm einen Zettel da, meine Handynummer hatte er bereits. Wenig später rief er an. Ich ging nicht ran, denn ich brauchte Zeit. Nicht nur für meine Seminararbeit, sondern auch für meine Gefühle. Als er das sechste Mal in Folge anrief, schaltete ich mein Telefon aus.

Tom und ich sind trotzdem ein Paar geworden und jetzt seit zehn Monaten zusammen. Anfangs brauchte ich allerdings Zeit und das sagte ich ihm auch. Tom verstand und ich glaube, das war einer der Gründe, warum ich dann doch an eine Beziehung mit ihm geglaubt habe. Unsere Familien waren jedenfalls ganz aus dem Häuschen. Meine Mutter redet schon von Hochzeit, aber wir lassen es langsam angehen. Schließlich haben wir uns fast 13 Jahre nicht gesehen, da haben wir einiges aufzuholen.

28. GESCHICHTE

Die Gene sind schuld

*Lotta (21), Japanologiestudentin, Düsseldorf,
über
Kai (24), Philosophiestudent, Düsseldorf*

Kai war einfach zu schön, um monogam zu leben. Trotzdem wollte er auf die Annehmlichkeiten, die eine Beziehung mit sich brachte, nicht verzichten. Und ich war blöd genug, mich darauf einzulassen. Ich war zu verschossen in ihn: Der schöne Kai, von dem alle Frauen an der Uni heimlich träumten, zusammen mit mir! Ich war quasi seine »Hauptfrau« und bildete mir darauf auch noch etwas ein.

Das Ergebnis des Ganzen war, dass Kai sich auf jeder Party eine andere suchte, mit der er rummachen konnte. Dass ich nur noch eine Lachnummer für die anderen war, merkte ich zunächst nicht. Kai war intelligent und charmant, ein leidenschaftlicher Philosoph und begnadeter Gitarrenspieler. Ich wollte ihn und schnallte dabei nicht, dass er sich immer nur die Rosinen rauspickte. Wenn es ihm schlecht ging, kuschelten wir, ich hörte mir seine Probleme an und wir verbrachten lange Abende vor dem Fernseher oder im Bett. Hatte er Lust auf Party, gingen wir aus, Kai knutschte mit einer anderen rum und ich ging allein nach Hause.

Der Kragen platzte mir, als Kai mit einer Tussi abzog, obwohl wir vorher vereinbart hatten, zusammen nach Hause zu gehen, weil wir am nächsten Tag einen Ausflug machen wollten.

Heulend fuhr ich nach Hause und verfluchte Kai, meine Schwäche für ihn und meine unendliche Doofheit. Als keine Tränen mehr kamen, fasste ich einen Entschluss. In einer offenen Beziehung, wie Kai es nannte, durften sich beide Seiten amüsieren, oder? Ich war bisher immer nur brav neben ihm her getrottet und hatte gedacht, wenn er sich nur lange genug austobte, würde er irgendwann erkennen, dass ich die einzig Richtige für ihn war. Nun wurde mir klar, dass Kai sich nicht ändern würde, und schon gar nicht, solange er mit mir zusammen war. Ich hatte schon verspielt, als ich seinen Eskapaden zugestimmt hatte. Wie sollte er denn jemals Respekt vor mir haben?

Also beschloss ich, es ihm gleichzutun. Als wir das nächste Mal auf eine Studentenparty gingen, lernte ich einen Typen kennen, den ich ganz süß fand. Da ich nichts zu verlieren hatte, ging ich ziemlich ran.

Kai war mal wieder »kurz die Lage abchecken«, und der Typ und ich verzogen uns in eine der Sitzecken. Wir begannen zu knutschen und der Typ schob eine Hand unter mein Shirt. Er küsste wirklich gut. Ich streichelte über den Bund seiner Hose und über eine Erektion, die ich unter dem Stoff der Jeans ertastete. Der Typ küsste mich weiter und krabbelte mit den Fingern unter meinen Rock. Als er über meinen String strich, presste ich mich an seine Hand.

»Hallo? Was ist denn hier los?«, motzte auf einmal eine empörte Stimme, die mir wohlbekannt war. Kai war wieder da, offensichtlich hatte das Abchecken nichts ergeben.

»Wie, was ist hier los?«, fragte ich und stellte mich absichtlich dumm.

»Was soll das!?«, fragte Kai fassungslos. Ich löste mich von dem Typen und ging auf ihn zu.

»Darf ich dich an unsere offene Beziehung erinnern?«

»Ja, aber!«, stotterte Kai wütend.

»Kein Aber«, erwiderte ich.

»Das kannst du nicht machen, das tut mir weh!«, sagte Kai. »Ich habe Gefühle!«

An diesem Punkt konnte ich nicht mehr und brach in Gelächter aus. »Ich kann das nicht mit dir machen? Aber du mit mir ja? War das der Deal?«

»Nein ...«, stammelte Kai. »Bei Männern ist das anders, es liegt in unseren Genen!«

»Weißt du was, du und deine Gene, ihr könnt mich mal!« Dann drängte ich mich an ihm vorbei und verließ den Laden. Kai rief im Sekundentakt an, doch ich ging nicht mehr ran. Er und seine Gene sollten sich doch 'ne andere Dumme suchen.

29. GESCHICHTE

Gehen oder bleiben?

*Lina (22), Germanistikstudentin, Jena,
über
Sascha (26), Biochemiker, Jena,
und
Niklas (23), Amerikanistikstudent, Jena*

Sascha und ich waren seit fünf Jahren zusammen und unsere Beziehung konnte man wohl als »eingeschlafen« bezeichnen. Wir hatten nur noch selten Sex, auch körperliche Zuwendung wie Kuscheln und Knutschen wurde stetig weniger. Es prickelte nicht nur nicht mehr, es war noch viel schlimmer: Wir lebten einfach nebeneinanderher und ich fühlte mich noch viel zu jung dafür. Mein Freund begründete es mit Stress an der Uni. Sascha hatte vor Kurzem mit seiner Promotion zum Dr. rer. nat. begonnen und ich wusste, dass er ernsthafte Zukunftspläne für uns schmiedete. Mit ein paar Kindern und einem Haus im Grünen.

Meine Gefühle für ihn waren tief und deshalb schmerzte mich die permanente körperliche Zurückweisung. Als Sascha einmal am Tisch fast geschäftsmäßig übers Heiraten sprach, kamen mir die Tränen, und ich schloss mich im Bad ein. Mein Freund verstand nicht und reagierte beleidigt. Der Stress machte ihn aggressiv und immer öfter stritten wir uns wegen Nichtigkeiten. Ich hatte das Gefühl, meine Zukunft wurde durch Sascha bestimmt, der mich als sein Eigentum ansah. Eigentlich hatte ich geglaubt, ihn zu lieben, doch Zweifel nagten sich immer tiefer in meinen Kopf.

Dann lernte ich Niklas kennen, in einem Seminar über englische Literatur aus dem Optionalbereich. Er war das komplette Gegenteil von Sascha. Verrückt, locker und unglaublich sinnlich. Er lebte mehr oder weniger in den Tag hinein, war nur unterwegs und wusste nie, was die nächste Woche bringen würde. Mühelos wickelte er mich mit seinem Charme ein und irgendwann ließ ich mich nach dem Seminar auf einen Kaffee einladen. Wir saßen draußen auf den Campuswiesen und dann küsste er mich ungefragt. Spätestens da hätte ich ihm von Sascha erzählen müssen, doch stattdessen küsste ich ihn zurück.

Eine Woche später taten wir es in seinem Auto, mitten auf dem Uniparkplatz. Niklas hatte mich überredet, mir seinen »total durchoptimierten VW-Bulli« zu zeigen, mit dem er an den Wochenenden oft zum Surfen ans Meer fuhr. Ich ging mit, obwohl ich vorher schon wusste, dass es nicht um das Auto ging. Wir setzten uns in den mit Teppichen ausgelegten Innenraum und eine Minute später küssten wir uns. Eine weitere Minute später lag ich lang ausgestreckt auf dem Teppich und Niklas auf mir drauf. Ich wollte noch aufhören und redete mir ein, dass ich das Ganze gleich abbrechen und ihm alles erklären würde.

Doch ich konnte es nicht. Niklas' Lippen waren überall und mit den Händen strich er über meinen Körper, während er mich fast unmerklich von meinen Klamotten befreite. Ich genoss die Lust, das Prickeln, das Gefühl, begehrt zu werden. Zu lange schon hatte ich darauf verzichtet. Niklas und ich ergänzten uns auf wunderbar harmonische Weise, alles war vertraut und doch neu. Er war ein zärtlicher Liebhaber, der sich sehr gut zurückhalten konnte. Wir ließen es langsam angehen, ich genoss das Gefühl, wie er sich in mir bewegte und wie er mich dabei ansah. Als ich so weit war, dass ich kommen konnte, merkte ich, wie Niklas sich etwas mehr gehen ließ. Er stöhnte, drängte sich noch tiefer und härter in mich hinein. Wir kamen fast gleichzeitig, was bei mir eigentlich nur selten klappt.

Als ich an diesem Abend in die gemeinsame Wohnung zurückkehrte, konnte ich vor Scham kaum geradeaus gucken.

»Du siehst toll aus, du strahlst so!«, sagte Sascha zur Begrüßung.

»Ähm, ja«, stotterte ich, dann stürzte ich ins Bad, um zu duschen. Ich musste ganz dringend mit jemandem reden. So ging das nicht weiter. Ich wusste weder, was ich wollte, noch was ich nicht wollte. Am nächsten Tag rief ich bei einem Freund an, den ich schon seit der Schulzeit kannte. Justus studierte evangelische Theologie und würde bestimmt mal ein ausgezeichneter Pfarrer werden. Irgendwie hatte ich das Gefühl, dass ich bei ihm einen guten Rat bekommen könnte. Justus lud mich direkt für den selben Tag zu sich und seiner Freundin ein. Ich kannte die beiden gut, Sascha und ich trafen uns öfter mit ihnen und wir hatten auch schon zweimal zusammen Silvester gefeiert. Melanie arbeitete noch, deshalb saß ich mit Justus allein in ihrer großzügigen Wohnküche. Zuerst zögerte ich, doch dann erzählte ich ihm alles: dass ich Sascha liebte, aber dass ich zweifelte, ob es mit uns noch lange gutgehen würde. Dass er schon so erwachsen war und ich mir nicht sicher sei, ob ich auch schon reif genug für das wäre, was er plante. Und dass ich ihn betrog. Hauptsächlich, weil ich mich vernachlässigt fühlte, aber auch, weil ich vielleicht eine Möglichkeit suchte auszubrechen. Zum Schluss hatte ich Tränen in den Augen. Justus hörte mir aufmerksam zu, während er beide Hände um einen großen Kaffeebecher gelegt hatte.

»Weißt du«, sagte er dann. »Nur wer zweifelt, kann wirklich glauben. Ich kann dir ein Beispiel von mir selbst liefern: Du glaubst nicht, wie schwierig es in der heutigen Zeit ist, Pfarrer zu sein beziehungsweise zu werden. Erzählst du das irgendwo, halten die Leute dich für einen weltfremden Sonderling und gucken dich komisch an. Wenn sie dann erfahren, dass ich am

Wochenende Motorrad fahre, gern Rockmusik höre und mir als Teenie die Fingernägel schwarz lackiert habe, sind sie ziemlich überrascht. Ich habe mich auch schon oft gefragt, ob es das alles wert ist und ob der Glaube an Gott überhaupt noch aktuell ist. Was ich dir damit sagen will, ist, dass es normal ist zu zweifeln. Nur im Zweifel kannst du das erneuern und vertiefen, an das du glaubst. Ich will dich nicht beeinflussen, dir sagen so oder so – egal für was du dich entscheidest, es wird richtig für dich sein. Ich sage dir nur: Es ist normal zu zweifeln. Und es ist nur natürlich. Und es spricht für deine Beziehung mit Sascha, denn wäre sie dir egal, würdest du nicht so viel darüber nachdenken.«

Ich nickte. »Danke, Justus.« Ich war froh, dass ich es ihm erzählt hatte, ich fühlte mich regelrecht erleichtert.

»Rede mit Sascha, Lina. Wenn er viel zu tun hat, legt bestimmte Zeiten füreinander fest. Sag ihm, dass dir der Sex fehlt. Deine Offenheit wird dir sicherlich Gehör verschaffen.«

»Und soll ich es ihm sagen, das mit Niklas?«

»Das musst du selbst entscheiden«, lächelte Justus verschmitzt. »Ich gebe hier nur Denkanstöße.«

Ich lächelte zurück. »Kann ich verstehen. Danke dir, Justus!«

Als ich später am Abend in unsere Wohnung zurückkam, saß Sascha wieder über seinen Büchern. Ich hatte einen Entschluss gefasst: Ich würde mit ihm reden und dann würde ich entscheiden, wie es mit uns weitergehen sollte. Sascha guckte etwas überrascht, als ich mich auf seinen Schreibtisch setzte, ohne darauf zu achten, ob ich Papiere verknautschte oder Bücher verschob.

»Liebst du mich?«, fragte ich ihn.

»Natürlich«, sagte Sascha prompt. Für meinen Geschmack etwas zu prompt. Als ich nichts erwiderte, wurde sein Blick fragend. »Warum fragst du mich so etwas?«

»Weil ich ...«, druckste ich herum. Sascha sah mir aufmerksam ins Gesicht, nahm dann seine Lesebrille ab und begann, die Gläser mit seinem T-Shirt zu putzen.

»Du fehlst mir«, sagte ich schließlich.

»Wir wohnen zusammen«, erwiderte Sascha etwas ratlos.

»Nein«, sagte ich. »Das meine ich nicht. Du fehlst mir. Du, Sascha, du mein bester Freund. Du, Sascha, mein Vertrauter. Du, Sascha, mein Liebhaber.«

Ich sah, wie er schluckte, und war erleichtert, dass es ihm nicht egal zu sein schien.

»Du arbeitest zu viel«, sagte ich. »Jeder Mensch braucht Pausen. Wir könnten mal wieder zusammen ins Kino gehen oder eine DVD ausleihen. Oder mal essen gehen. Oder einfach nur 'ne Stunde raus, spazieren gehen, egal wie das Wetter ist. Ich will Zeit mit dir verbringen, Zeit, die nur für uns ist. Keine Uni, keine Bücher, keine Doktorarbeit. Und ich will, dass wir regelmäßig miteinander schlafen.«

Ich sah, wie Sascha bei meiner letzten Forderung plötzlich merklich die Ohren spitzte.

»Ach, das willst du mir sagen«, flüsterte er dann.

Mir wurde ganz heiß und ich musste mich zwingen, ruhig nachzufragen: »Was will ich dir sagen?«

»Weißt du«, erwiderte Sascha. »Es gibt gewisse Regeln beim menschlichen Habitus. Ich nenne dir ein Beispiel, das sich dann problemlos auf dein Verhalten übertragen lässt: Demjenigen, den man am besten findet, sagt man immer als Letztes Tschüss, wenn man sich von einer Gruppe verabschiedet.«

»Verstehe«, hauchte ich. Das hatte ich davon, dass ich mit einer Intelligenzbestie zusammen war. Er hatte sofort durchschaut, dass es offenbar um Sex ging und dass ich sehr wahrscheinlich das Gespräch gesucht hatte, weil ich ihm etwas beichten wollte.

»Ich liebe dich«, sagte Sascha. »Und deshalb will ich es nicht wissen. Du hast recht mit dem, was du sagst. Ich will dich nicht verlieren. Nicht wegen so etwas. Oder möchtest du gerade mit mir Schluss machen?«

Ich schüttelte den Kopf und gleichzeitig fiel eine zentnerschwere Last von mir ab. Er wollte mich nicht verlieren. Wir würden das hinkriegen. Ich beugte mich zu ihm rüber und küsste ihn sanft auf den Mund. Als ich mich wieder von ihm löste, sah ich, dass er, mein Freund, der sachliche Naturwissenschaftler, ganz feuchte Augen hatte. Und plötzlich war Niklas ganz weit weg.

30. GESCHICHTE

Die Zahnspange

*Stefan (22), Geografiestudent, Münster,
über
Tanja (22), Geografiestudentin, Bonn*

Tanja war eine süße Blondine und wir hatten seit zwei Wochen ein Seminar zusammen. Als sie das erste Mal in meiner Gegenwart lachte und ihre feste Zahnspange blitzte, musste ich wohl recht komisch geguckt haben. War das nicht nur etwas für pubertierende Teenies? Doch sie ging so locker damit um, dass bald niemand mehr darauf achtete. So ganz heimlich fand ich es auch irgendwie niedlich. Ich stehe nicht unbedingt auf »Schulmädchen-Erotik«, aber sie war klein und schlank, mit einer Vorliebe für Blusen mit Bubikragen und bunte Ballerinas, und irgendwie machte mich dieses Gesamtpaket ziemlich an. Wir warfen uns heiße Blicke zu und es sprühte Funken.

An einem verregneten Herbsttag brummte mein Handy während des Unterrichts kurz in meiner Hosentasche. Die SMS war von Tanja, mit der ich zwar heftig flirtete, aber noch nicht wirklich weitergekommen war. »In fünf Minuten auf dem Herrenklo«, stand da. Ich schluckte und nickte ihr dann fast unmerklich zu. Sie zwinkerte zurück. Kurz darauf verließ ich den Kursraum. Die Herrentoilette war leer und es roch nach Desinfektionsmittel. Ungeduldig wanderte ich an den Waschbecken entlang und trommelte gleichzeitig mit den Fingerspitzen auf dem harten Stoff meiner Jeans herum. Dann endlich ging die Tür auf.

»Komm, wir verziehen uns in eine Kabine!«, sagte Tanja und zog mich einfach hinter sich her. Dann machte sie die Tür zu und legte den Riegel um.

»Ich habe jetzt echt keine Geduld mehr«, sagte sie.

»Hm?«

»Du kriegst es einfach nicht hin, oder?«

»Ähm ... na ja ... ist nicht so einfach ...«

»Nein, ist es. Du stehst auf mich, ich steh auf dich.«

»Ja, stimmt eigentlich.«

»Kriegst du es jetzt hin?«

»Hm?«

»Vergiss es ...« Tanja zog meinen Kopf zu sich herunter und dann küssten wir uns. Das Ganze artete ziemlich schnell aus, genau genommen damit, dass Tanja meine Hose öffnete und an meinem Schwanz zu lutschen begann. Ich vergaß den Kurs und die Typen, die nebenan mit den Klotüren klapperten oder sich die Hände wuschen. Tanja hatte es echt drauf.

Wir waren gerade wieder ganz allein und ich war schon kurz davor zu kommen, da geschah ein fürchterliches Missgeschick. Schuld war die Zahnspange. Tanja blieb wohl mit einem der vielen Drähtchen an meiner Vorhaut hängen und ein stechender Schmerz schien mir den gesamten Unterbauch zu zerreißen. Blut schoss hervor, ich kreischte ziemlich unmännlich und Tanja hing immer noch fest. Ich spürte, wie es mir warm den Hodensack entlanglief.

»Oh verdammt«, schluchzte Tanja, bewegte dabei den Mund und ich ächzte erneut vor Schmerz. Panik machte sich in mir breit.

»Scheiße! Scheiße! Scheiße!«, flüsterte ich und schaute auf meinen Schwanz, der an Tanjas Spange festhing. Ihr Mund war blutverschmiert und sie sah schockiert aus. Vorsichtig tastete sie nach der Unglücksstelle, um sich irgendwie loszumachen.

»Fass nichts an!«, schrie ich.
»Ich hänge fest!«
»Autsch! Nicht bewegen!«
»Oh Gott!«
»Au! Es hört einfach nicht auf zu bluten!« Es half nichts, ich würde um Hilfe rufen müssen. Ich entriegelte die Kabine und brüllte in den Vorraum. Nichts rührte sich. Tanja kniete immer noch vor mir, meinen mittlerweile erschlafften Schwanz im Mund.

»Hilfe, ich verblute!«, brüllte ich aus Leibeskräften. Tanja unter mir hielt sich die Ohren zu und stützte sich dann mit den Händen am Türrahmen ab. Und dann endlich kam jemand: Es war unsere Kursleiterin, dicht gefolgt von unseren Kommilitonen. In diesem Moment hätte ich es doch fast vorgezogen zu verbluten.

Klar, dass dieser Vorfall sich wie ein Lauffeuer in der Uni verbreitete. Der gesamte Kurs bog sich vor Lachen, während unsere Kursleiterin den Notarzt rief, der sich wiederum auch nur mühsam ein Grinsen verkneifen konnte. Man trennte uns noch vor Ort, stillte die Blutung und im Krankenhaus flickte man mich professionell wieder zusammen. Alles mit örtlicher Betäubung, zum Glück. Tanja flüchtete blutverschmiert und heulend. Sie kam nie wieder an die Uni zurück. Durch Studi-VZ weiß ich, dass sie nach Bonn gewechselt hat, aber ihr mal zu schreiben, habe ich mich noch nicht getraut.

31. GESCHICHTE

Mein Freund ist ein Gänseblümchen

*Alison (23), Amerikanistikstudentin, Münster,
über
Till (22), Bioinformatikstudent, Münster*

Till und ich lernten uns in der Unibibliothek kennen. Ich riss hektisch eine der ewig klemmenden Spindtüren auf und haute sie ihm mitten an den Kopf. Er nahm es mir nicht übel, lud mich stattdessen auf einen Eistee ein und ich war mir sicher, den einzigen Mann der Welt vor mir zu haben, der auch noch mit lädiertem Gesicht so fabelhaft aussah. Wir dateten ein paarmal und ich war mehr und mehr entzückt von ihm: Er war so einfühlsam, ließ es langsam angehen und behandelte mich mit viel Respekt.

Dann verreisten meine Eltern für drei Wochen zu Verwandten in die USA. Ich wäre gern mitgefahren, aber leider war es mitten im Semester. Till und ich verbrachten gleich den ersten Abend im Haus meiner Eltern, das ich während ihrer Abwesenheit beaufsichtigen sollte. Ich hielt es vor Spannung kaum noch aus: Ich war ungeduldig, denn ich wollte es endlich mit ihm tun, doch er wimmelte mich immer wieder ab, sagte, wir sollten uns Zeit lassen, uns besser kennenlernen.

Klar, ist man als Frau genervt von Typen, die einen gleich nach dem zweiten Date flachlegen wollen, aber zu viel Zurückhaltung kann mindestens genauso ätzend sein. Ich fuhr also sämtliche Geschütze auf, und siehe da, es klappte: Endlich landeten wir im Bett.

So aufregend, sinnlich und sexy, wie ich es mir ausgemalt hatte, wurde es leider nicht. Till bestand darauf, mich mindestens eine halbe Stunde zu lecken, da die weibliche Erregungskurve viel langsamer anstiege als die männliche. Spätestens nach einer Viertelstunde war ich genervt, nach zwanzig Minuten nicht mehr angetörnt und nach dreißig Minuten stocksauer. Till beachtete meine sinkende Laune nicht und schlabberte weiter zwischen meinen Beinen herum. Ich zählte in Gedanken die Anzahl meiner Winterschuhe durch.

Als er endlich von mir abließ, rollte ich mich erst mal auf einen trockenen Teil der Decke und bedachte ihn mit einem bösen Blick. Till kapierte nichts. Stattdessen wollte er mich nun ausgiebig massieren. Ich knurrte ihn an, er solle gefälligst zum Erwachsenenprogramm wechseln, was er mit einem leicht beleidigten Kopfnicken hinnahm. Er streichelte übervorsichtig meine Brüste, küsste mal hier, mal da, ebenfalls nur sehr zaghaft, und streichelte meine Haare. Wortlos hielt ich ihm ein Gummi entgegen, damit es endlich losging, bevor ich die ersten grauen Haare hatte. Als er schließlich so weit war, hatte ich das Gefühl, er traute sich nicht wirklich. Ich beendete sein Zaudern, indem ich nach seinen Hinterbacken griff, ihn nah an mich heranzog und seinen Schwanz zwischen meine Beine manövrierte.

»Aber Moment ...«, keuchte der überraschte Till.

»Keinen Moment mehr«, erwiderte ich. Ich bog mich ihm entgegen und legte direkt einen ziemlich heftigen Rhythmus vor. Till brummte etwas Unverständliches, kam leider einfach nicht und nachher hatte ich das Gefühl, er wäre sehr unzufrieden. Ich allerdings auch.

Wir schliefen nebeneinander ein, ohne weiter darüber zu reden. Am nächsten Morgen wirbelte ich durchs Haus, es gab jede Menge zu tun: Rollläden hochziehen, Briefkasten leeren, Spülmaschine anstellen, Müll rausbringen, Betten machen, Couchtisch abräumen, duschen, frühstücken und dann Haus abschließen, damit wir loskonnten.

Till stand im Bad und zupfte an seiner Frisur, bis ich mit allem fertig war, dann setzte er sich an den gedeckten Frühstückstisch. Ich verbuchte sein Benehmen unter »Eingewöhnen« und wartete den nächsten Morgen ab – der einer Nacht ohne Sex folgte. Dieses Mal machte er sich fertig und knuddelte danach unsere Katze. Als ich ihn nach dem Frühstück fragte, ob er mir helfen könne, hob er die Schultern, was ich als Zusage wertete. Ich bat ihn, im Haus alle Fenster zu schließen, damit wir zur Uni aufbrechen konnten. Till verschwand und als wir später vor der Garage standen, sah ich, dass das Küchenfenster offen stand. Till tat den fragenden Blick meinerseits wieder mit einem Schulterzucken ab.

Ich fragte ihn, ob er Lust hatte, mich in meinem Auto zur Uni zu chauffieren, und er stimmte zu. Es war schlimmer, als ich es mir jemals hätte vorstellen können. Till fuhr wie ein Rentner, und selbst das war noch eine Beleidigung für alle Rentner. Wenn er um eine Kurve fuhr, bremste er vorher auf quasi null km/h ab, würgte den ersten Gang rein, nur um dann wieder nach dem Schleifpunkt zu suchen, um anzufahren. In einem Kreisverkehr schaffte er es, sich nicht nur einmal die Vorfahrt nehmen zu lassen, sondern gleich zweimal. Bei jeder roten Ampel bremste er gefühlte drei Kilometer vorher auf 15 km/h ab und brachte damit nicht nur mich, sondern auch die Verkehrsteilnehmer hinter uns zum Kochen. In den Kurven fuhr er außerdem stets in den Gegenverkehr – ich wusste nicht, ob er zu faul war, das Lenkrad zu bewegen oder ob es einfach sein Fahrstil war. Die Krönung war aber das Einparken: Till rammte fast das Fahrzeug zu seiner Linken, dann musste er dreimal zurücksetzen und das alles nur, um vorwärts einzuparken! Ich flüchtete traumatisiert.

Am Nachmittag musste ich die Blumen auf der Terrasse gießen und Till sollte mir helfen. Er saute erst alle Fliesen mit seinen lehmigen Schuhen voll und war dann noch zu blöd, ein paar Pflanzen zu wässern. Einige Blumentöpfe liefen über vor Wasser, andere waren nicht mal ansatzweise nass. Statt der Rosen im Beet goss er die Tannen, die nun wirklich gar kein Wasser brauchten. Entweder er stellte sich absichtlich doof oder er war tatsächlich so »daneben«. Als ich kochte, saß Till wieder in der Küche, dachte nicht daran, mir zu helfen, sondern zupfte wieder an seiner Frisur herum und laberte: »Du siehst toll aus, wenn du kochst, ich gucke dir so gerne zu.«

Der Anfang vom Ende hatte längst begonnen, da wollten wir ein zweites Mal miteinander schlafen. Till wollte wieder mit seiner Erst-leck-ich-dich-taub-und-dann-massier-ich-dich-bis-du-ins-Koma-fällst-Nummer kommen, doch dieses Mal war ich vorbereitet.

»Sei nicht so nett zu mir!«, sagte ich, als er schon an meinem Höschen zupfen wollte.

»Aber ... ähm«, stotterte Till, behielt meine Unterhose allerdings fest im Griff. So schnell würde er nicht aufgeben. »Nett? Wie meinst du das?«

»Sex, ich meine Sex. Verstehst du? Sex ist nicht nett!«

»Ach so ...«, sagte Till und ließ mein Höschen dann doch los.

»Fass mich doch mal richtig an!«, forderte ich, griff nach seiner Hand und presste sie auf meine linke Pobacke. Till machte sich unwillig los und schaute brüskiert. »Das ist ja grob, so etwas ist respektlos!«

»Nein! Das ist leidenschaftlich! Begehrend! Wahnsinnig nach einander sein!«

»Hm«, machte Till und schob beide Hände sicherheitshalber unter die Decke. Ich war fassungslos. Klar, hätte es mir komisch vorkommen müssen, dass so ein hübscher Kerl wie er Single war. Doch natürlich hatte ich nicht damit gerechnet, dass er, sagen wir mal, etwas wunderlich war, sondern hatte gehofft, dass er nur auf die Richtige wartete. Wunschdenken – eine fatale Angelegenheit.

Was hätte ich in diesem Moment für einen richtigen Kerl gegeben. Einen, der beim Sex zupackt, der morgens die Rollos hochzieht, statt mir traumverloren dabei zuzusehen. Der mir auf den Hintern haut, wenn ich den Müll rausbringe, und der schon mal die Kartoffeln zurück in den Keller schleppt, während ich koche. Und der einigermaßen souverän Auto fährt. Kerle, die sich die Butter vom Brot nehmen lassen, sind leider total unsexy, egal, wie gut sie aussehen.

Ich schmiss Till am nächsten Morgen raus, nachdem ich mal wieder allein die Rollläden hochgezogen hatte.

32. GESCHICHTE

Boring Rockstar

*Mia (20), Sonderpädagogikstudentin, Köln,
über
Erik (24), Psychologiestudent, Köln,
und
Viktor (22), Fahrzeugtechnikstudent, Köln*

Die Jungs von StepTripFall waren die angesagteste Uni-Band in Köln. Zu ihr Konzerten kamen immer mehr Leute, als eigentlich in den Laden passten, und an der Uni waren alle Bandmitglieder bekannt wie bunte Hunde. Bekannt vor allem für ihre Wirkung auf Frauen und ihre orgiastischen Partys, die denen der Stones wohl nicht ihn vielem nachstanden.

Auch ich war Fan, ganz besonders von dem zum Niederknien gut aussehenden Gitarristen Erik mit seinen wilden langen Haaren, dem traurigen Blick und der Wahnsinnsfigur. Ich wollte ihn unbedingt kennenlernen. Vielleicht, dachte ich, bekäme ich eine Chance, wenn ich bei ihrem nächsten Konzert einfach viel früher erscheinen würde. Das Ganze entpuppte sich leider als Reinfall: Der Laden war total leer, ein Typ wischte die Tanzfläche und die Musiker waren bereits mit dem Soundcheck fertig und noch mal unterwegs, um etwas zu essen.

Ich war kaum eine halbe Stunde da, da trudelten schon die nächsten Fans eins. Offensichtlich war ich nicht die Einzige mit der fixen Idee, einen der Jungs kennenzulernen. Die Mädels waren zu viert, alle im Schnitt fünf Kilo leichter als ich und auch fünf Zentimeter größer, und sahen aus wie Rockstarmodels in ihren hautengen Leggings, halbdurchsichtigen Longshirts und mit ihren hochtoupierten Haaren. Ich sah ihnen zu, wie sie ständig ihr Make-up kontrollierten, und fühlte mich plötzlich als Modell »Naturschönheit«. Der Typ, der ganz offensichtlich die Aufgabe hatte, den Laden in Ordnung zu bringen, schaute ein paarmal zu mir rüber. Ich guckte gleichgültig zurück. Okay, er war auch ganz süß, aber wer wollte schon jemanden, der Tanzflächen putzte? Ich jedenfalls wollte einen Musiker.

Weil mir so langweilig war, holte ich mir etwas zu trinken. Ich saß kaum wieder, da stand der Typ vor mir.

»Hi«, sagte er.

»Hi«, sagte ich zurück.

»Gehörst du zur Band oder warum bist du so früh da?«

Ich ließ die Schultern hängen. Fragt man so was eigentlich, ist das nicht unhöflich? Ich sah ihn mir genauer an. Sein Gesicht war hübsch, aber auf eine liebe, jungenhafte Art. Und sein Ringelshirt trug ebenfalls nicht zu einer coolen männlichen Erscheinung bei. Außerdem war an ihm eindeutig zu wenig dran: Seine Röhrenjeans rutschte, sodass man den Bund seiner schwarzen Shorts erkennen konnte.

»Du, ich will einfach nur hier sitzen«, sagte ich abweisend. Er zuckte mit den Schultern und zog wortlos wieder ab.

Ich musste noch zwei Stunden warten, aber dann ging es endlich los. Mittlerweile war der Laden rappelvoll. Hauptsächlich Frauen, wohlbemerkt.

Das Konzert war einfach super. Die ganze Band bestand aus geborenen Entertainern. Und Erik sah so gut aus! Als er ein Gitarrensolo hatte, kreischte der ganze Laden. Ich wurde durch die schubsende Menge immer weiter abgedrängt, doch ich kämpfte mich wieder nach vorn. Ich versuchte, Erik anzulächeln, doch er sah es wohl nicht.

Nach dem Konzert kamen die Jungs nicht mehr raus. Ich war ziemlich enttäuscht. Die Menge begann sich aufzulösen. Hinter mir hörte ich Mädchen diskutieren, in welche Läden die Jungs nach ihren Konzerten immer gingen und ob es sich lohnen würde, diese gleich noch abzuklappern. Na toll.

Ich guckte die leere Bühne an und plötzlich stand der Typ von vorhin neben mir. Dieses Mal hatte er keinen Wischmopp, sondern einen Besen dabei.

»Willst du backstage?«, fragte er.

Ich sah ihn an wie ein Auto. »Sag das noch mal.«

»Willst du backstage?«

»Wie soll das gehen?«

»Ich arbeite hier? Ich kann überallhin. Ich bring dich.«

»Echt?«

»Ja, echt.«

»Wow ... cool! Danke!«

Der Typ nickte nur und bedeutete mir zu folgen. Mit klopfendem Herzen lief ich hinter ihm her, bis er eine verrostete Stahltür aufmachte und mir blauer Rauch ins Gesicht stieg. Der Backstagebereich! Er war klein, überladen mit Möbeln und wahnsinnig verraucht. Die Jungs hingen auf Couchen herum, tranken und aßen die bereitgestellten Snacks.

»Ah, Frischfleisch!«, lachte der Drummer, als er mich sah. Der Typ, der mich hergebracht hatte, warf mir einen Du-hast-es-ja-so-gewollt-Blick zu, dann verschwand er.

»Na, wie heißt du denn?«

»Mia«, sagte ich schüchtern und fühlte mich plötzlich gar nicht mehr wohl. Der Drummer sah mich an, als wäre ich nackt. Ich verschränkte die Arme vor der Brust. Ein paar Mädels, die in der Sitzecke saßen, warfen mir komische Blicke zu. Ich machte einen Schritt auf Erik zu, endlich würde ich ihn kennenlernen!

»Hi«, sagte ich und aus der Mädelsecke wurde gekichert.

»Was geht«, sagte Erik und sah mich nicht mal an. Was sollte ich darauf antworten? Es hatte noch nicht mal wie eine Frage geklungen.

»Wie war der Auftritt?«, fragte ich, traute mich natürlich nicht, mich neben ihn zu setzen, und blieb folglich stehen.

»Weiß nicht, war nicht dabei«, erwiderte er und der ganze Raum lachte. Ich wurde rot.

»Okay ...«, lächelte ich und versuchte, über den Witz genauso amüsiert zu sein wie der Rest der Meute.

»Komm mit«, sagte Erik plötzlich, sprang auf und zog mich hinter sich her. Ich, völlig überrumpelt, ließ mich aufs Herrenklo mitzerren.

»Ficken oder blasen?«, fragte Erik gelangweilt.

»Was?«, hauchte ich.

»Oder bist du eine von der Zeitung oder so?«

»Was? Nein. Ich ...«

»Aha, also doch. Entscheide dich, wir wollen gleich weiter.«

»Weiter?«

»Wenn du weiter so fragst, gehe ich. Ja oder nein, hü oder hott, aber bitte keine Blümchen-rühr-mich-nicht-an-Nummer, darauf stehe ich nicht.«

Ich sah Erik an, sein abweisendes, gleichgültiges Gesicht, und meine romantische Seifenblase zerplatzte mit einem lauten Plopp. Der Typ war ein *Arschloch*, ein arrogantes, selbstverliebtes Stück, und ich war ein dummes, kleines Huhn, das von Liebe auf den ersten Blick geträumt hatte. Ich tat das einzig Richtige: Ich ließ ihn stehen und flüchtete. Als ich verstört und mit Tränen in den Augen wieder zurück über die Tanzfläche lief, war der Typ plötzlich wieder da.

»Lass mich«, sagte ich und wollte ihn wegschubsen.

»Warte doch mal!«

»Du hast es gewusst!«, blaffte ich ihn an. »Du hast mich da reingeschickt und wusstest, wie es abläuft.«

Der Typ zuckte mal wieder die Schultern. »Die spielen ja nicht zum ersten Mal hier.«

»Du blödes Arsch ...!«, wollte ich losschimpfen, da baute er sich entschlossen vor mir auf.

»Woher sollte ich wissen, dass du nicht genau *das* wolltest? Bin ich Hellseher?? Alles, was ich weiß, ist, dass du stundenlang hier gewartet und sehnsüchtig die Bühne angestarrt hast! Da kann einem schon der Verdacht kommen, dass du ein wild entschlossenes Groupie bist!«

Er hatte natürlich recht mit allem, was er sagte. Ungewollt stiegen erneut Tränen in meine Augen, während seine Worte in meinem Kopf nachhallten.

»Ach, nicht weinen«, sagte er plötzlich sehr sanft. »Komm, ich besorge dir 'nen warmen Kakao und dann wird alles wieder gut. Tut mir auch leid, ich hätte dich warnen sollen.«

Er fasste mich vorsichtig am Arm, brachte mich zu einem kleinen Tisch und verschwand. Zwei Minuten später hatte er zwei Tassen Kakao geholt und ließ sich mir gegenüber nieder.

»Ich bin übrigens Viktor«, sagte er. »Wie heißt du?«

»Mia«, sagte ich kleinlaut. »Danke für den Kakao.«

»Ach, kein Problem, gerne.«

»Arbeitest du immer hier?«, fragte ich vorsichtig.

»Ich bin hier Mädchen für alles«, grinste er.

»Und kann man davon leben?«

Viktor lachte und lehnte sich zurück. »Es reicht fürs Studium.«

»Ach, du studierst?«, hakte ich interessiert nach.

»Ja, Fahrzeugtechnik, hier an der FH.«

»Ach so. Das klingt sehr ... äh ... technisch?«

»Joa, könnte man so sagen!«

Ich sah ihn erneut an. Sein Gesicht war wirklich hübsch, er war groß und eigentlich hätte er modeln können. Und plötzlich fand ich sein enges Ringelshirt nicht mehr kindisch, sondern irgendwie sexy.

»Und spielst du auch ein Instrument?«, fragte ich.

»Oh ... ähm ... na ja ... Schlagzeug. Ich versuche es zumindest!«, lachte Viktor. Ich lächelte ihn immer noch an.

»Was ist?«, fragte Viktor.

»Nichts«, lächelte ich.

»Ja, ich find dich auch gut«, grinste Viktor. Und ich lachte.

Viktor und ich sind seit vier Monaten zusammen. Und ich bin immer noch sehr froh, dass ich damals auf dieses Konzert gegangen bin, denn sonst hätte ich ihn vielleicht nie kennengelernt. Manchmal lohnt sich nämlich tatsächlich ein zweiter Blick.

33. GESCHICHTE

Ein unmoralischer Vorschlag

*Anja (26), Wissenschaftliche Mitarbeiterin, Halle,
über
Matthias (22), Medizinstudent, Halle*

Die Spitze der glänzenden kleinen Klinge sauste zielsicher herab. Sie bohrte sich durch die Subkutis wie durch Butter und sofort quoll ein rubinroter Tropfen hervor.

»Aua! Mensch Alter, du sollst mir nicht den Finger perforieren. Ein Piks hätte gereicht!«

»Das war ein Piks!«

»Nein, das war kein Piks. Das war schon fast eine Biopsie. Sorry, aber deine zukünftigen Patienten tun mir jetzt schon leid!«

»Hey, pass mal auf, wenn du dich anstellst wie ein Mädchen, kann ich auch nix dafür.«

»Guck dir meinen Finger an, das hört gar nicht mehr auf!«

»Es ist noch nicht mal ein Tropfen.«

»Es tut total weh!«

»In der Fingerbeere enden unzählige Nerven, natürlich tut das weh.«

»Und wenn du das so genau weißt, warum haust du mir die Lanzette durch bis auf den verdammten Nagel? Guck dir das an!«

»Das habe ich gar nicht …!«

»Gibt's Probleme, die Herren?« Mediziner im zweiten Semester waren mir die Liebsten. Am Lehrstuhl nannten wir sie liebevoll Frischlinge.

»Oh, ähh ...«, sagte der eine.

»Hm, nö«, der andere.

»Wie schön«, sagte ich und ging weiter meine Runde machen. Am Ende des Kurses korrigierte ich noch schnell die Antestatbögen. Ich war sehr zufrieden, nur eine Person war durchgefallen, und zwar weil wirklich alles, was sie da hingekritzelt hatte, fachlicher Nonsens war.

»Matthias Wenning?«, rief ich in die Runde.

»Ja?«, kam es von irgendwoher zurück.

»Kommen Sie mal zu mir«, bat ich, ohne von den Bögen aufzusehen. Erst als jemand den Stuhl vor meinem Pult rückte, sah ich hoch. Es war einer der zimperlichen Herren von vorhin.

»Was sollte das werden?«, fragte ich und hielt ihm sein Machwerk unter die Nase.

»Ich hatte wohl einen Blackout«, sagte er unbeeindruckt und lächelte übertrieben charmant. Ich kontrollierte die Kursunterlagen.

»Sie sind schon drei Mal durch ein Testat gefallen, das ist nun das vierte Mal. Das heißt für Sie an dieser Stelle ›Ende‹ und Sie müssen den Kurs nächstes Semester wiederholen.«

»Oh«, sagte er und schaute mich aus sehnsuchtsvollen Augen an. »Können wir da denn gar nichts machen?«

»Wir schon gar nicht«, erwiderte ich trocken. »Sie sind nämlich offiziell gar nicht mehr dabei.«

»Hm«, machte er und schien zu überlegen. »Wissen Sie, mein Vater ist Chef der Radiologie hier am Uniklinikum, er wäre sicherlich sehr ärgerlich deswegen.«

»Das müssen Sie dann wohl mit Ihrem Vater klären«, sagte ich.

»Aber vielleicht ... vielleicht könnte ich mir etwas überlegen ... um das Antestat doch noch zu bestehen?«

»Sie wollen einen wissenschaftlichen Essay schreiben?«

»Och ...«, erwiderte er. »Ja, vielleicht.« Er lehnte sich zu mir herüber und sah mir unverschämt tief in die Augen. »Aber vielleicht überlege ich mir auch noch etwas anderes.«

»Nur zu«, sagte ich und stand entschlossen auf. »Lassen Sie sich etwas einfallen, dann sehen wir weiter.«

»Ich schicke Ihnen meinen Vorschlag per Mail, wenn das in Ordnung ist?«

»Sicher. Meine Institutsadresse haben Sie ja alle.«

»Danke«, hauchte er und besaß tatsächlich die Frechheit, mir zuzuzwinkern. Was erlaubte der sich eigentlich?

Am übernächsten Tag hatte ich eine E-Mail von ihm. Angehängt war offensichtlich ein Foto. Überrascht öffnete ich es, ohne den Text der Mail vorher zu lesen. In 1200 x 800 Pixel sprang mir ein nackter Penis entgegen. Dazu, etwas kleiner, weil weiter oben, das lächelnde Gesicht von besagtem Matthias. Offenbar hielt er mit einer Hand sein bestes Stück in Position, während er mit der anderen sich selbst fotografiert hatte. Ziemlich benommen schaffte ich es, dieses unsägliche Bild zu schließen und mich dem Text der E-Mail zu widmen.

»Wie sieht's aus?«, stand da. »Tausche diese Tatsachen gegen bestandenes Testat. Zeit und Ort legen Sie fest.«

Zuerst verstand ich nicht, dann löschte ich die komplette E-Mail und wankte zur Institutsküche, um mir einen Beruhigungstee zu kochen. Als ich zurück im Büro war, löschte ich Matthias' Namen aus dem Kursverzeichnis.

Matthias ist zum Glück nicht mehr in meinem Kurs erschienen. Neulich hörte ich von einer Kollegin, dass er ihr angeboten hatte, sie zu massieren, damit er in der Vorlesung nicht immer anwesend sein müsse. Ob es seinen großartigen Herrn Vater wohl interessiert, wie sein Sohn so durchs Studium kommt?

ONE NIGHT WONDER

**EIN AUFREGENDER ROMAN ÜBER JUNGE SINGLES IN DER GROSSSTADT –
RASANT, SEXY UND HUMORVOLL**

ONE NIGHT WONDER
ROMAN. ANAIS BAND 14
Von Kira Licht
288 Seiten, Paperback
ISBN 978-3-89602-561-6 | Preis 9,90 €

»Bei erotischer Literatur ist der Grat zwischen Peinlichkeit und Authentizität besonders schmal. Kira Licht meistert diese Hürde mit Bravour.«
Miss

»Frisch getrennt – und was jetzt? Die Studentin Lilly beschließt, ihre neu gewonnene Freiheit in vollen Zügen zu genießen. Sie will mit keinem Mann mehr als nur einmal schlafen. Ob das gutgeht?«
BZ

»Kira Licht beschreibt in ihrem Buch ›One Night Wonder‹, wie eine junge, emanzipierte Frau die Männerwelt ergründet.«
derwesten.de

»Neugierig stürzt sich die Protagonistin Lilly von einem Abenteuer ins nächste und bemerkt dabei schnell, dass Sex ohne Gefühle nicht so funktioniert, wie sie erst dachte.«
Einfach gut aussehen

WWW.ANAIS.DE

ANAIS

DAS GHETTO-SEX-TAGEBUCH

PROVOKANTES COMING-OF-AGE-DEBÜT DER TÜRKISCHSTÄMMIGEN AUTORIN SILA SÖNMEZ

DAS GHETTO-SEX-TAGEBUCH
ROMAN. ANAIS BAND 19
Von Sıla Sönmez
224 Seiten, Paperback
ISBN 978-3-89602-565-4 | Preis 9,95 €

Ayla lebt in einer Welt der Extreme – und genießt es. Die 17-jährige Türkin wohnt mit ihren Eltern in einer Plattenbausiedlung und geht in ihrer Freizeit einem ungewöhnlichen Hobby nach: Sie sucht beim Online-Dating nach schrägen Typen und trifft sich mit ihnen zum Sex.

Was sie dabei erlebt und wie sich ihr exzessives Dasein anfühlt, hält sie in ihrem Tagebuch fest. Bald ist Ayla jedoch hin- und hergerissen zwischen ihrem Drang nach Freiheit und einer ganz unbekannten Sehnsucht: Zum ersten Mal möchte sie mehr von einem Mann ...

Die Autorin liefert ein provokantes und temperamentvolles Romandebüt über die Pornografisierung der Jugend und Sexualität ohne Grenzen.

WWW.ANAIS.DE

SCHWARZKOPF & SCHWARZKOPF

BESTER SEX

33 LUSTVOLLE UND ANREGENDE ANTWORTEN AUF
MIA MINGS BESTSELLER-REIHE »SCHLECHTER SEX«

BESTER SEX
33 FRAUEN ERZÄHLEN IHRE AUFREGENDSTEN,
UNANSTÄNDIGSTEN UND ROMANTISCHSTEN ABENTEUER
Von Ina Küper und Marlene Burba
256 Seiten, Taschenbuch
ISBN 978-3-89602-925-6 | Preis 9,90 €

»Ina Küper und Marlene Burba, die Macherinnen des Erotik-Magazins ›Alley Cat‹, lieben Sex und schrieben ein Buch über die schönste Nebensache der Welt. Dazu entlocken sie 33 Freundinnen ihre schärfsten Geschichten.« BILD.de

»Real, romantisch, aber nicht kitschig. ›Bester Sex‹ erzählt 33 authentische Bettgeschichten.« Freundin.de

»Wie Sex wirklich sein muss, um zum besten des Lebens zu werden, haben Ina Küper und Marlene Burba herausgefunden.«
Glamour.de

»Geschichten, die allen Klischees trotzen, von herzerwärmend über animalisch bis humorvoll und ungewöhnlich.« Coolibri

»Buch des Monats« FHM

WWW.SCHWARZKOPF-SCHWARZKOPF.DE

SCHWARZKOPF & SCHWARZKOPF

BESTER SEX 2

DIE FORTSETZUNG DES ERFOLGREICHEN SPIEGEL-BESTSELLERS »BESTER SEX«!

BESTER SEX 2
33 FRAUEN ERZÄHLEN IHRE AUFREGENDSTEN,
UNANSTÄNDIGSTEN & ROMANTISCHSTEN ABENTEUER
Vom Autorinnen-Allstar-Team
320 Seiten, Taschenbuch
ISBN 978-3-89602-954-6 | Preis 9,90 €

Frauen erzählen von amourösen Begegnungen an ungewöhnlichen Orten, von fesselnden Abenteuern mit dem eigenen Geschlecht, aber auch von atemberaubend zärtlichen Liebesnächten mit dem langjährigen Geliebten.

Die 33 Geschichten in diesem Band zeigen, wie aus gutem, solidem Geschlechtsverkehr fantastisch heißer Sex werden kann.

»33 garantiert echte und sehr erotische Storys über unvergesslichen Sex.«   *BZ*

»Ein Buch, in dem 33 Frauen offenherzig, mit Witz und Selbstbewusstsein über erotische Abenteuer berichten. Von hart bis zart, von hetero bis homo, von alter Liebe bis One-Night-Stand reicht die Bandbreite. Eines steht nach der Lektüre fest: Phänomenaler Sex kann überall passieren.«   *Der Nord-Berliner*

WWW.SCHWARZKOPF-SCHWARZKOPF.DE

DIE AUTORIN
Kira Licht wurde 1980 in Bochum geboren. Aufgewachsen ist sie in Deutschland und Japan, wo sie eine internationale Schule besuchte, ein Erdbeben überlebte und das deutsche Abitur machte. Nach ihrem Diplom in Biologie begann sie ein Medizinstudium. Zwischen Vorlesungen und Unipartys konnte sie sich ein umfangreiches Wissen über das Verhalten geschlechtsreifer Großstädter und das wilde Studentenleben aneignen. Ihr Debütroman *One Night Wonder* ist bei ANAIS erschienen.

Kira Licht
UNISEX
33 Geschichten über lange Partynächte, folgenschwere Flurbegegnungen und herzzerreißende Campusdramen

ISBN 978-3-89602-571-5
© bei Schwarzkopf & Schwarzkopf Verlag GmbH, 2010
Alle Rechte vorbehalten. Dieses Werk ist urheberrechtlich geschützt. Jede Verwendung, die über den Rahmen des Zitatrechtes bei korrekter vollständiger Quellenangabe hinausgeht, ist honorarpflichtig und bedarf der schriftlichen Genehmigung des Verlages. Lektorat: Sylvia Gelinek

KATALOG
Wir senden Ihnen gern kostenlos unseren Katalog
Schwarzkopf & Schwarzkopf Verlag GmbH / Abt. Service
Kastanienallee 32 | 10435 Berlin
Telefon: 030 – 44 33 63 00 | Fax: 030 – 44 33 63 044

INTERNET | E-MAIL
www.schwarzkopf-schwarzkopf.de
info@schwarzkopf-schwarzkopf.de